020
REKI KAWAHARA abec bee-pee
SWORD ART ONLINE
moon cradle
SAO SWORD ART ONLINE

「我是恩基，
然後涅吉歐的話，
叫他涅吉歐就可以了……」
恩特基爾·辛賽西斯·艾提恩
§ 資深的整合騎士。
「大戰」時和涅魯基烏斯一起負責防衛聖堂與盡頭山脈。
「別把我扯進去！」
涅魯基烏斯·辛賽西斯·席克斯提恩
§ 資深的整合騎士。
經常和恩特基爾一起行動。
使用神器「萌嵐槍」。

「呃……那個……」
桐人 §
為「地底世界」帶來平穩日子的少年。
目前在央都聖托利亞擔任
「人界統一會議」的「代表劍士」。

「趁熱吃吧。」
亞絲娜 § 和桐人一起經歷「大戰」的
少女細劍使。擔任
「人界統一會議」的「副代表劍士」。

「看起來很不錯。」
哈娜 § 前最高司祭「亞多米尼史特蕾達」的專屬廚師。目前在中央聖堂內為所有人準備料理。
「——！」
羅妮耶・阿拉貝魯 § 原本為桐人的隨侍初等練士。因為「大戰」當中的戰功，目前在擔任整合騎士見習生。
「真的好好吃喔！」
緹潔・休特里涅 § 原本為尤吉歐的隨侍初等練士。與羅妮耶同樣，因為「大戰」的戰功而成為整合騎士見習生。

「有意料之外的客人到訪呢。
不對……應該說是貝庫達神的引導吧。」
黑斗篷男 §
似乎是殺害椏贊老人、綁架莉潔妲未遂等犯罪事件的首謀。
其真面目為……

「……不……不會吧……」
「怎麼……可能呢。」

「央都聖托利亞」全圖
皇帝直轄領地
葡萄田
鬼屋
魯魯河
貴族私有領地
森林
諾魯基亞湖
街　道
濕地
田地
冬之壁
春之壁
央都聖托利亞
修劍學院
中央聖堂
諾蘭卡魯斯帝城
大浴場
龍舍
威斯達拉斯帝城
飛龍起降場
伊斯塔巴利耶斯帝城
墓碑
薩查庫羅伊斯帝城
衛士廳舍
旅館
秋之壁
夏之壁
插畫／來栖達也

SAO SWORD ART ONLINE

「這雖然是遊戲，
但可不是鬧著玩的。」

——「SAO刀劍神域」設計者．茅場晶彥——

SWORD ART ONLINE
moon cradle

reki kawahara

abec

bee-pee

020

純白的百合與展翼的老鷹。

染著諾蘭卡魯斯北帝國紋章的漆黑壁毯正包裹在鮮紅火焰當中。

北聖托利亞帝城裡，覆蓋王座房間的厚厚地毯也到處冒出火苗，同時刀劍碰撞聲與喊叫聲更是不絕於耳。

架著劍的羅妮耶與緹潔前方約二十梅爾的地方，聳立著黃金加上皮革，而且椅背高到驚人的王座，此時一個男人正悠然坐在上頭。他翹著腳並手撐著臉頰的模樣，看起來像是完全不在乎火焰已經逐漸燒到這裡來了。

「……還以為最先站到朕面前的會是整合騎士。」

男人以指尖捻著尖銳下巴上的灰色鬍子，這麼表示。

「想不到別說是騎士了，竟然是兩個連衛士都不是的小姑娘……妳們是修劍學院的學生嗎？」

其實沒有必要回答那種以傲慢態度提出的問題。

但是羅妮耶卻為了甩開想要立刻低頭的壓力而刻意報上姓名。

「——北聖托利亞修劍學院，初等練士羅妮耶．阿拉貝魯！」

旁邊的緹潔也以有點豁出去的聲音大叫：

「同為初等練士的緹潔．休特里涅！」

「哦，竟然敗給剛拿真劍的菜鳥，看來那邊的傀儡也不行了。」

男人的視線稍微往右邊瞄去。

呈大字形倒在絨毯上的，是一名漆黑金屬鎧上加了白銀裝飾的巨漢。護胸浮雕上刻著北聖托利亞帝國近衛軍的紋章。雖然沒有喪命，但是同時被緹潔與羅妮耶以連續劍技轟中的他應該也站不起來了。

自稱皇帝警護隊隊長的巨漢與羅妮耶她們在這座大廳裡進行了超過二十分鐘的激鬥。如果只有單獨一人的話恐怕就無法取勝，而且如果是不使用神聖術，單純只用劍的傳統比試，那就算兩個人一起上也無法贏得勝利吧。大廳裡四處可見的火焰，是羅妮耶亂射的熱素術延燒的結果。

隊長不但是強敵，戰鬥方式也相當光明正大。

因此男人把為了守護自己而戰鬥的忠心部下批評成這樣，不禁讓羅妮耶感到相當氣憤。

雖然沒有受重傷，但持續抵擋隊長豪劍的雙手已經感到鈍重的疼痛，無數的割傷與撞傷也不停地發疼。但羅妮耶一瞬間忘記疼痛與恐懼，放聲大叫：

「這場戰爭已經結束了！現在立刻投降，撤回對近衛軍發出的敕令吧！」

站在左邊的緹潔也凜然揚聲表示：

「整合騎士與人界守備軍已經來到近處！你無路可逃了！」

原本應該是由指揮北聖托利亞攻略戰的整合騎士迪索爾巴德・辛賽西斯・賽門來進行這種勸告才對。實際上，在進入通往王座房間的迴廊入口之前，羅妮耶與緹潔所屬的部隊就是由他率領。

但是迪索爾巴德在聽見進攻城堡西門的小隊陷入劣勢後，就對羅妮耶她們做出「妳們先走！」的命令，自己則趕去援護。然後部隊的衛士們也拖住守備迴廊的近衛軍，並且對她們說「妳們先走！」，所以最後變成只有她們兩個人自己衝進王座房間。

當然是有某種理由，作戰才會如此分秒必爭。

之後被稱為「四帝國大亂」的這場戰役，是因為統治人界四帝國的四名皇帝聯名發出敕令，斷定一個月前剛設立的人界統一會議是將公理教會占為己有的叛賊，讓他們直屬的近衛軍進攻中央聖堂所引起。

近衛軍的騎士與士兵們，實力絕對不像異界戰爭時發動攻擊的紅騎士那麼強大，他們同樣是居住在聖托利亞裡的人界人民。因此必須將他們的犧牲減低到最小限度——這是就任人界統一會議代表劍士的桐人所提出的意見。

就算所有整合騎士與神聖術師都待在中央聖堂裡專心防衛，只讓駐紮在聖托利亞市街的人界守備軍從後方展開攻擊，應該也可以將近衛軍全滅吧。

但是桐人沒有採用那樣的作戰，讓幾乎所有整合騎士離開聖堂，命令他們與守備軍會合之後就衝入四帝國的帝城。因為要在最少犧牲的情況下終結這場戰爭，就必須逮捕四名皇帝，讓他們撤回敕令。因此同一部隊的衛士們才會把自己當成誘餌來拖住近衛軍大部隊，將衝入王座房間的重大任務託付給羅妮耶和緹潔。

目前桐人與副代表劍士亞絲娜應該和少數下位騎士、衛兵以及神聖術師一起持續防衛著聖堂。就算是人界最強的劍士，也沒辦法一直守住四帝國近衛軍不斷湧至的東西南北門才對。必須盡快讓皇帝收回敕令，結束北聖托利亞的戰爭。

兩個人雖然帶著決心做出這樣的發言，但王座上的男人——諾蘭卡魯斯北帝國皇帝，庫魯加·諾蘭卡魯斯六世那冰冷且端正的容貌還是沒有絲毫變化。

「……像妳們這種出身於下級爵士家，連名字都沒聽過的小女孩在朕面前竟然不下跪，甚至還拔劍相向。光是這一件事，就足以證明那個叫什麼統一會議的組織是如何破壞我們人界的秩序與安寧了吧？」

以落落大方的態度說完這些話後，皇帝就拿起放在王座旁邊小圓桌上的水晶器皿，然後含了一口當中的深紫色液體。

皇帝所喝的葡萄酒，是皇帝家直轄領地或者大貴族的私人領地裡，受到最多索魯斯與提拉利亞恩惠的豐饒土地所產，一瓶就足以抵過下級爵士一個月以上的薪水——羅妮耶過去曾經從父親那裡聽過這件事。父親還說，把那些葡萄田全部換成麥田的話，生產的小麥足以供給北聖托利亞全市的消費量。

允許這種奢侈的治理方式，絕對稱不上正確。

「上級爵士為人界做了什麼嗎？」

羅妮耶將劍尖朝向皇帝的臉這麼大喊。

「之前的異界戰爭……就只有一般民眾的衛士與下級爵士為了人界以及生活其中的人民而戰鬥！」

「沒錯！所有大貴族都只會躲在城堡和領地裡發抖！」

斷然把話說完的緹潔用來指著皇帝的不是劍，而是以左手食指。這明顯是能以貴族裁決權做出懲罰的行為。這時皇帝挺拔的鼻梁才首次像感到不愉快般微微皺起來。

「……那是當然的吧？」

皇帝旋轉著器皿內的葡萄酒，丟出這樣一句話：

「下級爵士和衛士們的任務就是賭上性命保護朕的安全。而朕的責任則是引導人民走上正確的道路……沒錯，至今為止只有北帝國的領土在朕手裡，在最高司祭猊下長眠的期間，公理教會又遭到莫名其妙的傢伙們壟斷，朕必須糾正這樣的錯誤。統一人界……哪能讓不知道從何處冒出來的一介劍士成就這樣的大業，那是朕——庫魯加·諾蘭卡魯斯要完成的事業！」

高聲做出這樣的宣言後，皇帝就一口氣喝光葡萄酒，把杯子丟到地板上。

在高價水晶杯破成碎片當中，支配者緩緩從王座上起身，拿起直向掛在側面的長劍。

羅妮耶從未見過加了如此華麗裝飾的劍鞘，這時皇帝從那深紅劍鞘裡拔出了發出鏡子般光芒的劍刃。

這個瞬間，從高出三階的王座吹起了冷風，讓羅妮耶的右腳稍微往後退。但她就此穩住腳步，並把身體往前探出。

雖然沒有參加戰爭，但不代表皇族和大貴族不懂得用劍。

像前年的主席上級修劍士渦羅·利邦提那樣每天進行嚴格鍛鍊的上級貴族當然相當罕見。但是根據桐人的說明，上級貴族日常都會行使只屬於他們的特權，也就是在央都近郊進行狩獵，所以權限等級也會跟著上升。另外貴族的孩子幾乎都會進入修劍學院學習，所以也有習得最低限度劍技的機會。

如果是皇帝的話，從小就會由專屬教師進行劍技的菁英教育，同時應該也有許多狩獵大型野獸的機會。現在皇帝所舉著的寶劍，優先度也明顯高於羅妮耶她們的人界軍制式劍。

後方的迴廊不停傳出衛士隊與近衛軍交鋒的戰鬥聲。

從左右兩邊牆壁上垂下的，染有帝國紋章的壁毯都因為起火燃燒而掉落。

皇帝映照出火焰顏色的長劍發出炫目紅色光芒。

雖說是下級，但羅妮耶也是爵家的繼承人。因此從幼年時期就被灌輸對於皇帝家的敬畏與恭順之心，即使在舉劍相向的現在也沒有消失。但是現在的羅妮耶已經知道有比盲從更加重要的事物。

桐人和尤吉歐跟她們兩個人一樣是修劍學院學生時，就與身為人界支配者的半神人，最高司祭亞多米尼史特蕾達戰鬥了。

為了努力守住中央聖堂的桐人——同時也為了人界應該迎接的新時代，絕對不能在這時候退卻。

「如果怎麼樣都不願意撤回敕令的話……就只能在這裡討伐你了！」

羅妮耶把制式劍移動到右肩上方，這麼大叫。

身旁的緹潔也從基本的中段進入艾恩葛朗特流劍技的姿勢。

笑容從臉上消失的皇帝庫魯加，像要衝破天際般高舉起寶劍，擺出海伊．諾魯基亞流雄壯的姿勢。

當火焰燒到王座後方那塊最巨大的壁毯，羅妮耶就用力朝著地板踢去。

突然間，地板失去實體，出現一個漆黑的大洞。

羅妮耶甚至來不及發出悲鳴就掉進洞裡，然後——

1

「呼咕！」

背後受到衝擊的反作用力，讓她從喉嚨發出這樣的聲音。

拉開纏在臉上的布，在黑暗中掙扎了一陣子後，才注意到這裡是自己的寢室。看來似乎是從床上摔下來了。

窗外依然很暗。用手摸索將毯子回收後，再次爬上床鋪。

時節來到二月下旬，雖然能感覺溫暖的日子已經增加，但是黎明前依然讓人感到寒冷。如果中央聖堂也像暗黑界的帝宮黑曜岩城那樣有溫水暖氣設備就好了……心裡這麼想的羅妮耶，確實把毯子纏到身上並呼出一口氣。

羅妮耶的睡相應該不是太差——之所以會做出足以讓她掉下床的激烈動作，應該是作了那一天的夢所造成吧。平常總是一起床就會忘記夢的內容，但今夜的夢卻還鮮明地留在腦海裡。

異界戰爭結束之後，是在人界曆三八〇年十一月中旬左右回歸央都。十二月時人界統一會議正式設立，至於四帝國大亂則是發生在三八一年的二月，所以羅妮耶和緹潔與北帝國皇帝庫魯加·諾蘭卡魯斯交手是正好一年前發生的事情。

應該就是這樣才會作夢吧，說起來人為什麼會作夢呢……雖然想著這些事情並等待睡眠妖精再次降臨，但是眼皮卻一直沒有變重。繼續支撐了三分鐘左右，窗外就傳來凌晨五點的低調鐘聲，於是羅妮耶便放棄掙扎直接撐起上半身。

這次確實從雙腳下床，披上厚重的毛織披肩，然後把手朝著桌上的油燈伸去。旋轉中央部分的大螺絲後，盈滿玻璃燈罩的水流進下部容器，放在燈罩裡的雞蛋大小的礦石便自然點火，發出帶著黃色的柔和光線。

兩天前從暗黑界回來時，桐人不知道什麼時候已經在機龍的行李艙裡塞了十個黑曜岩城特產的礦石燈，然後把它當成禮物送給大家。羅妮耶與緹潔也各收到一個，於是立刻拿來使用。要點火時只要讓水落入燈體內，熄滅時只要把燈反轉過來讓水流進玻璃燈罩即可，老實說確實相當方便。傳統的油燈就不用說了，即使跟聖堂逐漸普及的光素燈相比，它也可以節省生成素因的時間，因此更加方便。

當然礦石——當地似乎稱其為魯米諾石——也不能永久持續燃燒，在完全不熄滅的情況下大概四天就會燒盡。也就是說就算羅妮耶她們經常熄滅燈火，最多也只能使用一個月的時間，想到這裡就會覺得有點可惜，不過桐人似乎考慮將來要從暗黑界大量輸入魯米諾石。

不將礦石沉入一定分量的水當中的話它就會擅自起火燃燒，所以長距離搬運必須花費一番工夫。如果能夠穩定運送，聖托利亞的夜晚也會變得更加明亮，因為難民不斷湧入而造成求職困難的黑曜岩城，情勢也會比較安定一些吧。

只不過，暗黑界的狀況不可能光靠一種礦石就好轉。桐人雖然嘗試過各種方法，試圖要解決地力與陽力不足，造成人口與農作物收穫量不成比例的根本問題，但似乎仍未得到令人滿意的結果。

在這種狀況下，桐人抱持最大希望的是包圍全地底世界的「盡頭之壁」外側，不過這個解決方法也還是存在許多問題。機龍究竟能不能越過生物絕對無法超越的無限絕壁呢……就算超越了，後面究竟是有一片嶄新的大陸，還是只有一整片「虛無」存在呢？

「……就算是這樣……」

輕聲這麼呢喃完，羅妮耶就把接下來的想法收進心底，再次開始移動。

從衣櫃上面的台座拿起收在黑色皮革劍鞘當中的長劍。接著從抽屜裡取出小木箱並回到桌子前面。

那把劍有著跟劍鞘同樣的黑皮劍柄，以及象徵上弦月的白銀劍鍔，它是五天前剛從副代表劍士亞絲娜那裡獲得的寶劍。優先度是39，雖然尚未到達神器的領域，但也是對於騎士見習生來說太過於名貴的武器。

靜靜從劍鞘裡抽出的劍身，在礦石燈光照耀下發出閃亮的光芒，但有一小部分出現細微的擦傷。當時在黑曜岩城最頂樓，黑色斗篷男綁架了伊斯卡恩總司令官與謝達大使的女兒莉潔妲，擦傷就是在砍斷他的左臂時造成。

劍的天命本身在收回劍鞘整整兩天後已經完全回復，但是不保養的話髒汙與傷痕就不會消失。

羅妮耶把劍放在桌上並打開木箱。首先用木棉製白布擦拭劍身與劍鍔上的髒汙。接著把油滴到產自南帝國的銀毛鹿皮革上，再開始仔細擦拭劍身。

修劍學院時代的桐人與尤吉歐，經常一邊閒聊一邊保養夜空之劍與藍薔薇之劍。羅妮耶非常喜歡在近處看著兩人保養劍時的模樣。甚至覺得和緹潔一起擔任兩人隨侍劍士的一個半月時間，是十七年的人生最快樂且閃耀的日子。

異界戰爭與四帝國大亂終結，和平降臨的聖堂生活並非不快樂。劍技、術式與心念的修練固然辛苦，但是卻由衷希望這樣的日子能夠永遠持續下去。只不過，每當注意到緹潔與桐人的側臉一瞬間會出現憂鬱的表情，就會發現尤吉歐已經不在……也因此而得知他對大家來說有多麼重要。

桐人和尤吉歐，羅妮耶與緹潔。四個人一起度過的時間是那麼尊貴，無論用什麼東西都無法取代。但是它已經永遠消逝，再也不會回來了。

…………不對。

說不定尤吉歐不在並非產生這種感覺的唯一理由。

或許是因為，每件事情都讓羅妮耶知道，自己的愛慕之意已經跟緹潔一樣永遠無法得到回報……

「啊……」

手不小心一滑，大拇指的指腹稍微擦過劍刃。放下劍看了一下手指，發現雖然幾乎沒有痛覺，但還是從淺淺的割傷上浮現血珠。

羅妮耶再次放下反射性想要生成光素而舉起的左手。把大拇指貼在嘴唇上，然後以舌尖舔著傷口。血雖然立刻止住，但傷口還得花點時間才會消失。不過這算是給觸碰劍時還在想其他事情的自己一點警告。

以沾油的皮革擦完劍身，最後用柔軟的布將其擦拭到沒有任何髒汙，再把劍收回劍鞘內。

接下來必須一點一點和才剛取名為「月影之劍」的新愛劍建立起羈絆。當可以完全駕馭這把劍的時候，應該也可以整理好無處可發洩的心情吧。

羅妮耶站起身子，把劍與保養用具放回原位，接著將披肩放到床上並且一口氣脫掉睡衣。這時她突然抖了一下身子，同時打了一個小小的噴嚏。

人為什麼會打噴嚏呢？下次連同作夢的理由一起詢問桐人吧……羅妮耶一邊這麼想著，一邊快步走向收納騎士服的架子。

人界曆三八二年，二月二十三日。

黎明前開始降下的寒雨，把包圍聖堂五十樓「靈光大迴廊」的巨大玻璃窗整個打溼了。

這個大廳正如其大迴廊的名字，在牆壁高處設置了附有扶手的圓形通路。羅妮耶與緹潔來到上面，注視著眼睛下方正在舉行的會議。

至於為什麼不在圓桌旁而是在迴廊上，純粹是因為法那提歐交給她們照顧的貝爾切小弟待在高處心情會比較好。真要說的話，五十樓本身就距離地面兩百梅爾以上，但是隔了厚重的牆壁與堅固的玻璃後，一歲的小孩子似乎就感覺不到高度了。

「羅妮耶，妳在黑曜岩城看到謝達小姐的小孩了吧？」

緹潔緩緩搖著昏昏欲睡的貝爾切，低聲呢喃著。

「嗯，我還餵她喝奶喔。」

「咦～真令人羨慕。她才三個多月吧，一定很可愛……」

「她的頭髮真的很鬆軟，眼睛也圓滾滾的……」

羅妮耶的話讓緹潔露出陶醉的表情，同時視線也到處游移。

「這樣啊……貝爾切小弟睡著的時候是很可愛，不過男孩和女孩還是不一樣。謝達小姐下次回國時，不知道會不會帶她回來……」

羅妮耶原本打算回答「或許吧」，但是又把話吞了回去。

謝達和伊斯卡恩的女兒莉潔妲雖然被綁架不到半天，但羅妮耶並沒有告知自己的好友這件事情。因為桐人特別交代在今天的會議上報告之前不能對任何人說，而即使經過了幾天，自己內心對於那個事件牽扯出來的疑問與詭異感也完全沒有消失，甚至還越來越嚴重。

可以了解犯人綁架莉潔妲的理由。想要威脅桐人的話，就沒有什麼比莉潔妲更能發揮效果的人質了。說起來還有副代表劍士亞絲娜這個人選，但實在不認為地底世界有壞人能夠綁架、監禁她。

不過犯人使用的手法依然成謎。

入侵警備森嚴，而且雖然比不上聖堂但再怎麼說也高達五百梅爾的黑曜岩城最頂樓附近，在綁架莉潔妲後，還打開不可能開啟的五十樓——王座房間的窗戶並潛伏於該處。事跡被機靈的桐人發現，在左臂遭羅妮耶砍斷接著從窗戶跳下去之後，到現在依然沒有發現屍體。

五十樓的窗戶打開時，羅妮耶確實看見掛在綁架犯胸口的紅寶石發光了。聽見這件事的總司令官伊斯卡恩，隨即表示在異界戰爭裡死亡的暗黑界皇帝貝庫達，王冠上面也鑲了一顆同樣的寶石。

另外伊斯卡恩也推測綁架犯是暗殺者公會的成員，但那個公會似乎已經是解散狀態。而且綁架犯為了讓城內混亂而使用的人造生物「米尼翁」，也只有實力明顯下降的暗黑術師公會才能生產。

到底暗黑界……以及人界究竟發生了什麼事了？

不知名人士，到底想做什麼呢……

「——以上就是在黑曜岩城大致上發生的事情。」

耳朵突然傳來桐人在會議場所發出的聲音，羅妮耶也因此回過神來。

幾乎在同一時間，身邊的緹潔也發出驚訝的聲音。

「咦咦……妳在那邊被捲入那樣的事件裡了嗎？」

羅妮耶在腦海裡想到這件事情時，桐人似乎在下面說明同樣的內容。羅妮耶瞄了一下好友的臉龐，然後聳聳肩點著頭說：

「呃……嗯……但是我沒遇到什麼危險。」

「砍向會綁架小嬰兒的傢伙已經夠危險了！真是的……人家說隨侍劍士會越來越像指導生，說的就是你們呢。」

「學院裡有這種格言嗎……」

當羅妮耶露出狐疑的表情時，大廳裡依然進行著會議。

「——雖然不想對已經發生的事情說三道四，不過代表劍士大人，我前幾天應該說過了！每個人都有自己應該從事的天職！」

讓人聯想到鋼鐵弓的渾厚聲音，是來自於整合騎士迪索爾巴德．辛賽西斯．賽門。因為仍是上午，所以身上穿的不是平常那件紅銅色鎧甲，而是東方風的袍子，但做出斥責的聲音還是一樣嚴厲。

「黑曜岩城裡應該也配置了許多衛士才對。把賊人交給他們對付就可以！代表劍士大人現在是人界的，不對，應該說是整個地底世界的重心，如果您的龍體有什麼三長兩短的話，應該很清楚世界會陷入多麼混亂的情況中吧！」

迪索爾巴德一閉上嘴巴，平常總是負責安撫她的第二代騎士團長法那提歐．辛賽西斯．滋，這時也發出有些認真的聲音。

「我這次也贊成迪索爾巴德的意見。小子，不對，是代表，希望你能清楚自己拿劍戰鬥的時代已經結束了。」

這句話讓同席的連利．辛賽西斯．推尼賽門以及聖堂各部局的首長們也一起點了點頭。

這時大圓桌北側，面對這已經不像會議而是在糾正自己的情況，黑衣代表劍士臉上雖然露出乖乖聽勸的表情，還是以欠缺穩重的口氣試圖反擊。

「哎……哎呀，我也了解大家的擔心……但是上代的貝爾庫利騎士長也會一時興起便獨自飛到盡頭山脈和暗黑騎士戰鬥吧？就算擔任什麼長官或者代表，要是只待在安全的地方就沒辦法獲得信賴吧……」

——說的話雖然很冠冕堂皇，但是聽起來卻像小孩子的藉口，這的確很符合桐人學長的個性。

正當迴廊上的羅妮耶這麼想著時——

「貝爾庫利閣下和代表劍士大人的立場不同！」

宛如剛磨好的利刃一般的聲音就響徹整座大廳。

發言者是前幾天沒有參加會議的瘦削騎士。

流麗設計的鎧甲是淡淡的鮮綠色。罕見的深綠色頭髮雖然長到一披在椅子上就快碰到地面，但對方確實是一名男性。背後那隻槍尖套在穗鞘裡的長槍，即使沒有任何支撐也自己直立在地板上。

長髮騎士確實盯著桐人，再次大叫：

「貝爾庫利閣下是在最高司祭亞多米尼史特蕾達猊下的授意下，為了守護人界與公理教會而持續著漫長的戰鬥！但是代表劍士大人不會受到任何人的命令……這麼一來，嚴以律己應該就是您的責任了吧！」

其舌鋒令桐人有些退卻，但還是試著提出反論。

「但……但是，照你的理由的話，我也可以對自己下達各種命令……」

下個瞬間，騎士便稍微起身，讓鎧甲發出「喀鏘」一聲。

但是在更多的斥責飛出來之前，現任騎士長法那提歐就迅速插嘴表示：

「涅吉仔，冷靜一下。」

「我不是涅吉，我叫涅魯基烏斯！」

即使憤然如此反駁，身體倒是乖乖坐回去的騎士名叫涅魯基烏斯·辛賽西斯·席克斯提恩。是守護公理教會長達百年以上的資深上位整合騎士。

按照人界的命名術來看，涅魯基烏斯這個名字是期望具備高尚、果敢以及聰敏等優點。但是自從羅妮耶聽過他的神器「萌嵐槍」的由來，就不由得從他的名字感受到其他的意義。

威斯達拉斯西帝國邊境的某個農村裡，自古就有名為利柯蔥的蔬菜名產。這種蔥是普通蔥的兩倍長、三倍粗、四倍甜美——當然這可能只是廣告詞，但總之很久之前的某一天，一名農夫注意到田地角落長了一顆特別高的利柯蔥。

大感高興的農夫，為了讓它長得更高而每天細心呵護。蔥不斷長高，馬上長度就超過一梅爾、二梅爾。

最後怪物蔥的傳聞擴散開來，近鄰的村莊與城鎮有許多人都來到現場參觀。結果農夫產生了慾望，決定不收割怪物蔥，甚至創造出膜拜它的話就能得到保佑的故事來向客人賺點小錢。

這段期間蔥又繼續變長了三梅爾、四梅爾，寬度也達到五十限。本來應該是白色的根底部開始帶著銀色金屬光澤，葉子的綠色也越來越鮮豔。

經過數個月後，農夫注意到自己田地的異常。新播種的利柯蔥嫩芽完全沒有發育。甚至連相鄰的他人田地也出現發育不良的情況，最後村民之間開始出現謠言，內容是異常原因出自於農夫小心保護的怪物蔥。

最終在村長的裁定下，農夫必須要處分那株怪物蔥才行了。農夫首先使用牛來試圖拉起此時已經高達七梅爾的蔥，但是它卻紋風不動，接著想用斧頭把它砍斷，但是刀刃卻完全無法傷其分毫。在沒辦法的情況下，只能準備從根部把它挖出來，結果才剛開挖天空便出現一些烏雲，接著有猛烈的暴風雨襲擊村子。

風雨肆虐了一整天，當它們好不容易停止時，村子的利柯蔥田已經變成廣大泥沼，而鮮綠色的怪物蔥則是光明正大地聳立在中央——

涅魯基烏斯的萌嵐槍，是由最高司祭亞多米尼史特蕾達把那株怪物蔥轉化為長槍。優先度雖然到達神器的領域，但是卻具備極有個性的特殊效果，即使沒有支撐也會自己直立在地板或者地面上，不論如何將其傾斜都絕對不會倒下來。

所有者也同樣是一根腸子通到底的個性，而且無疑是長年為了公理教會而奮鬥的高尚騎士，但是羅妮耶卻對他沒有太好的印象。因為涅魯基烏斯是比任何人都強烈主張把打倒最高司祭亞多米尼史特蕾達，結果因此喪失心神的桐人當成反叛者來處刑的人物。

雖然上代騎士長貝爾庫利說服了強硬派而沒有即刻處刑，但是聽說騎士愛麗絲因此而必須帶著桐人離開聖堂。而且以涅魯基烏斯為主的一派沒有參加異界戰爭，而是留下來防衛聖堂與盡頭山脈，所以從這方面也感覺到精神上的距離感。

或許是為了讓自己冷靜下來吧，涅魯基烏斯拿起放在圓桌上的茶杯，把裡面的茶一口氣喝光。稍微緩和一些的空氣中，再次傳出新的——不過這次是相當悠閒的聲音。

「哎呀，怎麼說呢，桐人老師什麼事情都自己一個人完成的話，就有種不被信任的寂寞感。你說對吧，涅吉歐？」

聽見這句話的涅魯基烏斯，隨即拿著空杯往右邊狠瞪了一眼……

「我可沒說什麼寂寞感！」

雖然發出低吼，卻沒有對「涅吉歐」這個奇妙的暱稱提出抱怨。不過與其說是接受，倒不如說是到達放棄掙扎的境地了吧。

發言的是與涅魯基烏斯同年代——當然指的是外表——的青年騎士。身材比涅魯基烏斯高了一些，體格也比較粗壯。留著一頭僅有兩三限的短髮，鎧甲是泛紫的藍色。武器是相當正統的長劍，當然不會自己站立在地板上而是掛在左腰上。

他的名字是恩特基爾．辛賽西斯．艾提恩。同樣是資深的上位騎士，不過他也沒有參加異界戰爭。和涅魯基烏斯一樣，這幾個月裡之所以都沒有看見他，是因為他們到南帝國去出差了。聽說是去調查原本貫穿盡頭山脈，但很久之前被封住的隧道是否能再次打通。

聽見恩特基爾的發言，會議場裡看起來年紀比連利還輕的桐人便搔著黑髮回答：

「嗯……我也了解涅魯基烏斯先生與恩特基爾先生所說的話，但只在聖堂裡發號施令實在不符合我的個性。而且我並非什麼事都自己一個人完成，實際上你們兩個人就到南帝國去幫我執行相當困難的工作了……」

「那裡！就是那裡啦！」

恩特基爾突然大叫，嚇了一跳的桐人身體整個往後仰。

「那……那裡是哪裡？」

「叫我們的時候不用加什麼先生啦。我是恩基，然後涅吉歐的話，叫他涅吉歐就可以了，這樣距離就會瞬間縮短……」

「住口！你的事情我管不了，但別把我扯進去！」

認真感到焦急的涅魯基烏斯一這麼大叫，羅妮耶身邊的緹潔就發出輕笑聲。雖然馬上就露出糟糕了的表情，但是就算是眾整合騎士也聽不到遙遠迴廊上的竊竊私語聲吧。

「……他們……應該不是壞人吧。」

羅妮耶也微微點頭同意緹潔的呢喃。

「之前法那提歐大人曾經說過，我們之所以能真心相信桐人，是因為曾經全力與他戰鬥過。我想迪索爾巴德大人……還有愛麗絲大人應該也是如此。當桐人學長與尤吉歐學長衝進聖堂時，涅魯基烏斯大人與恩特基爾大人似乎正在執行盡頭山脈的警衛任務……」

「這樣啊……不過話說回來——恩特基爾大人為什麼會稱呼學長為『桐人老師』啊？」

「誰知道呢……」

在兩人同時感到狐疑的期間，下面的迪索爾巴德以雙手用力一拍，將話題拉了回來。

「會議結束之後，你們要如何加深與代表劍士大人的關係都無所謂。現在還是先討論緊急的案件吧。」

聽見他的話後，涅魯基烏斯便端正坐姿點了點頭，恩特基爾也舉起雙手表達了解。

「那麼……就我從代表劍士大人那裡聽來的內容，似乎是有個想讓人界與暗黑界再次戰爭的勢力存在。如果那個黑斗篷男的企圖順利成功，代表劍士大人真的在黑曜岩城遭到公開處刑，那好不容易才上軌道的交流事業就絕對會中止……就算直接進入過去那樣的戰爭狀態也不是什麼不可思議的事。」

最年輕的騎士連利．辛賽西斯．推尼賽門對迪索爾巴德的話表示同意。

「因為改革爵士制度，解放所有私有領地民眾之後，桐人先生在央都就有絕大的人氣……光是打倒皇帝貝庫達的英雄就已經夠偉大了，甚至還展現了執政的手腕，當然也就更加受到景仰了。」

一聽他這麼說，桐人果然正如羅妮耶所預料的，像是感到坐立難安般縮起肩膀。

「呃，實際執行制度改革實務的是公理教會的眾局長，另外索爾緹……賽魯魯特將軍和利邦提顧問等上級貴族也提供了助力。就算我不開口，私有領地終究還是會解放……而且……」

稍微猶豫了一下之後，才又用沉穩的聲音說：

「……央都的，不對，應該說人界的人們不知道是我殺了最高司祭與元老長。對於人界統一會議的支持，就跟對公理教會的信仰心一樣……市民們現在也相信最高司祭在聖堂最上層進入不知道是第幾次的休眠期。如果知道那是謊言，司祭其實死在我手上的真相被公布出來，我的人氣一瞬間就會消失了。」

桐人的話再次讓涅魯基烏斯露出險峻的表情。

當然這是之後才聽說的事情，據說最高司祭亞多米尼史特蕾達死亡之後，騎士長貝爾庫利便立刻召集當時待在中央聖堂裡的所有整合騎士到這個靈光大迴廊，然後由騎士愛麗絲公布了大部分公理教會的祕密。

像是最高司祭為了即將與暗黑界戰爭而準備製造由無數劍骨組合而成的巨大怪物。還有預定把生活在人界的半數人民轉換成劍的素材。

而且作為整合騎士團上位機關，下達多數命令的元老院實質上是屬於元老長裘迪魯金的一人組織。沒有任何徵兆就突然消失的騎士，全是被裘迪魯金使用的「Deep freeze」神聖術強制進入長眠當中——

涅魯基烏斯等強硬派之所以會在不情願的情況下撤回處刑論，似乎是因為親眼見到被元老長冰凍起來的七名整合騎士的緣故。目前Deep freeze術式的解析仍未完成，他們依然在聖堂上部沉睡當中。

還有另一件事。同樣把桐人當成反叛者的最後且最新的整合騎士，艾爾多利耶・辛賽西斯・薩提汪參加異界戰爭，在東大門防衛戰裡喪命也對涅魯基烏斯等人頑固的態度產生了影響吧……在修練期間，迪索爾巴德曾經這麼說過。

羅妮耶、緹潔和騎士艾爾多利耶只數次在東大門屯駐地擦身而過，沒有和他說話的機會。但那名拖著淡紫色捲髮颯爽行走的俊美騎士，其帶著某種憂鬱的表情讓人留下深刻的印象。

騎士長貝爾庫利雖然把大部分最高司祭隱瞞的事情告知眾騎士，但只有一件事情沒有說——也有可能是說不出口。

那正是整合騎士團最大的祕密——「合成祕儀」。

擁有驚異力量的整合騎士是經由最高司祭的祈禱從神界召喚到人界，盡使命而喪命之後將再次回歸神界……這就是騎士出身的由來。但也只有眾整合騎士才會相信這種傳說。

實際上是具備足以在四帝國統一武術大會獲得優勝的劍力，或者精神力足以牴觸禁忌目錄者才會被帶到聖堂，接著封印他們過去的記憶，植入來自神界等虛假的記憶來將他們變成整合騎士。

這種漏洞百出的虛構故事之所以能維持數百年，是因為基本上整合騎士不會跟一般民眾接觸。只有在處罰觸法者時才會交談。而這種事情大概幾十年才會發生一次。

所以整合騎士的家人都相信自己的兒子或女兒得到人界的最高榮譽，另一方面，騎士本人則完全不記得家人。像這樣的悲劇已經重複過許多次。

但這種狀況也慢慢產生變化了。異界戰爭與四帝國大亂以來，一部分的騎士負責指導人界守備軍的衛士，將來要是開始閒聊，騎士的出身應該也會成為話題吧。不久的將來，向所有整合騎士表明他們原本是人類，神界根本不存在的日子將會到來……桐人以一臉苦澀的表情這麼說道。

沒錯——即使是現在，桐人還是背負著許多難題。

如果我不是見習生，而是有權利坐在圓桌前的正式騎士，就算對方是年長百歲以上的資深騎士，也不會讓他那樣大放厥詞……羅妮耶這麼想，同時繼續豎耳聽著會議場內的討論。

桐人「是我殺掉最高司祭」的危險發言，似乎連法那提歐與迪索爾巴德都無法立刻有所反應。首先打破沉重寂靜的是騎士涅魯基烏斯，他的聲音聽起來比想像中更加沉穩。

「……我不打算在這裡重新議論代表劍士過去的行為。因為我也認為，如果能跟暗黑界之間建立永久的和平關係，那將是最好的解決之道。」

恩特基爾也跟著同意搭檔的發言。

「我對於這一點也沒有異議。說起來，找遍禁忌目錄……也找不到不准和最高司祭大人戰鬥的項目。」

他的話讓最資深的三名騎士傻眼地嘆了一口氣。

確實沒有這樣的條文，但是禁忌目錄第一條第一節第一項就清楚寫著「任何人都不得違抗公理教會」了。從地下監牢逃獄，一路打倒數名整合騎士衝上中央聖堂，與元老長以及最高司祭戰鬥很明顯是違抗的行為吧……羅妮耶也這麼想。即使成為騎士見習生後，就得以從遵守禁忌目錄與帝國基本法的義務當中解放，但羅妮耶現在依然不認為自己能夠辦到同樣的事情。

不過從另一方面來看，當時的桐人和尤吉歐還獲得過去與最高司祭同等級的另一名最高司祭——卡迪娜爾的協助。和桐人戰鬥後身負瀕死重傷的法那提歐也是被卡迪娜爾所救，而且她還在和亞多米尼史特蕾達的戰鬥當中喪失了生命。

如此一來就會發展出，禁忌目錄所記述的「公理教會」，具體來說究竟指的是什麼呢……像是這樣的法律解釋問題。以前禁忌目錄的條文出現疑義時，都會仰賴最高司祭或者元老長的裁示，但那兩個人現在已經不存在。而整合騎士也沒有獲得自行解釋禁忌目錄的權利。

這也就表示，正如桐人剛才自己所說的，人界統一會議代表劍士這樣的地位，不論是在人界——還是在公理教會內部，都絕對沒有磐石般不可動搖的重量。

「——關於黑斗篷男的調查，也只能全權交給謝達以及伊斯卡恩司令官處理了。」

在桌上交疊雙手手指的法那提歐這麼說著。

「不論那個人是來自暗黑界的暗殺者公會還是暗黑術師公會，我們都沒辦法出手。總不能派遣密探潛入黑曜岩城吧。」

「我也覺得別這麼做比較好，被敵人抓住並反過來利用就糟了。真要派人過去的話……」

就由我自己去吧，圓桌上的所有人都預測到會出現這樣的台詞，同時默默搖了搖頭。

「……哎呀，那還是算了，嗯。那就是說，殺害桎贊先生的事件，只能等待暗黑界的報告了……如此一來——拘留在聖堂裡的山地哥布林歐羅伊，應該暫時沒辦法恢復自由……」

桐人以陷入沉思的表情這麼說完，這時坐在他身邊的副代表劍士亞絲娜才首次開口。保持沉默的理由，大概是為了不對涅魯基烏斯他們說出嚴厲的發言而忍耐吧。

「已經盡最大的努力款待歐羅伊先生，每天請人帶他去參觀聖堂的各個知名景點，目前他對於軟禁狀態沒有表示任何不滿。但是，稍微有點思鄉（Home sick）……不對，嗯……」

雖然瞄了桐人一眼，但他似乎也無法立刻把亞絲娜所說的神聖語翻譯成適切的人界語。

「……那個，在旅行時陷入想家和家人的狀態時，這邊叫作什麼啊？」

被亞絲娜這麼一問，眾騎士與局長便同時歪起頭來。

「唔唔……我能理解那種心情，但是我們沒有家人，另外這座中央聖堂就是我們的家……所以真要用一句話來表現的話……」

羅妮耶和緹潔聽著迪索爾巴德的沉吟，稍微瞄了對方的臉一眼。雖然不是旅行，但在修劍學院的宿舍偶爾會被那樣的心情襲擊，所以知道那種感覺叫作什麼。被緹潔戳了一下側腹後，羅妮耶只好從迴廊探出身子並叫道：

「那個，我想應該是『懷鄉症』！」

會議場的所有人都抬頭看向羅妮耶，然後露出原來如此的表情點了點頭。急忙把臉縮回來後，緹潔懷裡的貝爾切小弟就因為羅妮耶大叫而嚇了一跳並開始蠕動。但緹潔稍微加強晃動的力道後，就說起囈語然後再次睡著了。

「懷鄉症嗎，謝謝妳，羅妮耶小姐。」

對迴廊上的羅妮耶輕輕揮揮手後，亞絲娜便繼續說明道：

「嗯，歐羅伊先生已經有懷鄉症的徵兆，再過兩三天應該就會表示想離開這裡了吧。希望事件能在那之前得到解決……」

「不論再怎麼努力，三天還是太困難了。從黑曜岩城出發的騎馬傳令，再怎麼快一趟也得花上兩個星期。」

桐人接下去補充法那提歐的發言。

「而且還得plus……加上調查的天數。看來還是不應該只等待謝達小姐的報告，我們也應該盡可能調查有用的情報……」

「但是，殺害椏贊老人用的凶器短劍已經消失了吧？也沒有事件的目擊者，受害者也沒有遭到殺害的理由，說起來已經沒有任何可發展的線索了吧。」

恩特基爾那口氣輕鬆，內容卻相當沉重的糾正，讓所有人再次陷入沉默當中。

數秒後，以有些顧忌的態度舉起手來的是跟亞絲娜同樣一直保持著沉默的人物。

是一位整齊地穿著一塵不染的白長袍，並且把茶色頭髮綁成一根辮子的女性。她的名字叫作阿優哈．芙莉亞，是年紀輕輕便受到拔擢為公理教會神聖術師團長的才女。

神聖術師團以前被稱為修道士團，它統轄著全人界的教會。所有的城鎮、村莊的中心部一定會有支教會，裡面常駐有神聖語稱為「神父」與「修女」的術師。在某些地域，他們發言的影響力與村、鎮長相同甚至在其之上，而修道士團一直持有暗中監督這群人的權力。

尤其是統括修道士團的四名上級司祭，從某方面來看可以說是擁有超越上級貴族的權勢，當騎士長貝爾庫利要求他們參與東大門防衛戰時，四個人全部拒絕了他的要求。參加人界守備軍的約三百名修道士，有一大半是下位或者中位術師，擅長攻擊術的上位神聖術師僅僅只有百名，司祭階級者幾乎都沒有離開中央聖堂。

異界戰爭終結，人界統一會議成立之後，四名上級司祭全被發現有中飽私囊，將財物藏在個人房間內的行為，於是被從中央聖堂放逐。修道士團本身也重新編制為神聖術師團，被選為初代團長的便是五等爵家出身的阿優哈・芙莉亞。

阿優哈不只參加大門防衛戰，也加入了人界守備軍誘餌部隊，率領修道士隊激戰到最後一刻。在同一支部隊裡頭的羅妮耶也記得白袍被傷患血液染紅的她不斷拚命詠唱治癒術的模樣。即使術力不及上位整合騎士，關於術式與媒介的知識可以說是出類拔萃，最重要的是性格認真又溫柔。

羅妮耶也一直想著「如果能由阿優哈教導自己神聖術就好了」……但很可惜的是，擔任兩人教師的神聖術師是阿優哈的妹妹，同時也是新設大圖書室司書的索妮絲・芙莉亞，她當起教師來可是十分嚴厲。副代表劍士也接受索妮絲的指導，結果平常就像大樹一樣毫不動搖的亞絲娜也經常會抱怨，由此便可知她有多嚴格了。

索妮絲雖然也有參加會議的資格，但沒有什麼大事的話她絕對不會離開大圖書室。不快點解析出先代司書施加在房間裡的術式，到時候不知道會發生什麼事情……雖然她總是這麼說，不過實在不太了解她的意思。

舉起手來的阿優哈，在法那提歐催促下以安祥沉穩的聲音做出發言：

「關於這件事，神聖術師團或許可以幫上一點忙。」

「哎呀……妳的意思是？」

「『自動化元老機關』——就是那個過去為了檢測禁忌目錄違反者而創立的機構，我們之前就在解析拘束他們的術式……後來知道那些可憐的元老們，不只是即時找出違反禁忌目錄者，也能回溯某種程度的過去來進行監視。」

「回溯過去……？」

發出呢喃聲的不只法那提歐，其他騎士與局長也露出狐疑的表情。

在這樣的情況中，桐人發出喀噠一聲探出身子並快速問道：

「等……等一下……妳的意思是說，可以用影像來再生伺服器的記錄……不對，是過去發生的事情？不會吧……等等，不對喔，也不是不可能……假設系統檢測出違反禁忌目錄，就算在那個時間點打開視窗，違反行為也已經結束了。不窺探過去的話，就無法確認實際上進行了什麼事嗎——那種術式可以回溯多少天的過去？」

「現狀要以一天為單位的回溯還是有困難，代表劍士大人。我曾經嘗試過使用術式，但負荷實在太大，回溯三十分鐘就是界限了。如果事件發生之後立刻使用窺探過去術就好了，但因為昨天才發現相關文獻……」

阿優哈以感到遺憾的口氣這麼回答，桐人也露出苦澀的表情將雙手環抱在胸前。

這時副代表劍士代替專心思考事情的代表劍士開口說：

「阿優哈小姐，妳剛才說『術式的負荷太大』，具體來說是什麼感覺？」

「是的，很難用言語做出準確的說明……大概就是有巨量的聲音與光線流入腦袋的感覺，要在那樣的情況中持續只集中於目的的情景真的很困難。而且只要一使用窺探過去術就會消耗到界限才停止……我想應該能夠組成更有效率的術式，只不過還得花時間。」

「這樣啊……謝謝妳，阿優哈小姐。」

亞絲娜一道謝，術師團團長就有些害臊地點點頭。

和整合騎士不同，神聖術師的天命沒有受到凍結。因此阿優哈正如外表所顯示——推測年紀大概是二十二、二十三歲左右，但臉上難得出現表情時，就給人比妹妹索妮絲司書更加稚嫩的感覺。

之所以有這種感覺，可能是索妮絲的表情實在太過單調了……當羅妮耶這麼想時，就再次聽見代表劍士的聲音。

「——芙莉亞師團長，雖然想拜託妳繼續解析窺探過去的術式，但是請別太勉強自己。關於歐羅伊先生的照料(Care)，我會將他滯留在南聖托利亞旅館的同行者請到聖堂來。然後也會去跟料理長商量，盡量提供接近他家鄉口味的食物。」

桐人和亞絲娜的話裡雖然經常參雜沒有聽過的神聖語，但出席會議的羅妮耶與緹潔已經能理解不少這些神聖語的意思。「照料(Care)」指的是注意、擔心或者照顧之意，光兩個字就能表現出那麼多意思，說起來確實很方便。

「這種事情交給我來處理就可以了……」

擔任聖堂資材管理局局長，臉上戴著四角形眼鏡的四十多歲男性插嘴這麼表示，但桐人立刻搖了搖頭。

「不，當地人請我吃過好幾次飯……而且從頭開始調查的話太花時間了。」

聽他這麼一說，應該從未離開過人界的局長也只能讓步了。

山地哥布林族的食物是以貧瘠山麓地帶好不容易才能長出來的乾扁小麥，以及從荒野採集而來的樹果與野草為主，靈活的岩鼠以及從山谷河川中釣起的鎧鱒算是罕見的大餐。雖然聖堂裡應該很難重現類似的食物，但也只能相信料理長的技術了。

桐人的話讓關於事件的議題暫時告一段落，接著阿優哈便再次舉手說：

「接下來要報告神聖術師團的人員補充狀況。」

「甄選終於結束了嗎，辛苦了……那請吧。」

法那提歐慰勞對方並催促她說下去，結果師團長行了個禮後就拿出一疊白麻紙。

「──現在神聖術師團包含見習生在內總共有三百五十二名，和異界戰爭前的五百人態勢相較，人員算是大量不足。為了盡早實現進行中的『治療院擴大計畫』，我想要加快增員的速度。首先二月中將補充三十名術師見習生……」

「等一下。」

插話的是原本不斷吃著桌上茶點的恩特基爾。今天的茶點是亞絲娜副代表在廚房親手製作，名為「馬卡龍」的異界烤點心——實際上知道這件事的只有幫忙的羅妮耶與緹潔，看來恩特基爾似乎相當喜歡它的味道。

把咬了一半的，揉進速桃果汁後呈淡粉紅色的馬卡龍丟進嘴裡後，短髮騎士便繼續說道：

「我對增加術師見習生這件事沒有怨言，但要花好幾年的時間才能把他們從菜鳥培養到能獨當一面吧？這樣的話，也可以考慮把離開聖堂的那些傢伙叫回來吧？我想那些傢伙應該也冷靜下來了。」

恩特基爾的提案不只讓圓桌前的眾人，就連羅妮耶與緹潔都開始面面相覷。

四名上級司祭被放逐之後，確實有將近百名的術師追隨著他們離開聖堂。大部分都是拒絕參加人界守備軍的術師，所以羅妮耶也忍不住在心裡想著「隨便他們」，雖然人格值得議論但技術方面他們確實是人界最高級的術師。如果離開的一百人能夠回來，那麼神聖術師團的人員不足便能一口氣獲得解決……應該是這樣才對啦——

「嗯〜〜〜〜……」

發出長長的沉吟聲之後，桐人才把臉轉向坐在圓桌角落的人物。不對，圓桌是完全的圓形所以根本沒什麼角落或者正中間，但不知道為什麼，只有該名人物所坐的地方顯得有些陰暗，總是會讓人覺得那裡是角落。

「夏歐小姐，知道離開公理教會的那些術師之後在做什麼嗎？」

代表劍士徵詢意見的對象是穿著樸素茶色與灰色服裝的嬌小女性。名字叫作夏歐．修卡斯，目前擔任聖堂的情報局局長。

情報局是人界統一會議設立之後新設的局處，主要是負責過去由元老院一手掌握的情報收集工作。不過目前人員仍然不多，說起來羅妮耶根本不清楚夏歐局長是出身於何處的人物。

把一頭深茶色頭髮剪短到女性極限的夏歐，以竊竊私語般……但連迴廊上的羅妮耶她們都能聽見的不可思議聲音回答：

「雖然不是追蹤到所有術師，但最多的情況是向人界各地的支教會求職。再來就是成為大城市學院裡的教師，少數的例子是獲得富裕的贊助者，開設了自己的祈禱所……大概就是這樣吧。」

那種不太有抑揚頓挫的說話方式，完全感覺不到騎士們那樣的魄力，但少女騎士里涅爾和費賽爾似乎就是在局長的指示下到處出差。羅妮耶完全搞不懂他們用的是什麼樣的命令系統。

「這樣啊……想不到全是穩定且正當的二次就業……」

桐人的話讓夏歐輕輕歪起頭。

「只不過，只掌握到七成離開中央聖堂的術師，以現在的調查態勢……不可能追蹤到剩下來的三成在什麼地方做什麼事。」

「這樣啊……謝謝，我接下來會考慮增加情報局的人員。至於恩特基爾先生的提議，我認為現在由我們進行接觸時期尚早。他們內心應該還有疙瘩在……不過，在支教會與學校工作的術師，或許能讓他們幫忙治療院的擴大計畫。我會檢討一下可行性——芙莉亞師團長，抱歉打斷妳了。繼續說下去吧。」

「那……那麼……」

急忙把夏歐發言時吃了起來的馬卡龍塞進嘴裡，再用茶把它灌下去的阿優哈，再次將視線落到白麻紙上。

「嗯，本月底之前預定入塔的三十名術師見習生，其中有二十九名出身聖托利亞市內，一名來自市外。現在宣讀名簿……」

輕咳一聲之後，阿優哈就用嘹亮的美聲列舉出這些年輕人的姓名，他們全是即將進入聖堂大門的新人。

最高司祭支配下的時代，不論是貴族還是一般民眾，想主動進入白色大理石巨塔的居民，就只能在眾多武術大會裡贏得最後勝利並且在四帝國統一大會裡獲得優勝。不過就算獲得那樣的榮譽，還是會被「合成祕儀」刪除記憶就是了。

如此一來，騎士以外的修道士、修道女以及司祭們究竟是從何而來呢，其實他們大多數都是在這座教堂內出生長大的人。而且並非雙親戀愛結婚所誕下的嬰兒……而是最高司祭亞多米尼史特蕾達檢討修道士們的才能與性格，然後命令拔擢的男女生育小孩。

也就是說，大部分修道士是在聖堂出生長大，羅妮耶不由得對他們能夠順利在塔的外面工作感到佩服，不過和整合騎士不同，修道士們以前就會為了監督支教會或者購買物資而到城市裡，似乎也因此有了解一般民眾生活的機會。

但最高司祭死亡後當然不再有受到命令而誕生的嬰孩，現在聖堂內成長到十二歲的孩子們要是全變成術師見習生的話，術師團的人數將不再增加。而且得以自由選擇天職的孩子們，也不見得一定會走上術師這條道路。

因此必須從外部補充神聖術師，在亞多米尼史特蕾達時代，因為突出的才能而破例從塔外招聘——其實是強制——成為神聖術師的阿優哈．芙莉亞之所以會成為新神聖術師團團長，可能也跟這方面的事情有關吧……

羅妮耶一邊這麼想著，一邊茫然側耳聽著不斷被唸出來的名字。

「……以上是來自西聖托利亞的六名。接著從北聖托利亞共有五名錄取者。分別是北聖托利亞支教會的神父見習生伊哈爾．達利克十三歲……同樣是神父見習生的馬西歐姆．托魯賽魯十四歲……修女見習生蕾諾恩．希姆基十三歲，修女見習生……」

「果然幾乎都是教會的孩子。」

聽見緹潔的呢喃聲，羅妮耶便準備對她說「那是當然了」。但是，聽見北聖托利亞第五個被唸出來的名字，她便一瞬間忘了自己要說什麼。

「……接著是北聖托利亞修劍學院的上級修劍士，芙蕾妮卡・歇絲基十七歲。」

「「咦……咦咦咦咦咦咦————————！」」

兩人一起發出震耳欲聾的吼叫，結果緹潔懷裡的貝爾切小弟立刻睜開眼睛。藍色眼珠迅速累積大量淚滴，然後像水壩潰堤般大哭了起來。

兩人先向會議場低頭道歉，接著雖然拚命安撫著貝爾切，也還是無法停止互相看著對方的臉。

她們的嘴角一起上揚，忍不住露出了笑容。雖然立刻就想和緹潔討論許多事情，但還是得忍耐到會議結束。

因為兩人叫聲而中斷報告的阿優哈師團長，輕咳了一聲後就再次開始宣讀內容。

「嗯，以上就是來自北聖托利亞的五名成員。接著最後是來自市外的成員……諾蘭卡魯斯北帝國北部邊境區域，盧利特村支教會的修女見習生，賽魯卡・滋貝魯庫十五歲。」

「咦……咦咦咦咦咦咦————————！」

發出這聲吼叫的不是羅妮耶也不是緹潔。

而是至今為止都坐在圓桌的上座，以稍微抵抗著睡意的表情聽取報告的代表劍士。

2

「唉……剛才的反應太糟糕了………」

看見雙手抱頭深深嘆了口氣的代表劍士，羅妮耶、緹潔以及亞絲娜同時發出輕笑聲。

漫長的會議終於結束，把貝爾切小弟還給法那提歐的羅妮耶她們，為了吃午飯而準備朝十樓的大食堂前進，結果在跑下樓梯之前就被亞絲娜叫住。聽見「要不要一起吃午餐？」的邀約後當然也沒有理由拒絕，立刻答應下來的兩個人就被副代表劍士帶到中央聖堂九十五樓的「曉星望樓」。

這個樓層挖空了四方的柱子之外的全部牆壁，而且大部分地板是由美麗花草與清澈水道的庭園所構成，目前這個樓層已經是聖堂實質上的最頂樓。通往九十六樓的階梯被亞絲娜用神力產生的不可破壞門扉封印住，不要說整合騎士了，就連身為代表劍士的桐人都無法通行。

庭園的一角設置了白色桌子，比三個人晚了幾分鐘才出現的桐人，一坐到椅子上就發出丟臉的沉吟聲。「剛才的反應」指的當然是聽見賽魯卡·滋貝魯庫這個名字時發出的叫聲。

羅妮耶和緹潔在聽見芙蕾妮卡的名字被宣讀出來的瞬間也同時忍不住大叫了起來，但兩人和她過去在修劍學院是同寢室的室友，所以感到驚訝也是很自然的事情。

但是桐人的話，狀況則有點……不對，是相當複雜。

桐人和尤吉歐從北邊的盧利特村出發旅行，經歷許多試煉後成為修劍學院學生一事，羅妮耶她們在隨侍劍士時代就聽過了，但聖堂裡仍未揭露這些逸事。

這是因為，桐人他們朝聖托利亞出發的理由，是為了從公理教會手中奪回同為盧利特村出身，現在已經成為傳說般存在的黃金整合騎士愛麗絲・辛賽西斯・薩提。

整合騎士是從天界被召喚過來的神明使者，就還有許多騎士相信最高司祭這種謊言的現狀而言，關於「整合騎士出身地」的情報都必須嚴格保密。加上把違反禁忌目錄的幼年愛麗絲從盧利特村帶走的還是目前於人界統一會議身居重職的迪索爾巴德・辛賽西斯・賽門，而且他關於這件事情的記憶已經不存在。迪索爾巴德本身似乎對於「合成祕儀」有一定程度的認識，不過或許是顧慮到年輕的騎士們吧，可以知道他特意不提出這個話題。

上午的會議當中，桐人以「很像以前照顧過我的人」這樣的理由來說明聽見賽魯卡・滋貝魯庫這個名字後為何會大吃一驚，但這種理由實在欠缺說服力，法那提歐等人似乎也無法立刻接受。

面對在桌上抱著頭的桐人，收起笑容的亞絲娜出聲安慰起他。

「哎呀，既然說了懊悔也沒有用啊，桐人。反正賽魯卡小姐來到中央聖堂後，大家也會知道你們本來就認識了。」

「是沒錯啦……但在大家懷疑之前，我想盡可能先做好準備……」

「就算要準備，最多也只能跟賽魯卡小姐串供吧？不過我認為那麼做的效果也有限……」

「嗯，也是啦……」

面對點著頭準備抬起臉來的桐人，緹潔先露出有些猶豫的態度然後才對他搭話。

「那個……桐人學長。」

「嗯？什麼事，緹潔？」

代表劍士終於挺起身體來看向緹潔。這名紅髮的好友再次露出遲疑的表情，然後才說出聯羅妮耶都感到吃驚的話。

「我覺得事到如今還是說明真相比較好……就是告訴諸位整合騎士，你們也跟大家一樣是出生於人界。」

「喂喂，緹潔……」

羅妮耶急忙打斷好友的話。因為她認為「合成祕儀」是關於現在的整合騎士團，甚至是人界統一會議的最大祕密，而這不是一名騎士見習生能夠置喙的事情。

但桐人卻以手勢和微笑阻止羅妮耶，然後把視線移向緹潔。

「嗯，我基本上也贊成妳的意見。從天界被召喚過來……這個故事在許多地方都出現破綻了。資深騎士當中像是法那提歐小姐、迪索爾巴德先生，還有謝達小姐大概都發覺絕大部分的事實了，我也認為總有一天……不對，應該說得盡早跟所有整合騎士說明真相才行……只不過……」

桐人這時候開始吞吞吐吐，臉上露出擔心羅妮耶的表情。

「……抱歉，這會讓妳們想起討厭的事情……不過妳們兩個人都記得萊歐斯．安提諾斯臨死前的模樣吧？」

聽見這個名字的瞬間，並肩坐在一起的羅妮耶與緹潔身體同時僵住了。

怎麼可能忘記。兩人擔任桐人與尤吉歐的隨侍劍士時，萊歐斯．安提諾斯是主席上級修劍士。他粗暴地對待自己的隨侍劍士芙蕾妮卡，然後藉由賦予高等貴族的「貴族裁決權」來拘留對這件事提出抗議的羅妮耶與緹潔，並且想趁機玷汙她們。

在千鈞一髮之際，桐人和尤吉歐衝進房裡來救了兩個人，被桐人的一擊砍斷雙臂的萊歐斯，臨死前露出現在想起來依然會寒毛直豎的模樣。

他並非因為大量出血而天命全損。在那之前，他便迸出實在不像人類的奇怪悲鳴，簡直就像靈魂本身消滅了一般整個人倒在地板上……就此喪命。之後的異界戰爭當中，羅妮耶她們看見許多人類與亞人喪命的模樣，但從未看過像他那樣的死法。

兩人的身體不由得抖了一下，這時坐在對面的桐人與亞絲娜同時探出身子，把羅妮耶和緹潔的手拉到桌子中央，然後用自己的手確實地包覆住。感覺從現實世界來到這個世界的兩個人，伸出的手比任何人都要溫暖，折磨著羅妮耶的寒氣立刻融化了。

沒有開口道謝只是向對方點點頭後，兩個人便露出極為相似的微笑並且也朝這邊點了點頭，接著坐回位子上。羅妮耶深呼吸了一下後才開口詢問：

「……安提諾斯上級修劍士的死狀，與合成祕儀有什麼關係嗎……？」

結果桐人立刻搖了搖頭。

「不，沒有直接的關係喔。只不過……生活在地底世界的人們，精神承受極限的負荷時，每個人都可能變得像萊歐斯那樣。」

「咦……」

面對瞪大雙眼的羅妮耶與緹潔，桐人再次迅速搖了搖頭。

「不用害怕，羅妮耶妳們沒問題的。只有被極為僵固的觀念束縛住的人才會那樣。」

「僵固的……觀念？」

「沒錯。那個時候，萊歐斯把自己的性命與禁忌目錄放到天秤上。對於自尊心聚合物般的萊歐斯來說，自己的性命比什麼都重要。但禁忌目錄同時也是不論發生什麼事情都絕對不可侵犯的法律。是要為了活下去而違背禁忌目錄，還是遵守禁忌目錄而死呢……無法做出任何選擇的萊歐斯，心靈便崩壞了。」

桐人一閉上嘴巴，已經聽他談過這件事情的亞絲娜也露出混合著恐懼與憤怒的表情。桐人輕碰了她放在桌上的手後才又繼續開口說道：

「另外這是從法那提歐小姐那裡聽來的內容，據說在東大門防衛戰時，上代巨人族前任族長失去理性般大暴亂時，也發出跟萊歐斯一樣異常的叫聲。因為巨人族是以相信自身在所有種族中是實力最強來安定心靈……因為這樣的固有觀念快要崩毀，才會讓他失控吧。恐怕對於一部分整合騎士來說，相信自己是被從天界召喚到此，也同樣是他們精神重要的依靠。」

對於平常就目擊整合騎士們超強的實力與高貴模樣的羅妮耶來說，桐人的擔憂讓她感到不小的困惑。

關於「合成祕儀」的一切全是虛構──最高司祭亞多米尼史特蕾達欺騙了所有整合騎士的這個事實，應該會給他們造成最大等級的衝擊吧。

但是，不論什麼時候都不會動搖，除了自身之外就不懼怕任何事物的騎士，應該能夠接受這個事實才對。他們絕對不會像萊歐斯·安提諾斯那樣精神崩壞。

還是說，這只不過是自己的願望呢？即使成為騎士見習生，日常生活當中和整合騎士們交談，由他們指導自己劍術與術式，羅妮耶內心還是持續對其抱持著敬意與憧憬，所以希望他們能夠是不會受到任何傷害的絕對存在──是這樣的個人感情，讓她有這種想法嗎……？

不知道什麼時候已經深深低下頭的羅妮耶，耳朵聽見亞絲娜感到疑惑的聲音。

「桐人，我覺得有點不可思議……禁忌目錄對人界的人民來說擁有絕對的效力吧？甚至只要想違背它，精神就有可能崩壞。」

「嗯……是啊。一般來說在精神崩壞之前，『右眼的封印』就會發動，讓反叛的思考無法繼續下去……但萊歐斯那個時候之所以沒有發動，是因為那傢伙並非基於堅定的信念來試圖打破禁忌，而是陷入必須從禁忌目錄與自己的性命當中擇一保護這種矛盾思考的迴圈(Loop)了。」

「學長，『迴圈』是什麼？」

立刻插嘴提問的是緹潔。桐人以有些尷尬的表情做出說明。

「再怎麼小心翼翼還是不小心說出英……不對，是神聖語。迴圈就是圓環，從這個形狀聯想出『永不結束』與『重複』之意……這樣說明可以嗎？」

在桐人注視之下，亞絲娜微笑著點了點頭。

「差不多了吧。還有就是『捆縛』與『纏繞』之意吧。」

「嗯嗯，謝謝兩位！」

道完謝的緹潔，從制服的置物袋——神聖語似乎是叫「口袋(Pocket)」——裡頭拿出將白麻紙切成四角形後用線束起來的小簿子與銅筆。快速翻過已經寫了許多小字的紙，來到白色頁面後，就在上面寫下「迴圈」的意思。

「等……等一下，緹潔。那是什麼？」

「嘿嘿，我向管理部要來剩下的白紙做成的。像這樣寫下來的話，就不會忘記好不容易學會的神聖語。」

「妳……妳什麼時候學會這種事的……」

應該比自己還討厭學習的緹潔竟然下了這樣的工夫與努力，不禁讓羅妮耶有些慌張。她戳了一下好友的側腹，然後呢喃：

「之後也要教我製作方法。」

「呵呵呵，偶爾也想吃跳鹿亭的蜂蜜派呢。」

「知道了啦，真是的……」

微笑注視著兩人對話的桐人，這時一邊靠到椅背上一邊說道：

「得快點整理好增產雪白麻的體制才行呢。希望收穫量能達到現在的三倍……不對，是五倍。」

「就算十倍也完全不夠喔。」

亞絲娜立刻插嘴這麼說。

「我的理想是，讓人界的……不對，是全地底世界的小孩子都能自由地使用筆記本與銅筆。」

「如果能這樣就太好了……」

不知道什麼時候迷上學習之樂的緹潔，凝視著自己的小簿子並表示：

「羊皮紙實在太貴了，像我和羅妮耶這種出身於下級爵家的孩子就只能用水溶性的青葉蓮墨水書寫，然後不斷清洗來重複使用。敲碎白系草後製作的常用紙雖然便宜，但一週天命就會耗盡，接著變成碎片……如果能自由使用這種白麻紙，我想不論是哪個小孩都會喜歡學習喔。」

「是啊，再來就是要製作大量的教科書……」

這次換成羅妮耶用力點頭來同意亞絲娜的話。

為了尋找是否有材料兼具羊皮紙的耐久度與常用紙的生產性，桐人有段時間可以說是跑遍了人界。最後終於找到的雪白麻，是只生長在北帝國西北部岩山的純白植物，把它的葉子與莖切碎後放進大鍋子裡熬煮，再將這些完成的濃稠液體薄薄地灌入平坦的板子，然後在天命耗盡之前以熱素與風素瞬間乾燥，把狀態從耐久度低的「料理」變成高耐久度的「布」，最後再用大型擀麵棒不停滾動，將表面滾成光滑後白麻紙就完成了。

一隻羊只能製作出六十限四方的羊皮紙，白麻紙的價格不但便宜許多，耐久度也直逼羊皮紙，但跟只是將白系草橫豎編織起來後用木槌敲碎的常用紙相比必須花較多的手續，而且央都周邊無法入手作為材料的雪白麻。目前產地的岩山已經開拓出雪白麻田，聖托利亞也完成四座製造工廠，開始對央都居民販賣白麻紙，但目前的價格和常用紙相比還是偏高。連外行人羅妮耶都了解，要讓人界甚至是暗黑界的小孩子都能便宜買到白麻紙是多麼困難的一件事。

但是桐人和亞絲娜的目標似乎不只是白麻紙的大量生產。他們似乎是想製造寫有人界語、算數、術式學習方式的教科書。

「……如果教科書普及到人人都有一本的程度，小孩子就隨時可以學習知識了……」

緹潔接在羅妮耶後面表示：

「據說就算是初步神聖術的教科書，熟練的工匠也得花上一個月才能抄寫一本。價格當然也相當昂貴……因為神聖術是修劍學院的入學試驗科目，所以我爸爸硬是幫我買了教科書，但還是只買得起字跡潦草的快速抄寫本，結果讓他感到很懊悔。雖然那本書到現在仍是我的寶物就是了。」

其實羅妮耶也有同樣的經驗。

跟人界最高級的書籍——禁忌目錄相同，使用「公理書體」仔細抄寫的教科書一本要一萬席亞以上，一般民眾就不用說了，連下級爵士的薪水都絕對買不起。年輕工匠以潦草字體所寫的「速寫」教科書價格則便宜許多，但就算是這樣也還是昂貴的物品。

「那真的得好好珍惜。然後，有一天……」

露出微笑把話說到一半的桐人，這時再次閉上嘴巴，接著呼出一口氣。

「……教科書的大量生產應該比白麻紙困難好幾倍，嗯，不過我會慢慢地去做。因為還有許多時間……」

「嗯……說得也是。」

點完頭的亞絲娜，露出了有點淘氣的笑容。

「不過桐人，虧你能夠考進修劍學院耶，考試的科目不只有劍技，也有術式對吧。」

「啊，話先說在前面，我可是前十二名……應該啦。嗯，神聖術要不是尤吉歐一直在身邊教我，還真的有點危險呢。」

聽他這麼說，緹潔隨即發出輕笑。但是她的笑聲裡除了開心之外似乎也包含了其他感情，所以羅妮耶只能稍微揚起嘴角。

原本掛著慰勞般微笑的亞絲娜接著望向圓柱間可以看見的藍天，隨即露出「糟糕了」的表情。

「糟糕，妳們兩個肚子應該餓了吧。來吃午飯嘍，可以幫我端料理過來嗎？」

羅妮耶與緹潔同聲回答「當然了」並站起身子，這時桐人也跟她們一起抬起臀部。從隨侍劍士時代開始，羅妮耶在這種時候就一定會對他說「我來就好了」，但即使是現在，桐人還是不會坐著等待。學長真是一點都沒變……羅妮耶邊這麼想邊走在亞絲娜後面，結果緹潔再次拿出筆與簿子來。

「那麼，亞絲娜大人，妳所說的『筆記本（Note）』指就是這本簿子吧？」

這時候羅妮耶忍不住緊握起拳頭。

「曉星望樓」的樓下，中央聖堂九十四樓裡，設置了雖然比不上十樓的大廚房，但設備還是相當完善的廚房。

走在前面的亞絲娜一打開雙推門扉的瞬間，蜂蜜的甜香與起司的焦香味就同時襲來，讓羅妮耶的肚子整個揪緊。

廚房的地板與天花板都是白色大理石製，不過三面的牆壁旁設置了幾個高大的架子，上面排滿各式各樣的食材以及五顏六色的壺與瓶，看起來相當熱鬧。另一面牆壁上則排列著調理器具與大型的爐灶，寬敞房間的中央可以看見巨大的白木調理台。

四人一進入廚房，調理台後面一道纖細的人影便抬起頭來。

那是一名身上穿著一塵不染的調理用白衣，較短的頭髮上戴著圓筒型帽子的年輕女性。正確來說應該用「看起來年輕」這樣的形容才對。

坐在椅子上磨著大型菜刀的女性，看見羅妮耶他們就迅速站了起來。她向亞絲娜輕輕點頭打了個招呼，然後開口說：

「亞絲娜大人，焗烤派還放在烤箱裡保溫。沙拉和麵包則在這邊的籃子裡。」

「謝謝妳，哈娜。抱歉我們來遲了。」

道完謝後，亞絲娜就朝放置在廚房深處牆邊的大型熱素烤箱走去。人界語將這個由石頭與煉瓦所製造，在密閉箱子底下點火來通盤加熱的調理器具稱為「天火」，為了和代表索魯斯光芒的「天日」有所區別，比較常用泛用神聖語的「烤箱（Oven）」來加以稱呼。沙拉和麵包當然也是泛用神聖語，所以這次緹潔沒有特別拿簿子出來記錄。

亞絲娜戴上厚厚的手套之後打開了烤箱的蓋子，從裡面拉出一個加蓋的器具。這時從容器裡飄出了起司的香味。

焗烤派是以小麥粉揉成的麵皮包裹各種食材來放到淺鍋裡烤的簡樸料理，但從未聽過放入容器內再放進烤箱的調理法。說起來烤箱原本應該是用來烤麵包的器具。在羅妮耶她們興奮地注視之下，亞絲娜把橢圓形器具移動到調理台上，接著慎重地拿下蓋子。

「哇……這……這是什麼……？」

發出疑惑聲音的是緹潔，而羅妮耶同時也露出狐疑的表情。

器具中出現的是邊緣有些燒焦，看起來又白又薄，有點像是紙一樣的……

「呵呵，這是『紙包焗烤』喲。」

亞絲娜剛以有些驕傲的語氣說完，羅妮耶與緹潔就發出「咦咦」的聲音並瞪大眼睛。

「妳……妳說的紙是真正的紙嗎？白麻紙……？」

在認為不可能的情況下開口問道，結果副代表劍士就掛著笑容點了點頭。

「從聖堂的製紙所裡要來了乾燥工程中焦掉的白麻紙，然後嘗試了一下。」

「但……但是，用烤箱烤的話紙瞬間就會燒起來了吧？」

「使用常用紙的時候就燒起來了。雖然沒有試過羊皮紙，但又不能把貴重的羊皮紙用在料理上。不過白麻紙的耐久度果然是名不虛傳，它確實地完成了自己的任務。」

亞絲娜邊說邊用手指戳著摺疊好的白麻紙，雖然立刻傳出清脆的聲音，但是沒有崩壞。即使暴露在熱素烤箱的高溫之下，紙還是保存了天命。

亞絲娜脫下皮革手套，同時再次開口表示：

「人界的……地底世界的料理，雖然單純但還是受到嚴密法則的支配。不論是烤還是煮，不確實加熱一定時間以上的話『食材』就不會變成『料理』。加熱不足的話現況(Status)……狀態就會變成『未烤熟』或者『未煮熟』，吃下後就會肚子痛，反過來說加熱過頭的話就會變成『焦黑』狀態而變苦、變硬。」

「是……是的……」

這是每個開始跟母親學習做菜的少女最初都會被灌輸的知識。稍微燒焦也比未熟還要好，所以要確實地加熱——少女們帶著懷念心情想起這樣的告誡，並且聽著亞絲娜的話。

「不過呢，問題是料理最美味的時候是從『未熟』轉變成『熟透』狀態的瞬間。繼續加熱下去的話水分就會消失然後逐漸變硬，即使是燉煮料理，食材的味道也會消失。燉煮的時候，也有不斷追加食材並且持續以小火加熱來讓湯頭味道飽和的方法，但那樣實在太費事了。」

「是……是的……」

再次點頭的羅妮耶，口中微微浮現在黑曜岩城老街裡吃過的謎樣「黑曜岩城滷味」那種充滿個性的味道，於是急忙動著嘴巴說：

「……但……但是，那和用紙做菜有什麼關係？」

「嗯，然後我一開始是想要分辨出食材變成熟透狀態的瞬間，但是哈娜阻止了我……」

亞絲娜把視線移過去，白帽子的女性便面不改色地說道：

「這是以廚師為天職者，最初與最後會掉落的陷阱。再怎麼熟練的廚師，都不可能百發百中地分辨出熟透的瞬間。很久以前，有個廚師很擅長分辨那個瞬間，所以被稱為百年難得一見的天才，有一次他被召喚到帝城裡幫諾蘭卡魯斯皇帝製作料理。前菜與湯品都相當完美，但主菜的大赤角牛牛排從火上拿起來的時間稍微早了一些。結果吃了牛排的皇帝開始腹痛，廚師便遭到貴族裁決權砍掉雙手。」

當羅妮耶與緹潔說不出話來時，亞絲娜便輕輕搖頭然後開口表示：

「……所以我也放棄分辨熟透的瞬間，決定按照基本方法來加熱。不過相對地，我也詢問哈娜是否有花時間加熱也不會讓水分流失的方法，結果她便告訴我裝在加蓋的容器內再放入烤箱中烤應該會有所改善。」

「這樣啊……我也學了不少做菜的方法，但完全沒想到這樣的調理方式。真不愧是最高司祭大人的專屬廚師。」

緹潔很佩服般這麼說完，名為哈娜的女性便稍微聳了聳肩。

「那已經是過去的事情了——只有中央聖堂存在優先度高到放入烤箱加熱也不會碎裂的器具，而且烤箱加熱這個方法也不是毫無缺點……雖然水分不會流失，但會累積在容器當中，讓料理變得有點像燉煮一樣，食材的味道也會變淡。」

「於是一開始我就把傳統將食材包裹起來後再烤的方法加以應用，以小麥粉揉成的麵皮包住食材後再放入容器內烤。但是麵皮的味道與水分果然都會流失……如果要連麵皮一起吃的話就無所謂，但是光吃食材的話味道果然還是變淡了。於是我便思考有沒有什麼能夠確實包裹住食材又不會吸收水分，而且又耐熱的東西，然後我拿來嘗試的就是這種白麻紙了。」

「這樣啊……所以才叫作『紙包焗烤』嗎……」

正當羅妮耶看著容器裡面，這麼呢喃的時候——

「那個~差不多可以打開了吧……」

至今為止一直保持沉默的代表劍士發出有點丟臉的聲音，看來努力忍耐著空腹感的他已經撐不下去了。

亞絲娜發出輕笑之後，就以纖細的手指抓住微焦的紙張邊緣。

「其實我今天是首次嘗試這種做法，失敗的話午餐就只有沙拉和麵包，請多包涵嘍。」

「嗯……嗯嗯！」

這時候不只是桐人，連緹潔也大叫了起來。羅妮耶的心情當然也跟他們一樣。她一邊向掌管料理這種大地恩惠的提拉利亞神祈禱，一邊注視著亞絲娜手邊。

把疊成四方形的紙一張一張打開，當最後一張紙往左右兩邊打開的瞬間，筆墨難以形容的芳醇香味就一口氣擴散開來，讓羅妮耶感到有些暈眩。

主要的食材是白肉魚切片、香菇、蔬菜與大量香草，上方還能看見融化的起司。一眼就能看出加熱十分充足，但是和放在鍋裡烤時不同，完全沒有燒焦或者縮水。看來水分幾乎沒有流失。

「看起來很不錯。」

亞絲娜點頭同意哈娜的看法。

「是啊，那就趁熱大家分著吃吧。桐人，請你拿五個盤子過來。」

包含雖然不斷婉拒，但最後還是受到亞絲娜說服的哈娜在內，五個人把白肉魚的紙包焗烤以及麵包、沙拉等午餐拿到九十五樓的桌子前面。

或許是隨侍時代的經驗生效了吧，桐人也以熟練的手法協助眾人，短短幾分鐘的時間料理就全部上桌了。以加熱過的西拉魯水乾杯之後，五個人就同時拿起刀叉。

分裝到盤子裡的魚依然冒著熱氣，雖然那種模樣令人感到食指大動，不過羅妮耶還是忍不住先小心翼翼地聞了一下香味。但是蔬菜、香菇以及融化的起司渾然一體的芳香當中，只存在些許白麻紙燃燒時的焦味。

魚的肉片充滿水分與彈力，光是把刀子按上去就立刻崩散開來。送進嘴裡之後，首先是軟嫩的口感讓人大吃一驚。同時也還有許多湯汁，讓人不敢相信這已經是完全加熱過的狀態。

「嗚哇……和平常直接用火烤的時候完全不同！實在太好吃了！」

羅妮耶不停點頭來贊成緹潔的感想。慎重品嚐著味道的亞絲娜似乎也點頭表示贊同，但立刻又輕輕歪著頭說：

「嗯，正如我的目標，水分幾乎沒有流失……但果然沒有直接用火烤的香氣……感覺還殘留了些許腥味。」

「完成時揭開容器的蓋子與白麻紙，以熱素稍微炙烤一下如何呢？」

哈娜的提案讓亞絲娜露出「一語驚醒夢中人」的表情。

「這點子很不錯，表面稍微烤焦應該就能散發出濃厚香氣。下一次就早二十秒停止加熱，然後試試看這個方法吧。」

當做菜的兩個人交換著意見時，桐人也默默地——或許應該說專心地動著自己的叉子。擔心他到吃完都不會開口說話的羅妮耶，忍不住向右側的桐人呢喃道：

「那個，學長，你對味道有什麼感想……」

「……嗯？」

同時吃著魚肉、蔬菜與香菇的代表劍士，一邊大口嚼著食物一邊放聲叫出一句話。

「好吃！」

下一刻，亞絲娜便像是很無奈般搖了搖頭。

「雖然不要求桐人做出美食評論家般的感想……但是還是希望能更具體一點呢。」

「咦……那……那……好吃到連包著的紙都想一起吃下去！」

熟悉他的三個人同時嘆了口氣，哈娜雖然謹慎地保持著面無表情，但羅妮耶沒有錯過她的肩膀一瞬間抖動了一下。

歡樂的午餐時間三十分鐘左右就結束，因為哈娜強硬地表示這麼一點小事一定要交給她，於是只好把餐具交給她收拾，留在九十五樓的四個人便暫時閉上嘴巴共享著滿足感。

現實世界人的桐人與亞絲娜，已經不知道給地底世界帶來多少大大小小的變革。雖然最大的絕對是貴族制度改革，但對於羅妮耶來說，像是白麻紙的開發，以及可說是其應用的紙包焗烤這種日常生活中可以直接感受到的變化還比較有切身感。

原本就只有大城市才設有治療院，但兩人目前正嘗試在規模較小的村鎮也設立這樣的機構。現在邊境的村莊在出現傷患或者病患時，只能由支教會的修女、神父獨自負責治療，因此有不少同時出現許多患者時來不及治療的例子。另外，治療用的高度光素術與暗素術同樣難易度相當高，因此也會有不擅長這種法術的術師在面對攸關性命的重傷時無法對應的情況。

如果能夠在所有村鎮設置專門學習治療術的術師常駐的治療院，人界人因為突然的事故或者流行病而喪命者應該會大幅減少吧。而且桐人他們似乎不打算只依靠神聖術來進行高度治療，也打算發展利用藥品、繃帶與膏藥的民間療法。

羅妮耶認為，社會因為兩人進行的施政而往好的方向發展是很棒的一件事。但同時也會忍不住產生一絲不安。

最高司祭亞多米尼史特蕾達支配下的三百年——尤其是四帝國的分割統治體制確定下來之後，人界就幾乎沒有變化。那是因為最高司祭期望「永遠的停滯」，但結果就是人界裡大貴族的專橫以及央都和邊境的城鄉差距等問題都沒有獲得解決，整個社會也變得越來越是糟糕。

相對地桐人和亞絲娜則是不斷地努力要讓地底世界更加地發展。光是解放在私人領地被大貴族虐待的一般民眾，整個世界就可以說是變得更好了。

但是，感覺世界越是改變，人們對於人界統一會議……以及其代表人物桐人與亞絲娜的期待就越是無限地膨脹。以騎士見習生羅妮耶來看，兩人確實都具備等同於神明的力量，但就算這樣依然不是全知全能的存在。正因為知道桐人現在依然對無法拯救尤吉歐感到無限懊悔與傷心，羅妮耶才會感到不安。如果之後出現了以桐人和亞絲娜的力量與知識也無法迴避的危機——比異界戰爭更具決定性的破滅襲擊地底世界的話，人們究竟會對桐人丟出什麼樣的話呢——光是想到這裡，羅妮耶就會產生無可言喻的恐懼感……

「……那個，亞絲娜大人。」

身邊的緹潔所發出的聲音，把羅妮耶的意識從不安的思緒中拉回來。飯後喝著咖啡爾茶的亞絲娜，這時一邊眨眼一邊向她問道：

「怎麼了，緹潔小姐？」

「話說回來，吃飯前妳是不是有話想說……？我記得好像是跟禁忌目錄有關。」

「是這樣嗎……」

在亞絲娜露出狐疑表情的同時，羅妮耶的記憶也被倒轉了回去。

說起來確實是這樣，應該跟上位整合騎士們說出「合成祕儀」真相這個話題，感覺亞絲娜似乎想問桐人關於禁忌目錄的問題。桐人對她提到萊歐斯·安提諾斯陷入矛盾思考的迴圈時，緹潔就插嘴進來詢問迴圈這個神聖語的意思，之後話題就被帶到緹潔的簿子和白麻紙的增產上面去了。也就是說——

「……喂喂，緹潔，亞絲娜大人話會說到一半就是妳害的！」

羅妮耶小聲這麼叫完，似乎和她做出同樣結論的緹潔就稍微吐出舌頭。

「啊哈哈，好像是這樣喔。」

「真是的……亞絲娜大人，真的很抱歉。」

代替好友低頭道歉後，副代表劍士立刻發出輕笑搖著頭說：

「沒關係啦，有什麼想問的隨時都可以問喔。然後……我想問的是……」

亞絲娜收起笑容，接著把視線移向左邊。

「……那個，桐人啊。禁忌目錄對於人界人有絕對的效力，想要打破它的話『右眼的封印』就會發動，最糟糕的情況是精神整個崩壞……我的理解沒有錯誤吧？」

再次被詢問的桐人，一邊把今天早上剛從聖堂內廄舍擠出來的牛乳加進咖啡爾茶裡，一邊點頭回答：

「嗯，原則上是這樣沒錯。」

「這樣的話……在南聖托利亞的旅館擔任清潔員的椏贊先生，殺害他的犯人不是突破了右眼的封印，就是用某種方法迴避了禁忌，說起來打從一開始就不受到禁忌目錄束縛了吧？」

「……嗯，我想應該是這三者之一……只不過第三種……如果那是正確答案的話，犯人就不是人界人而是暗黑界人了，但暗黑界也有跟禁忌目錄同樣具備絕對效力的『力量鐵則』，犯人必須打破這個鐵則才行。因為目前的暗黑界於名於實都是最強的伊斯卡恩，已經發出禁止在人界為惡的文書了……」

聽見這段話的羅妮耶，就順著剛才亞絲娜的好意輕輕舉起右手。

「那個，學長，我可以問個問題嗎……？」

「嗯，什麼事呢，羅妮耶？」

「你剛才所說的……在黑曜岩城綁架伊斯卡恩大人與謝達大人小孩的黑色斗篷男，很明顯無視力量鐵則的存在了吧。因為他以莉潔小妹妹做人質，命令伊斯卡恩大人殺了學長……」

聽見她這麼說後，應該早已接受過詳細報告的亞絲娜，以及直接從羅妮耶那裡聽見經過的緹潔表情都變得僵硬。但是桐人本人卻一派輕鬆地點頭回答：

「的確是這樣。也就是說那個綁匪不是相信自己比伊斯卡恩強，就是那傢伙受到他相信比伊斯卡恩強的某個人命令……應該是這樣吧。」

「關於這一點，該怎麼說呢……總覺得有點曖昧。說起來暗黑界的人，到底是如何確認應該遵從的對象比自己強呢？不會每次都要進行決鬥吧。」

「伊斯卡恩的拳鬥士團好像是這樣喲。不過不算是決鬥，應該是比試吧……不過確實不是所有居民都下場一決勝負。簡單來說，是從種族或者公會、軍團中選出最強的一人當領導這樣的結構，戰爭前是由這些首長組成『十侯會議』這樣的統治組織，然後決定各種法律。目前名稱雖然變更為『五侯會議』，但實質上的構造還是相同……然後伊斯卡恩在參加五族會議的首長當中，個人的戰鬥力被認為是最強。」

「……這樣的話，那名綁匪就算自認為比伊斯卡恩大人還要強，應該也無法突破力量鐵則吧？必須和伊斯卡恩大人戰鬥來證明這一點才行。」

羅妮耶一這麼說，桐人便雙手抱胸並發出短暫的沉吟聲。

「嗯……那就要看信心的強度了……『四帝國大亂』時，四名皇帝就打破了應該也束縛著他們的禁忌目錄第一條反叛了公理教會。深信人界統一會議奪取了公理教會，為了最高司祭而從我們手中奪回教會這樣的正當化理由，超越了禁忌目錄的支配。只要有某種能產生同樣堅定信心的事物，就算不直接和伊斯卡恩戰鬥，或許也能夠打破力量鐵則。」

桐人的話讓羅妮耶想起從皇帝庫魯加・諾蘭卡魯斯六世周圍空間滲出來般的自尊心，結果背肌便輕輕抖動了一下。旁邊的緹潔也縮起脖子，然後小聲地說：

「……皇帝確實不把統一會議看在眼裡。但那是因為皇帝家已經支配帝國好幾百年……沒有這種歷史背景的人類，真的能光靠信心就反抗上位者嗎？」

回答緹潔問題的是話說到一半又再次被打斷的亞絲娜。

「確實是這樣，不論禁忌目錄還是力量鐵則，必須相當有骨氣（Backbone）才能光靠信心與正當化來打破它們。啊，Backbone有脊梁骨、印證或者精神支柱等意思喔。」

「好……好的。」

「然後……總而言之，我想問桐人的也是這件事。」

亞絲娜把視線移到旁邊，桐人便眨了眨眼睛。

「咦……？」

「不論殺害椏贊先生的是人界人還是暗黑界人，那個犯人或者命令那個犯人的某個人，說起來都擁有跟四帝國皇帝一樣強大且扭曲的精神。我覺得不可思議的是，如果有這樣的人類，那應該也會在人界引起大騷動……大概就像在暗黑界綁架莉潔妲小妹這種具決定性的事件才對。我當然不是看輕椏贊先生的生命……但是，這麼說雖然有點失禮，不過如果犯人的目的是引起人界和暗黑界的衝突，應該有更適合的標的(Target)……目標才是。」

「也就是說，具社會地位……比如貴族、大商人或者其家人……嗎？說得也是……」

羅妮耶看著桐人發出呢喃的臉，同時再次插嘴說道：

「那……那個，但是，椏贊先生的事件是要讓桐人學長前往黑暗領域……只要能完成這個目標，無論找誰下手應該都沒關係吧？」

「嗯……也是啦。但如果我是犯人，還是會引起更具衝擊性(Impact)的事件吧。這樣把我引到黑曜岩城去的機率也會提升……」

當桐人發出「唔唔唔」的沉吟聲時，緹潔就向亞絲娜詢問「衝擊性」的意思。看來光是今天她的簿子就能補充許多資料了。

話說回來，如果「黑曜岩城」與「聖托利亞」等地名也是來自神聖語，那麼它們有什麼相對應的意思呢……當羅妮耶這麼想時——

亞絲娜將加了些許砂糖的咖啡爾茶一飲而盡，然後以堅定的口氣說道：

「桐人，我想要試試看。」

「咦……試什麼？」

感覺她的話裡帶有相當危險性的桐人開口這麼詢問。

亞絲娜的回答別說是羅妮耶和緹潔了，就連身為逞強、荒唐、魯莽代表性人物的代表劍士也嚇了一大跳。

「就是阿優哈小姐所說的過去窺探術喲。如果真的能看見過去，只要在發生事件的旅館使用，應該就能看見犯人的模樣了。」

3

九十五樓的午餐會結束，暫時回到二十二樓自身房間的羅妮耶，叫住穿越共同客廳後準備進入自己寢室時的好友。

「對了，緹潔。趁現在教我怎麼製作那種小簿子吧……」

「筆記本。」

「咦？」

「我今後不叫它小簿子，而是要用神聖語來稱它為『筆記本』。因為比較簡單，感覺也比較適合。」

緹潔一邊這麼說，一邊從口袋拿出自行製作的簿子，不對，是筆記本。而羅妮耶則是以稍微往上的眼神來看著她的臉。

「……羅妮耶，妳那是什麼表情？」

「沒有啦，應該是沒關係啦……只是覺得用太多剛學會的神聖語，之後像迪索爾巴德大人之類的，一定會說真是受不了最近的年輕人……」

「那就也教會師父不就得了。」

「我說啊……先別管這個了，快點教我製作方法吧。」

這樣下去泛用神聖語的知識量將會完全比不上好友，所以羅妮耶這時還是不願放棄。緹潔則是露出滿臉笑容，用雙手把簿子抱在胸前。

「當然可以教妳，不過要把這種厚度的白麻紙釘起來真的很辛苦喲……」

「……知道了。一個荷尼斯甜點店的木莓塔。」

「好吧。」

以一本正經的表情點點頭，接著緹潔便從另一邊的口袋裡拿出一張摺起來的紙。從厚度與顏色來看就知道不是白麻紙而是常用紙，而且上面寫滿密密麻麻的文字。

「看，溫柔的緹潔小姐為了可憐的羅妮耶寫好筆記本的製作方式嘍。最重要的是要用纖細且牢固的繩子。」

「……謝……謝謝……」

羅妮耶以有些驚訝的表情接下遞過來的紙。緹潔應該早就為了羅妮耶寫下這張備忘錄——以神聖語來說是「筆記（Memo）」——了吧。

「謝謝妳，緹潔。」

羅妮耶再次確實地道謝，用雙手緊緊包覆住好友的右手。這次緹潔先是眨了眨雙眼，然後才露出不好意思的笑容。

既然知道製法，就想立刻去聖堂十二樓一隅的製紙所拿一些白麻紙的紙片，但很可惜地還是只能延期。在寢室換上外出用騎士服，並罩上灰色外套的羅妮耶，就和做同樣打扮的緹潔一起跑下大樓梯。

來到一樓正面的大門外，午後陽光就平穩地撫摸著她們的肌膚。由於還是二月，所以風還很冷，但可以感覺到每天一點一點變溫暖了。

兩人離開純白地磚整齊舖列著的正面廣場，直接穿越前院的草地往西南方前進。平常都會到飛龍廄舍迎接幼龍月驅與霜咲，然後一起待到傍晚時分，但今天必須讓牠們等待一下了。因為兩個人接下來要一起去參加重要的任務。

跑了一陣子後，寬廣的前院就變成樹木林立的果園。這個季節幾乎所有樹木的葉子都掉光了，但嚴冬才是產期的黑蘋果與冰無花果樹上都結滿了果實，同時飄散著些許芳香。

明明午餐時才剛填飽肚子，但還是很想摘一顆水藍色透明的稀奇無花果……對抗著這樣的誘惑穿越果樹園後，前方終於能看見巨大的牆壁。那是將公理教會中央聖堂用地與外界區分開來的大理石牆壁。

南壁與西壁接續的角落附近，已經可以看見桐人和亞絲娜站在那裡。

穿著樸素茶色外套的兩個人，發現羅妮耶她們後就輕輕舉起手來做出信號。急忙跑過這最後的數十公尺，羅妮耶和緹潔就同時停住腳步並低下頭來。

「抱歉，讓你們久等了。」

「不會，我們也剛來而已。」

聽見亞絲娜這麼說，桐人便咧嘴露出笑容加了一句：

「我們從聖堂飛下來，從空中就看見羅妮耶和緹潔在下面嘍。」

看來是她們跑過來時，被用心念飛行的桐人從上空追過去了。就算無法使用心念，總有一天也要學會風素飛行術給大家看，羅妮耶暗暗在心中下定決心，並環視著周圍。

「話說回來……為什麼選這裡當集合地點呢？」

四人的目的地是南聖托利亞的市街區，要去那裡的話就必須通過南壁中央的正門。但這個地方有的只是互相接合的白色大理石牆，根本不存在側門之類的東西。

難道存在我們不知道的暗門……當羅妮耶這麼想時，桐人便聳聳肩回答：

「正門開關時太顯眼了……這個時間門後面的廣場也有許多觀光客，絕對不可能偷偷地進出。」

「那麼，像之前那樣飛過去怎麼樣呢？」

緹潔以有些期待的口氣這麼表示。四天前，接到南聖托利亞發生殺人事件的報告時，桐人在左邊腋下抱著羅妮耶的狀態從聖堂上部露臺直接飛到空中，以風素飛行術直接前往命案發生處。所需時間僅僅只有數十秒，而且還能享受親身飛在空中這種令人興奮不已的體驗。也難怪緹潔會如此期待——只不過。

「哎呀，那也相當顯眼……」

苦笑著搖了搖頭後，桐人又迅速加了一句。

「不過，我今天想試試看祕密的捷徑。」

「祕……祕密的捷徑？」

緹潔像是沒時間感到失望般瞪大了眼睛。把原本的笑臉變成淘氣笑容的代表劍士，這時沒有多加說明，只是舉起了雙手。

「那麼，四個人手牽手圍成一個圈吧。」

「…………？」

雖然微微歪著頭，但羅妮耶還是用左手牽起桐人，右手牽起緹潔的手。對面的亞絲娜也稍微露出放棄掙扎的表情，然後做出同樣的動作，四個人就這樣圍成小圓圈。

下一刻，圓圈中央連續閃爍綠色光芒，強烈的風呈放射狀掃倒腳下的草。忍不住雙手用力的羅妮耶，身體被正下方的風壓推得輕輕浮了起來。

「嗚哇……哇哇哇哇哇！」

緹潔放聲大叫，雙腳開始亂踢。但是身體沒有回到地面上，反而以每秒一梅爾左右的速度往上升。

比好友稍微習慣桐人素行的羅妮耶，也因為首次的體驗而屏住呼吸，但還是有觀察狀況的心情。身體下方的風素連續受到解放，造成強烈的風不斷產生，但附近樹木的樹梢都只像是被自然的微風吹過。仔細一看就發現四人的外側，晃動著極為微弱的彩色光芒。心念之光——桐人應該是應用騎士的奧義「心念之臂」在四人周圍製造出圓筒形透明牆壁，而透明牆壁擋住了風，讓解放的風素變成強烈上升氣流來讓羅妮耶等人的身體垂直浮起。也就是說，原理與聖堂的升降洞相同。

原本慌了手腳的緹潔，不到十秒鐘也取回眺望周圍的心思，只見她左右擺動臉龐並發出歡呼聲。

「啊哈，好厲害，飛起來了呢，羅妮耶！」

「喂喂，緹潔，不能把手放開啦！」

當羅妮耶重新確實握住好友的手時，四人依然慢慢增加速度往上升去。這時地面已經在遙遠的下方，但是旁邊擋住視界的白色大理石牆依然沒有中斷的跡象。畏畏縮縮地抬頭看去，就看見在冬天淡藍色天空中清晰畫出直線的牆壁，目前距離盡頭仍相當遙遠。

如果這時候桐人學長的集中力或者空間神聖力中斷了的話……羅妮耶硬是停止這樣的想像，持續瞪著上面看。又繼續上升了二十秒左右，最後稍微斜向飛行才終於越過了牆壁頂端。

緊接著，風壓一口氣消失。四個人從兩梅爾左右的地方落下。如果是「鐵柱孤立」的修練，這樣的高度根本算不了什麼，但腳部無法施力的羅妮耶，就跟同樣腳軟的的緹潔一屁股坐了下去。

在桐人右手的支撐下好不容易站起來，一看見正面的瞬間，羅妮耶口中就發出讚嘆聲：

「嗚哇啊…………」

以高度來說，大概是聖堂十樓左右——最多也只有五十梅爾吧。但是，從塔上只能模糊看見的聖托利亞街景，目前就在伸手可及之處往外擴展。而且還不止是這樣。四人所站立的南壁與西壁的接合點，還有同樣高度的牆壁往西南方向筆直地往前延伸。

「……這裡是『不朽之壁』上面吧……」

聽見緹潔的呢喃，桐人就默默點點頭。

不朽之壁。那是將東西南北的聖托利亞市街——以及廣大四帝國領土全部分割開來的白色大理石巨牆。它們並非由苦力切割石頭後慢慢堆疊起來，而是最高司祭亞多米尼史特蕾達藉由神威一個晚上就令其出現。

以中央聖堂外圍牆為起點，一直延續到遙遠彼方包圍人界的「盡頭山脈」，這長達七百五十基洛爾的牆壁，據說正如其「不朽」之名，屬於不可破壞的物體。禁忌目錄裡禁止人攀爬或者損害它，所以當然沒有人會試著破壞這道牆，不過羅妮耶現在已經又犯了一項禁忌了。

就算成為整合騎士見習生時就已經從禁忌目錄的束縛當中解放出來，長年刻畫在心中的敬畏之心還是沒有消失，羅妮耶忍不住墊起腳尖來看著腳邊。

在沒有任何一米釐賽縫隙的情況下堆疊起來的大理石，明明經過數百年的風吹日曬，依然像是剛磨好時那樣發出光滑的亮光。回過頭去一看，牆壁在附近的轉角處就像是刀刃般銳利地聳立，看起來彷彿在拒絕想爬上去的無禮者一樣。

就在這個時候，羅妮耶聽見輕盈的拍翅聲。抬頭往上看去，隨即發現兩隻淡藍色小鳥從牆壁上面降下來。然後在大理石上輕輕跳躍著，並以黑色眼睛看著羅妮耶。

「……呵呵，看來禁忌目錄對小鳥沒有效果。」

亞絲娜的話讓羅妮耶瞬間放鬆肩膀的力道，接著兩名少女便面面相覷笑了一陣子。再次眺望眼睛下方的景色時才突然發覺某件事。

「啊，原來如此……學長是打算從這面牆壁上移動到南聖托利亞四區的旅館吧？」

如此詢問之後，桐人便轉過頭來咧嘴笑著說：

「答對了。從這邊走的話下面也看不見，只要選擇適當地點，下去的時候也不太會被街上的人發現。」

「聽你這麼說，應該不是第一次這麼做了吧？」

桐人立刻受到亞絲娜的追問，他先是露出「糟糕」的表情，然後才故意乾咳了一下。

「哎……哎呀，不是說確認逃走路線就是攻略的基本嗎……好了，我們快走吧。」

桐人說完便快步往前走去，羅妮耶與緹潔則是和再次露出無奈表情的亞絲娜從後面追了上去。

將人界分割成四等份的四面不朽之壁各自被獻上了非正式的暱稱。

分隔諾蘭卡魯斯北帝國與伊斯塔巴利耶斯東帝國的東北方牆壁是「春之壁」。分隔東帝國與薩查庫羅伊斯南帝國的東南方牆壁是「夏之壁」。分隔南帝國與威斯達拉斯西帝國的西南方牆壁是「秋之壁」。然後分隔西帝國與北帝國的西北方牆壁則是「冬之壁」。

至於四面牆壁為什麼會被用具備統一感的名稱稱呼，就連最資深的騎士法那提歐以及迪索爾巴德也不清楚理由。人界統一會議設立之前，不朽之壁是絕對不可侵犯的國境，東西南北的聖托利亞市民原則上無法自由地交流，只有獲得通行證的交易商或者富裕的觀光客才能通過每面牆壁上只有一扇的門。

目前通過大門的條件雖然已經獲得大幅度緩和，但尚未開放完全自由通行。那完全是因為四帝國大亂的餘波仍未平息的關係。反叛公理教會的一部分近衛騎士團殘黨可能還潛伏在人界的某處，現在依然執行著皇帝的命令。殺害椏贊老人和綁架莉潔妲可能都和他們有關。

羅妮耶一邊這麼想著，一邊走在「秋之壁」上方。

牆壁大約有四梅爾的寬度，所以不靠近邊緣就不必擔心腳步踩空，而且地上的民眾也看不見四個人的身影。羅妮耶的沉思不知不覺間被冷風吹走，只是茫然眺望著眼下的景色。

牆壁左側是以泛紅砂岩作為主要建材的南聖托利亞，而右側則是以黑色岩板建築起來的西聖托利亞。由一面牆壁分隔的兩個城市，不只有色澤不同，連建築物的設計感也有很大的差異。南聖托利亞那取出寬敞空間後，將切成四角形的紅色岩石堆疊起來的房子具備落落大方的開放感；仔細加工剝成薄片的板岩並加以組合，屋頂上也排滿飛龍鱗片狀瓦片的西聖托利亞建築物則讓人感覺到宛如工藝品般的細緻性。

桐人表示，四個聖托利亞市除了街道外表不同之外，連食物的味道也大相逕庭。羅妮耶和緹潔雖然可以自由進出放眼所及的四個城市，但總是有些畏懼，出門時一直都只到故鄉的北聖托利亞去。

守護四帝國全體的整合騎士不應該如此，當再次有這種體認的羅妮耶想對身邊的緹潔搭話時，走在前面的桐人就停下了腳步。

「四區應該在這附近吧……發生命案的旅館在哪裡呢……」

他一邊這麼呢喃一邊環視著南聖托利亞的街道。羅妮耶也改變身體的方向，凝眼看著赤茶色的街道。

旅館、旅館……羅妮耶在心中這麼呢喃並眺望了一陣子街道，但仔細一想就發現自己沒有去過成為犯罪現場的旅館。四天前，聖堂接到報告時，山地哥布林族被認為是犯人的歐羅伊已經被收監在衛士廳舍裡，於是桐人就直接趕到那裡去了。

「……那個，學長。你該不會不知道旅館的位置就到這裡來了吧？」

羅妮耶一小聲這麼問，桐人便朝著斜右方點了點頭。

「呃……嗯，是啊。哎呀，因為旅館應該都會掛著『ＩＮＮ』的看板，就覺得從上面看應該能知道才對……」

「我說學長，在有這麼多建築物的地方，不一定那麼剛好能看見招牌吧！」

受到緹潔再正當也不過的指責，桐人便朝斜左方點頭並說了句「妳說得對……」。亞絲娜露出不知道是第幾次的無奈表情，然後從外套當中拿出摺疊好的白麻紙。

迅速打開的紙張當然不是紙包焗烤，而是一大張地圖。

而且比街上書店販賣的地圖更加詳細。不只是道路，連每一間建築物都清楚地標示出來。

「嗚喔……妳是在哪裡弄到這個的？」

亞絲娜以輕鬆的表情回答桐人的問題。

「是我在學習的空檔時間，將索妮絲小姐在整理大圖書室時偶然發現的地圖一點一點冊抄過來的。她說原本的地圖冊不是手繪，而是上代司書小姐用未知的術式製作而成。」

「…………這樣啊，上代司書嗎……」

呢喃著的桐人一瞬間露出悲傷的表情，但立刻就恢復原狀，把臉靠近亞絲娜攤開的地圖。

「讓我看看，這裡是四區……這裡是那條大路嗎？然後旅館在這裡的話……」

桐人撐起身體，再次看向牆壁東側。

「哦，大概是那條十字路的北側吧。Thank you，亞絲娜。」

聽見神聖語的道謝後，副代表劍士便以人界語回答「不客氣」，接著將地圖摺好放回外套裡。

這樣就知道目的地的位置了，但問題還沒完全解決。必須在不被居民注意到的情況下，從高五十梅爾的牆壁上降落到地面。和爬上來時一樣使用風素術的話，絕對會被人發現。

羅妮耶將視線移到桐人身上，想看看他究竟有何打算，結果代表劍士隨興地走到牆壁邊緣，然後稍微往底下瞄了一眼。

「很好，目前沒有其他人在。我先下去，大家聽我的指示往下跳。」

「咿……咿咿？」

對著發出怪聲的緹潔伸出右手並豎起大拇指後，桐人就輕鬆地從牆上往下跳。身穿茶色外套的人影立刻消失無蹤，只有寒風吹過三人面前。

等待了幾秒鐘也沒有撞擊的聲音，於是羅妮耶便和亞絲娜、緹潔一起來到牆壁邊緣，同時往正下方窺探。結果遙遠的五十梅爾下方道路上，可以看到桐人正悠閒地揮著手。

「真是的……」

如此呢喃的亞絲娜，隨即對羅妮耶與緹潔伸出雙手。

「……我一定要學會飛行術。」

羅妮耶剛剛才下定這樣的決心，結果現在亞絲娜口中也說著同樣的話，這時緹潔已經握住她的手，於是羅妮耶也只能跟著握住亞絲娜的左手。那隻纖細到驚人，宛如最高級絲綢般光滑，且帶著一絲溫暖的手緊握住羅妮耶的右手，下一個瞬間，亞絲娜就以不輸給桐人的豪膽往腳下的大理石踢去。

身體一瞬間輕飄飄地浮起——但三個人立刻開始一直線往下掉。冷風在耳邊發出激烈的吼聲。雖然很想扯開喉嚨大叫，但是很可能會被別人聽見，於是只能拚命咬緊牙根。

就算是整合騎士見習生，從高五十梅爾的地方掉到堅硬的石頭地面也不可能毫髮無傷。當羅妮耶無聲叫著「學長，我相信你喔！」的時候。

站在落下點附近的桐人就舉起雙手，擺出了碗的形狀。

隨即有某種透明物體溫柔包裹住身體的感覺。掉落速度馬上變慢，風聲也跟著減弱。桐人用「心念之臂」接住三個人了。

連眾上位整合騎士最多都只能移動一把短劍，他竟然能夠同時讓三個掉落的人減速，羅妮耶這個時候才再次感受到桐人令人驚恐的心念力量。距離地面僅剩下十限左右時桐人便放開雙手，三人隨即咚一聲降落到地上。一起鬆了口氣之後，羅妮耶才對自己過去的指導生問道：

「……那個，學長。既然能辦到這種事情，上升的時候就不用風素術，也只用心念就可以了吧……」

「沒有啦，接住落下物體和往正上方飛行的印象（Image）……應該說想像的難易度不太一樣。即使只有我一個人，用心念飛行時也得把衣服變成翅膀的模樣……」

緹潔逼近聳著肩膀的桐人。

「桐人學長，下次我想自己降落，請教我風素飛行術吧！」

「咦咦！那……那不像看起來那麼簡單……不……不過，有上進心是好事啦，嗯。那麼，我們快點到現場去吧。」

桐人隨著刻意的台詞開始往北邊走去，結果亞絲娜從後面拉住他的衣領。

「方向相反了啦，桐人。」

從鄰接不朽之壁的微暗巷弄往左轉，來到寬敞的道路上後行人也變多了。由於還是二月，所以原本認為穿著長外套也不會太過突兀，但是南聖托利亞的人民竟然大多是輕裝打扮。和北聖托利亞只距離一基洛爾，所以氣溫應該不會相差太多才對，但或許是錯覺吧，照在砂岩街道上的陽光，似乎比在聖堂時更加溫暖。

不過很幸運地沒有被衛兵叫住，四個人就這樣橫越南聖托利亞四區，來到發生命案的旅館。

難怪它能夠承接來自黑暗領域的觀光客，這棟三層樓的建築物確實相當巨大，不過豎立在入口的看板所標記的住宿費用絕對算不上昂貴。脫下外套兜帽的桐人，往上瞄了紅砂岩蓋成的旅館一眼後就毫不猶豫地推開了門。發出輕快鈴聲的同時……

「歡迎光臨！」

也能聽見充滿精神的招呼聲。

前廳的正面是橫向的長型帳房，聲音的主人就站在其深處，那是一名看起來比羅妮耶年長一些的女性接待員。以深綠色頭巾綁起泛紅的頭髮，身上穿著同色的圍裙。

桐人一靠近帳房，女性便笑著對他問道：

「住宿嗎？總共四位？」

「嗯……」

桐人稍微猶豫了一下便輕輕點頭。

「嗯，四個人。只住一個晚上可以嗎？」

「當然可以了。只要一間房就可以了嗎？」

「嗯，同一間房就可以了。可以的話希望能住二樓。」

還以為他會表明身分請對方協助調查的羅妮耶，這時雖然不停眨著眼睛，還是默默注視著桐人與接待員的對話。房間馬上決定下來，桐人總共支付了六百席亞的住宿費後，四個人就被帶往二樓。

店家準備的是東南方的邊間，從大窗外面照射進來滿滿的索魯斯光芒。前方設置放了水果的大型圓桌，深處的牆邊整齊地擺了四張床。

結束詳盡說明的接待員深深行了個禮後就離開房間，結果緹潔馬上以悠閒的聲音說：

「我還是第一次住宿北帝國之外的旅館！房間的感覺和家具的形狀都和北國完全不同！」

「喂喂，緹潔，我們不是來玩的。」

羅妮耶急忙糾正好友，然後重新轉向桐人。

「……那個，學長。你接下來有什麼打算？這個房間不是命案現場吧……？」

「當然不是了。但是，我有辦法可以調查出是哪個房間。嗯，總之先休息一下吧。」

這麼回答的桐人伸了個大大的懶腰。脫下外套，甩了一下長髮的亞絲娜……

「那我來泡茶。」

說完便走向房間角落的架子，羅妮耶說了聲「我來幫忙」後就追了上去。

根據接待員的說明，需要熱水時得把熱水瓶拿到一樓的食堂去，但亞絲娜把水壺裡的水倒進熱水瓶裡後，就以順暢的詠唱生成了一個熱素。

雖然把水變成開水是神聖術的基礎技術，但還是有訣竅存在。只是把生成的熱素丟進水裡的話，水面會急遽產生反應而冒出大量水蒸氣，但水的溫度不會上升太多。必須多下點工夫，才能把熱素的熱量全部傳達到水裡。

本職的神聖術師都會攜帶南帝國特產的「火吸石」這種貴重的媒介，讓它吸收熱素後才把它投入水中。或者單純舉起容器，在其下方保持熱素也能讓水沸騰，只是要花點時間。副代表劍士大人打算怎麼做呢，以這種看好戲的心態注視之下，亞絲娜就接著生成了兩個鋼素。

以鋼素做成鐵球，再以它們來取代火吸石也是相當不錯的方法，但是和能瞬間吸收熱素的火吸石不同，鐵球沒有那麼簡單就能變燙。而且鐵球和素因不同，當然不可能浮在空中，所以在加熱時必須有東西支撐。

當然也可以拿附近的火筷子或者湯匙來用，但這種時候使用媒介以外的道具會被認為技術不精。神聖術師特別尊崇從素因生成到完了全部以術式來完成。以風素來產生極小的龍捲風，利用它來讓鐵球飄浮並將龍捲風與火焰融合，術師就是喜歡這種看起來華麗的方法，只不過三屬性術除了難易度相當高之外，龍捲風也很難控制，只要稍微分心火苗就會在房間裡四處飛散，造成極大的損害。

緊急時我必須生成凍素來中和火焰——在悄悄這麼想的羅妮耶注視之下，亞絲娜讓右手的熱素靜止並操作左手的兩個鋼素來靠近熱素。這樣下去兩種類的素因會產生反應，滾燙的金屬液體將往四處飛濺……當羅妮耶慌了手腳的瞬間——

「Form element hollowsphere shape。」

亞絲娜詠唱羅妮耶不知道的術式，兩個鋼素一邊融合一邊變化成直徑三限左右的球體。從沒有重量的素因變成鋼球的瞬間，就被重力牽引而掉進熱水瓶當中。

「咦、咦……亞絲娜大人，熱素到哪裡去了……」

羅妮耶急忙環視周圍，但還是找不到原本應該保持在空中的熱素。結果亞絲娜就戳了戳羅妮耶的手肘，然後指了指陶器熱水瓶裡面。

一看之下，以鋼素做成的球體正在冷水底部發出紅光。其周圍不斷冒出小泡泡，最後水面開始揚起水蒸氣。

「難道說，熱素在那顆球裡面……？」

「沒錯。我把熱素封到以鋼素製成的中空球體裡了。」

「……竟然有這種術式……」

當羅妮耶感到驚訝時，熱水瓶中的水也不停冒出氣泡，看來已經被加熱到快要沸騰了。

通常以鋼素製造中空的球體首先必須以「sphere shape」的術式製造出實心的球，然後一邊加熱一邊以「enlarge」術式令其膨脹。但這也很難控制，一個不小心就會破裂，就算順利成功也不能在裡面裝任何東西。

但是打從一開始就能製造空心球體的話，生成的瞬間讓它和熱素重疊就可以把熱素封在裡面了。這比用火焰龍捲風來烤鐵球要安全，而且也比較有效率。

「剛才那句ho……hollow？的術式，是亞絲娜大人發現的嗎……？」

羅妮耶一邊感嘆一邊這麼問道，結果副代表劍士便靜靜地搖搖頭。

「不，空心球是愛麗絲小姐擅長的術式，她似乎只把那個式句傳授給阿優哈小姐。而我則是從阿優哈小姐那裡學會的。」

「愛麗絲大人她………」

羅妮耶再次說不出話來。

異界戰爭當中，羅妮耶獲得幾次和金木樨騎士愛麗絲・辛賽西斯・薩提交談的機會。最令她印象深刻的是，在桐人所躺的帳蓬內，眼前的亞絲娜和人界守備軍的賽魯魯特將軍也一起分享各自回憶的一夜，另外東大門防衛戰時愛麗絲一瞬間就殲滅暗黑領域龐大軍隊的恐怖大規模光素術也令人記憶猶新。

羅妮耶也曾以一個小小術師的身分，思考過到底是什麼樣的術式能夠產生那麼猛烈的威力。光憑騎士見習生的知識當然不可能全盤理解，但還是可以想像是用某種方法積蓄龐大數量的光素，然後同時把它們解放出來。如果那個祕訣就是空心球的術式，也難怪愛麗絲會只告訴阿優哈一個人。

「……那個，讓我聽見也沒有關係嗎……？」

畏畏縮縮地這麼問完，亞絲娜便笑著點了點頭。

「嗯。阿優哈小姐應該是相信我不會濫用才會教我……所以羅妮耶小姐在必要的時候，也可以把這個式句傳達給值得信任的人喲。」

「……………好……好的。」

當感覺胸口深處一陣火熱的羅妮耶向亞絲娜點頭時——

不知道什麼時候從後面窺看著這邊的桐人就以毫無緊張感的聲音說：

「幹嘛這麼大費周章……熱水的話，只要朝臉盆發射兩三支『火焰箭』就可以了……」

「學長，那麼做的話整個房間會充滿白色水蒸氣喔！」

緹潔立刻這麼吐嘈，結果亞絲娜與羅妮耶便同聲笑了起來。

使用以神聖術煮沸的水沖泡南帝國產的紅色茶飲，休息了一陣子後，窗外便傳來下午兩點的鐘聲。

旋律和北聖托利亞相同——真要說的話黑暗領域也是一樣——但音色稍微輕快、開朗一些。在拖了長長的餘韻消失之前，桐人便迅速起身看向門口。

「好了，這棟旅館兩點到兩點半是從業人員的休息時間，各個房間的清潔人員也會一起到一樓的休息室。客人和觀光客應該也都出門了，現在的話走廊應該沒有其他人才對。」

「……噯，你怎麼知道這些事情？」

聽見亞絲娜的問題後，就交雜著神聖語回答「登記入住的時候問過了」，接著桐人便靠近門口。稍微打開門確認走廊的情況後立刻點點頭，然後看著羅妮耶等人招手。他接下來要做什麼完全不明朗，雖然感到不安，但相信他在旅館裡不會亂來的眾人也只好遵從他的指示了。

來到走廊上的桐人，毫不猶豫就往樓梯反方向的北方前進。一扇一扇確認並排在右手邊牆上的門後，第四扇門上用大頭針插著一張寫有「目前停止使用」的羊皮紙。羊皮紙上方雕刻著「２１１」數字的金屬板正發出鈍重的光芒。

「就是這裡了。」

桐人這麼呢喃，亞絲娜也點頭表示同意。這個房間絕對就是清潔人員椏贊遭到殺害的現場了。

代表劍士雖然把手伸向黃銅製手把，但不知道為什麼在快碰到前就停住了。接著將手移動到自己眼前，不停盯著指尖看。

「……你在做什麼啊，學長？」

即使羅妮耶小聲詢問，桐人也只是低聲說著「沒有啦，那個……」，所以無法了解他的真意。但是靠過來的亞絲娜呢喃了一句「別擔心，不可能連指紋的個人差異都完全呈現吧」後，桐人就點點頭並重新握住圓形門把。

左右扭動之後，門當然已經上鎖了，轉到一半就會卡住。才在想他有什麼打算時，桐人已經默默凝視著鑰匙孔——

幾秒鐘後，傳出了喀嚓的開鎖聲。

「嗚哇……學長，還可以用心念辦到這種事情嗎？」

緹潔發出佩服又難以置信的聲音，桐人則是聳聳肩回答：

「這個世界的鑰匙和鑰匙孔使用的不是機械的機關，而是系統上，嗯……詳細情形之後再說明吧。」

緹潔雖然因為曖昧的回答而露出不滿的表情，但在這種情況下也不能繼續追究下去。桐人再次握住門把並且轉動後，這次就能轉到最後，門也稍微動了起來。桐人再次窺探門後的情形，迅速把門打開後就催促三個人趕緊入內。

跟著亞絲娜走進去的客房，是極為普通的雙人房。只有東側的牆壁上有一扇窗戶，其左右兩邊各有一張床，前方則是比四個人剛才用來喝茶的桌子還要小一些的圓桌。

乍看之下沒有什麼特別不同的地方。硬要找的話，大概就是桌上沒有準備水果以及窗簾被拉上了吧。但羅妮耶卻直接感受到這裡就是恐怖殺人事件的現場。

最後進來的桐人隨即悄悄關上房門。站在桌子附近的亞絲娜回過頭來默默地點頭。

「……真的不要緊嗎，亞絲娜？」

桐人發出擔心的聲音。羅妮耶以及緹潔應該也跟他有同樣的心情。神聖術師團長阿優哈．芙莉亞對於昨天剛發現的窺探過去術做出負擔太大的評語。既然人界最高等級術者之一的她都這麼說了，即使擁有神明般力量的副代表劍士亞絲娜應該也沒辦法輕易使用。

但是亞絲娜卻露出平常那種安穩的笑容，同時再次點點頭。

「嗯，不要緊喲。為了無法自由行動的歐羅伊先生……還有遭到殺害的椏贊先生，必須盡快逮捕犯人才行。」

以堅定口氣這麼說完，就從吊在簡樸騎士服劍帶上的皮革袋子裡拿出疊成小小一片的白麻紙。攤開時稍微可以瞄到的是密密麻麻寫了好幾行的神聖文字。

「……………我知道了。那拜託妳了。」

以簡短但帶著無比信任的聲音這麼說完，桐人就對羅妮耶她們做出指示，一起退到牆邊。獨自留在房間中央的亞絲娜花了數十秒默讀白麻紙上的神聖文字後，再次小心翼翼地把它疊好並收回皮革袋子裡。看來她已經事先把術式背起來，剛才是在進行最後的複習。

使用神聖術時，讀出寫在紙上的術式和詠唱完全記住的術式在成功率與準確度、威力上確實會有明顯的差距。據桐人表示，理由是因為神聖術也與心念力量有關的緣故。因此默背術式是術者的基本，只不過亞絲娜開始詠唱的窺探過去術，式句內容多到遠超過羅妮耶的想像。

最初生成了晶素，並以其製作出薄薄圓盤，到這個部分都還能理解，但接下去的式句全是首次聽見的內容，完全無法理解其意思。即使如此亞絲娜還是以唱歌般豐富的抑揚頓挫來詠唱著，當羅妮耶聽得出神的時候——

房間突然變暗了。

「……嗚！」

身邊的緹潔屏住呼吸，緊握住羅妮耶上衣的衣角。宛如霧一般不定形的黑暗在地板上爬行，讓雙腳有種涼颼颼的感覺。

亞絲娜不知不覺間帶著陰森感的聲音一瞬間停住了。

她的上半身開始輕輕晃動。桐人的右腳雖然踏出半步，但最後還是停留在該處。詠唱隨即再次開始，黑暗變得越來越濃厚。

突然間，倒在桌子上的晶素圓盤無聲地浮起。接著從裡面發出詭異的紫光，從下方照亮亞絲娜的臉龐。

看見她承受著痛苦的表情，羅妮耶也緊咬住嘴唇。雖然想幫助亞絲娜，但術式只屬於術師一個人。而且她所挑戰的是能夠窺探過去的神明般技能。由最高司祭亞多米尼史特蕾達所建構，封印在元老院門扉深處的祕術中之祕術——

亞絲娜的身體再次開始晃動，同時把雙手往圓盤伸去。每當纖細的指尖微微顫動，溢出的

紫光也會不規則的閃爍。

突然間，傳出簡直像來自於地底般的扭曲聲響。

「……你……帝直轄領……的農奴椏……吧……」

只知道——是一個男人的聲音。接著是一名男性感到困惑的聲音。

「嗯……嗯嗯……不對……我已經……不是……領地的小農了……」

「領地民……著就是私有領地民……不願意的話，就在這裡……」

聲音突然變得清晰，第一個男人的聲音冷酷地丟出這句話。

「……去死吧！」

傳出「咚滋」的鈍重聲響，跟第二名男人的悲鳴重疊在一起。

下一刻，晶素圓盤就化成無數碎片四處飛散。這次亞絲娜真的整個人往地板癱去，桐人立刻用瞬間移動般的速度衝出去，以雙臂確實地撐住她。

從黑暗散去的２１１室走出來後，四個人便快步回到最初的房間。

桐人抱起靠在自己肩膀上的亞絲娜，把她放到其中一張床上。

「我……我不要緊了。」

亞絲娜急忙這麼說道並打算起身，但是桐人靜靜地按住她的肩膀，接著把臉轉向羅妮耶。

「抱歉，可以幫我拿杯水來嗎？」

「好……好的，馬上來。」

羅妮耶跑向架子，把水壺裡剩下來的冷水倒進杯子裡並且送過來。接過杯子的桐人稍微撐起亞絲娜的上半身，然後把杯子靠近她嘴邊。

分成三次一點一點把水喝完之後，副代表劍士就以稍微恢復生氣的臉看著羅妮耶，微笑著說：

「謝謝妳，羅妮耶小姐。」

「不客氣……」

她小聲回答完便低下頭去。雖然對於自己只能做這種事情感到懊惱，但她還是告訴自己，能夠幫忙兩個人的場面一定會到來。

由於亞絲娜的消耗並非因為天命的減少，所以無法用神聖術來恢復。桐人應該也知道這一點才對，但代表劍士把杯子還給羅妮耶後，手就舉向空中以無詠唱產生了三個光素。那些光素在亞絲娜周圍輕輕飄浮，微微照亮眼睛閉上的美麗容顏與光艷的栗色長髮。

離開桐人控制的三顆光素，不到一分鐘的時間就撒下微小光粒消滅了，但亞絲娜就像是從其淡淡熱量獲得活力般抬起眼瞼。

「……嗯，我沒事了。」

「別逞強啊，再休息一會兒比較好喔。」

亞絲娜迅速搖頭否定了桐人的建議，接著完全撐起上半身。

「不，得快點才行……」

這句話讓桐人的側臉繃緊，羅妮耶與緹潔也交換了個眼神。

「……妳看見什麼了？知道殺人犯是如何迴避禁忌目錄來殺害椏贊先生了嗎？」

面對這一連串的問題，亞絲娜像是要確認自己的記憶般眨了長時間的眼睛，才發出略微沙啞的聲音。

「一開始從玻璃盤裡看見的是……打掃剛才那間房間的男人。我想應該是椏贊先生。然後畫面前方，第二個男人對椏贊先生說『你是皇帝直轄領地的農奴椏贊吧』……」

「皇帝……直轄領地。」

桐人壓低聲音重複了一遍後，亞絲娜也靜靜點頭。

「嗯……椏贊先生一開始點頭但立刻就加以否認。他說『不，不對。我已經不是直轄領地的小農了』……然後第二個人，該怎麼說呢……就以嘲笑般的態度回答『私有領地民只要活著就是私有領地民，不願意的話就在這裡去死吧』，然後用短劍刺進椏贊先生的胸口……椏贊先生當場倒地，男人就拿著短劍走到房間外面。我只能看到這裡了……」

即使亞絲娜閉上嘴，還是有好一陣子沒有人出聲。

由於不論如何高位的術師都無法竄改過去發生的事情，所以可以確定殺害椏贊老人的不是歐羅伊了。這雖然是令人高興的情報，但無法否認謎題也更為增加了。

單腳跪在床旁邊的桐人站起來看著房間的門。

「……殺害椏贊先生的男人，把沾了血的短劍丟在走廊上，到附近的房間敲門後就消失了。山地哥布林族的歐羅伊當時在房間裡睡覺，來到外面注意到掉在走廊上的短劍，把它撿起來看時就被南聖托利亞的衛士發現並且逮捕。這應該就是椏贊先生被殺害之後發生的事情吧。」

桐人的說明讓羅妮耶有了「原來如此」的想法，不過身邊的緹潔卻發出「不過……」的聲音。

「桐人學長，這樣的話，衛士不會來得太快了嗎？殺害椏贊先生的犯人敲了歐羅伊先生的門後逃走，到歐羅伊先生撿起短劍也不過短短幾分鐘的時間才對……」

聽她這麼一說才發現確實如此。桐人也面有難色地點了點頭。

「說得也是。衛士之所以會趕到旅館，應該是因為接到市民通報這間旅館裡有亞人持武器作亂才對……但實際上歐羅伊只是撿起掉在地上的短劍，根本沒有作亂。也就是說通報者不是殺人犯本人就是他的伙伴……亞絲娜，完全沒看見殺人犯的長相嗎？」

一問之下，亞絲娜也很遺憾般點了點頭。

「嗯。感覺浮在玻璃盤的影像當中，他一直都是待在前方……或許應該說……」

她保持微微張口的狀態，眨了眨眼睛來思考該如何說明，但立刻就嘆了口氣。

「……抱歉，我也說不上來。」

「不，妳不需要道歉。」

桐人急忙靠近亞絲娜，溫柔地撫摸著她的背。

「就算沒有直接看見犯人也聽見他的聲音了，而且也得知許多其他的情報。比如說……犯人不是使用了複雜的詭計（Trick）……機關來迴避禁忌目錄並且殺害榲贊先生，只是很普通地刺中他的心臟……」

聽他這麼一說才發現真是如此。

亞絲娜之所以會冒險使用窺探過去術，就是為了要找出犯人是「如何」以及「為什麼」要殺害榲贊老人。雖然理由至今依然不明，但已經發現方法了。沒有任何機關與欺騙，是直接用短劍加以刺殺。也就是說…………

「犯人不受禁忌目錄的束縛……」

桐人也以沉重的聲音認同了羅妮耶的呢喃。

「應該是這樣……理由尚不得而知就是了……」

「關於這一點……」

這時亞絲娜插話進來，三人便朝著床鋪看去。

看來幾乎完全復原的副代表劍士，以奶茶般顏色的眼睛依序看著三人並且說道：

「……我認為犯人所說的話，直接就是殺害……應該說能殺害椏贊先生的理由。」

「他說的話……『私有領地民只要活著就是私有領地民』……？」

「沒錯……如果犯人能夠無視禁忌目錄的理由，是因為椏贊先生出身於貴族的私有領地，所以是裁決權的對象……」

「……對喔！」

桐人猛烈地吸了一口氣，簡直就像犯人站在那裡一般瞪著窗外。

「不只是椏贊老人，犯人或許同樣可以殺害所有前私有領地民……就是這樣亞絲娜才會說『得快一點』嗎？」

「嗯……我也認為在下一個受害者出現前必須想辦法解決……但是……」

羅妮耶也能夠理解亞絲娜咬緊嘴唇的理由。她往前走出一步，忘我地開口說：

「前私有領地民光是北帝國就將近一千人。全人界的話人數就是四倍……根本不可能保護或者派遣護衛來確保每個人的安全。」

從旁邊走出來的緹潔也大動作揮舞雙手說道：

「而且也不是所有得到解放的人都留在聖托利亞。我聽說有一半以上的人離開央都，選擇在有寬敞土地的地方擁有自己的農地。光是要找出那些人，大概就得花上好幾個星期……」

「因為人界沒有統一的戶籍資料啊……」

當桐人再次說出陌生的名詞陷入沉思時，他身邊的亞絲娜也暫時皺起了眉頭，不久後就迅速抬起頭來。

「……但是，犯人的目的是再次引起人界與暗黑界的戰爭，所以應該不會隨機殺害前私有領地民。不把罪過推到來自暗黑界的觀光客身上就沒有意義了。」

「這樣的話……我們應該保護的是……暗黑界人……？」

聽見緹潔的發言後，桐人便用力點了點頭。

「嗯……我原本就打算今天或者明天就到這間旅館來。為的是把歐羅伊在這裡待機的伙伴們找來中央聖堂。歐羅伊的思鄉……懷鄉症應該能夠暫時獲得舒緩……」

「但是學長，其他還有許多來自於暗黑界的觀光客……」

羅妮耶一這麼插嘴，桐人便輕輕聳肩。

「的確是這樣。不過幸好他們的人數和住宿的旅館都留有確實的紀錄，對應起來會比前領地民輕鬆。實在沒辦法讓他們所有人都住在聖堂，所以我打算提早預定，今天就開始讓他們依序歸國。派出附加護衛的馬車隊一路送他們到東大門的話，那些犯人應該也無法出手才對。」

「既然如此決定了，那就立刻開始行動吧。」

桐人立刻想去支撐從床鋪上下來迅速起身的亞絲娜，但似乎沒有這種必要了。即使如此副代表劍士還是小聲說著「謝謝」並報以微笑，但馬上就恢復毅然的表情。

「那麼……知道三名山地哥布林族住在哪一個房間嗎？」

「當然了。是一樓的四人房，所以應該在這裡的正下方。門的前面也派了衛兵站崗……一半是為了護衛，一半是為了監視就是了……」

「那也沒辦法，請他們移居到聖堂就沒有這種必要了。那我們走吧。」

羅妮耶等人急著追上快步往前走的亞絲娜。

但是——

下到一樓的四個人所見到的是無人的走廊與打掃乾淨的空房間。被桐人詢問究竟是怎麼回事的接待員，隨即以驚訝的表情表示上午南聖托利亞行政府的官員搭乘馬車來到這裡，把三名山地哥布林族帶走了。

4

月驅以有些不滿的鳴叫聲來迎接比平常晚了兩個小時才衝進廄舍的羅妮耶。

「啾嚕嚕嚕！」

「抱歉抱歉，有點事耽擱了。」

剛打開高一梅爾左右的柵欄，包裹在淡黃色胎毛下的幼龍便拍著小小羽翼撲了過來。以雙臂抱住牠後，長著圓角的頭就不停摩蹭羅妮耶的脖子根部。

旁邊的區塊裡，緹潔也同樣受到霜咲粗魯的招呼。兩隻飛龍目前都還是好不容易能夠抱起來的大小，到了明年應該就辦不到了吧。

「阿拉貝魯小姐，可以打擾一下嗎？」

忽然被人從後面搭話，羅妮耶一瞬間嚇了一跳才回頭看去。

站在那裡的是一名瘦高的男性。身上穿的連身服裝，是由浮現細小鱗片圖案的不可思議布料所縫製，腰間的皮帶上掛著大大小小好幾只皮革袋子。他的右手握著槍一般的長木柄，但是前端並不是金屬槍尖，而是看起來相當硬的大型毛刷。

臉頰消瘦的臉龐看起來比迪索爾巴德年長一些，不過不知道他的真實年齡。他是從很久以前就一直擔任聖堂飛龍廄舍長的人物，也有他跟艾莉一樣天命遭到凍結的傳聞。

「好的，有什麼事呢，海伊那古先生？」

羅妮耶一點頭，廄舍長就伸出瘦削但細看其實相當結實的右手，一邊搔著幼龍的顎下一邊說道：

「最近餵給月驅的魚會剩下一點點。雖然每隻飛龍都會有自己喜歡的食物，但是戰場上沒有辦法選擇飼料，所以還是趁幼龍時就加以矯正比較好。」

「咦……是這樣嗎？嘿，月驅。不可以挑食喔。」

羅妮耶輕聲斥責之後，似乎能聽得懂人話的幼龍就垂下耳朵上的羽毛，接著發出「啾嗯……」的鳴叫聲。

「請問，要怎麼做才能矯正牠不喜歡吃魚的個性呢？」

「最有效的是讓牠自己抓魚。吃下剛抓到的活跳跳鮮魚通常就能夠治好挑食，但聖堂裡很難這麼做。以前曾經獲得貝爾庫利大人的允許，帶著幼龍到市外的湖泊去。」

「活……活跳跳嗎……那麼我會問問看法那提歐騎士長或者桐人學……代表劍士大人。」

「就麻煩妳了。那我先走了。」

輕輕點完頭之後，海伊那古廄舍長就朝著內部的成龍區塊走去。在旁邊聽著兩人對話的緹潔往下看著自己的龍並說：

「……這兩個孩子能夠自己抓魚嗎？」

「應該說牠們會游泳嗎……」

當兩人同時歪起脖子時，兩隻龍就像想快點到外面去一樣揮舞著尾巴。

「知道了啦。」

兩人先行離開廄舍，在建築物包圍下的草地上放下幼龍。兩隻龍一被放下來就發出吵雜的叫聲，在草地上到處奔跑。

雖然看著牠們這種樣子，嘴角就會自然地上揚，但還不至於會想追著牠們一起玩。出來溜龍的這個時候，桐人和亞絲娜應該在聖堂上層和眾上位騎士開會。

即使詢問最近的衛士值勤所，也問不出以馬車帶走三名山地哥布林族，自稱是南聖托利亞行政府官員的人物究竟是誰。雖然見到了在房間前擔任警衛的衛士，但他表示官員出示的眾哥布林移送命令書上確實蓋了行政府的印章。

如此一來就只能直接問行政府他們的去向，但是事情沒有那麼簡單。目前舊上級貴族的影響力依然殘留著的四市行政府與人界統一會議之間原本就不合，而且南聖托利亞行政府的態度更因為統一會議強行禁止自己插手椏贊殺害事件而變得更加強硬。桐人等人判斷要調查傷害事件一定得用上正式命令書，於是為了讓統一會議與整合騎士團準備文件而回到聖堂。

法那提歐和迪索爾巴德應該不會反對對行政府發出調查命令。但是桐人早已經確信衛士所見到的命令書以及官員本身都是假貨。問題是接下來的行動方針。桐人感覺自身應該對哥布林們輕易遭到綁架負起責任，所以不會把搜索與拯救工作交給別人才對。但雖然只是間接性，代表劍士不久前才在黑曜岩城受到生命威脅，法那提歐他們這次一定會強烈主張桐人應該乖乖待在聖堂裡面。

「……會議中一定會發生爭執吧……」

似乎想著同樣一件事的緹潔在身邊發出呢喃，羅妮耶聽見後也輕輕點頭。

「可能明天還得繼續開會喔。」

「希望學長不要半夜跑出去才好……」

這確實是很有可能發生的事情。

雖然希望能讓桐人自由行動，但是身為前隨侍練士，應該阻止他的時候還是得確實地完成任務。羅妮耶再次抬頭看向大理石巨塔說道：

「還是先拜託亞絲娜大人……請她幫忙看著學長吧。」

聽她這麼說的緹潔似乎想說些什麼，但只有呼吸聲而沒有確實把話說出口。往旁邊瞄了一眼後，發現她以微妙的表情吞吞吐吐了起來。

「……什麼事？」

「沒有啦，沒什麼事。」

幼龍以感到不滿的聲音呼喚著進行著這種對話的兩個人。牠們是要兩個人加入追逐的行列。

「知道了啦，不過不會在地上打滾喔！」

這麼叫完後，羅妮耶就朝著月驅與霜咲的方向跑去。

5

從中央聖堂的二十樓到三十樓是職員、神聖術師以及騎士們的居住區。

亞絲娜和桐人生活的房間是三十樓東南方角落。很巧合的是，配置竟然與白天花了六百席亞租借的南聖托利亞旅館房間相同，只不過空間大小當然是小巫見大巫。

從走廊打開厚重的門，首先有大小約四張榻榻米左右的門廳，隔了另一扇門後面是三十張榻榻米左右的巨大起居室。

南面的牆壁從地板到天花板附近是格子狀挑高窗戶，西側則是設備齊全的廚房與浴室，東側是同樣相當寬敞的寢室。雖然沒有起居室那麼大，但是也有十五張榻榻米左右。

只不過，這個人界——地底世界裡沒有使用「幾張榻榻米」這樣的單位。真要說的話，至少聖堂和北聖托利亞裡沒有榻榻米。木頭或者磁磚地板的大小是以平方梅爾或者平方基洛爾來表示，各自又可以簡稱為「平梅爾」與「平基洛爾」。以這種單位來表示的話，起居室大概就是五十平梅爾吧。

這麼寬敞的話打掃起來很累人……一開始被帶到房間來時首先浮現這種想法，但是地底世界的灰塵類基本上不像物體那樣具備實體，而是類似感覺特效那樣的東西，只要拿掃帚或者撣子掃一掃揮一揮就會消失。實際上與其說是打掃，倒不如說是數位影像的修圖吧——這種露骨的說法是來自於桐人而非亞絲娜。

而且還有另一個打掃相當輕鬆的理由。

令人驚訝的是，聖堂……不對，應該說整個地底世界完全不存在廁所這種東西。這是因為這個世界的居民雖然會進食，但是完全不用排泄。

就連來自現實世界的亞絲娜與桐人也是一樣，兩個人到最近才終於習慣這一點，但是偶爾在吃太飽時，總是會忍不住想著產生這種滿腹感的食物究竟會跑到哪裡去。

地底世界經驗比亞絲娜還要長的桐人對於這方面也是摸不著頭緒，所以只說「ＲＡＴＨ那些傢伙，應該是判斷ＡＩ育成不需要排泄的模擬吧」，但在現實世界的歸還者學校選修人類發展學課程的亞絲娜，實在無法贊同這種思考方式。記得曾經學過……根據佛洛伊德的發展理論，幼兒具備「肛門期」這個成長階段，將藉由如廁訓練來建立起自信與自律性。

只不過，她也不認為不排泄會讓地底世界人的人格產生問題，只是還是會感到懷疑。地底世界人在咒罵時還是會說「狗屎」，他們對這個名詞有著什麼樣的認識呢？在想著有一天一定要找個人問問，但一直難以啟齒的情況下，時間很快就過了一年以上。

正確來說是一年三個月又十六天。

看向貼在牆壁上的羊皮紙月曆——這並非桐人和亞絲娜所製作，似乎是從很久以前就開始使用了——感覺到光陰似箭時，就聽見門廳的門開關的聲音。

進入起居室的桐人，黑髮仍有些潮濕。他似乎是緊急從九十樓的大浴場趕回來。以前先洗好的人會在走廊的分歧點等待另一個人，但後來發現那會讓使用浴場的職員們感到尷尬，所以就不再等待直接回到房間。

「久等了。」

桐人邊這麼說邊這麼靠近，亞絲娜則是攤開掛在肩上的浴巾來迎接他。

「真是的，好好把頭髮擦乾再回來就可以了啊。」

用浴巾包住他的頭後，雙手便開始搔動。這個世界雖然沒有吹風機，但是用布在頭上擦拭一段時間水氣就會消失，所以洗好澡後要整理頭髮可是比現實世界輕鬆多了。

即使任由對方擺布，桐人還是用小孩子般的口氣反駁：

「因為最近都是亞絲娜比較快……我想說是不是可以在走廊追上妳……」

「我說啊，並不是我比較快，而是桐人洗太久了。今天也花了一個小時喔。」

「咦？真的嗎？」

桐人這麼說的瞬間，就傳出晚上十點的莊嚴鐘聲。

「嗚哇，真的耶……沒聽到九點半的鐘聲……」

「你不會是在浴池裡游泳吧。」

移開浴巾這麼質問後，桐人就一臉認真地不停搖著頭。

「我……我才不會做那種事呢……除了自己一個人的時候啦……」

「誰知道呢。好了，坐到沙發上吧。」

亞絲娜按著桐人的肩膀，讓他坐到起居室中央的沙發上。然後從沙發前面的矮桌拿起自己剛才使用的梳子，仔細地梳起變乾的黑髮。黑檀木握柄上加了銀色裝飾的梳子，植入了過去棲息在東帝國的龍——不是飛龍那樣的西洋型，而是細長身體的東洋風巨龍——身上的毛，光是用這個魔法道具來梳頭就能讓頭髮烏亮有光澤。兩個人雖然嚴格禁止自己過著貴族般奢侈的生活，但這把梳子是法那提歐騎士團長送給亞絲娜作為慶祝就任副代表劍士一週年的禮物，之後就一直小心翼翼地使用著它。

把頭交由亞絲娜梳理的桐人，突然丟出這麼一句話。

「……看來還是得快點完成手錶。」

「這我也贊成。不過，你已經試著製作很長一段時間了吧……有那麼困難嗎？」

「嗯，要讓手錶確實運作需要許多高精密度的齒輪，這個世界的齒輪都是用在拉起城門的裝置或者水車的增速裝置上，全是用來傳達巨大的力量……就算把它們組合起來，也沒辦法確實發揮手錶的功能……系統鐘聲那麼精準，製作出來的手錶一點準確度都沒有的話，根本沒有意義嘛……」

「原來如此。」

亞絲娜點點頭後才又產生疑問。

「……等等，我聽法那提歐小姐說，很久之前這個中央聖堂裡也有時鐘吧？最高司祭小姐把它變成貝爾庫利先生的劍。那麼那個時鐘又是誰做的呢？」

「嗯，根據我的推測，地底世界一開始時是有時鐘存在。這個中央聖堂的所在地，三百年前是座小村莊，ＲＡＴＨ的員工就是在那裡培育第一世代的人工搖光。我想那應該是他們設置在那個村莊裡的物體吧。」

「『最初的四人』……」

亞絲娜回想在現實世界的Ocean Turtle裡聽ＲＡＴＨ指揮官菊岡誠二郎所說的話並且這麼呢喃著，結果桐人竟然把右手插進剛剛梳好的頭髮裡。

「一百樓的系統操縱臺還能發揮機能的話……就可以叫出時鐘的物體檔案然後不斷複製了。」

這種天真的發言讓亞絲娜忍不住露出苦笑。

「我說啊，如果系統操縱臺還有用，根本就不用製造作為物體的時鐘，只要在選單視窗……『史提西亞之窗』上追加時刻顯示不就可以了。應該說，在那之前……」

——或許就可以終止界限加速階段了啊。

亞絲娜把這句話吞了回去。

現在的地底世界，是在比現實快了五百萬倍這種恐怖的速度下運轉。雖然有點難以置信，但是亞絲娜潛行到這個世界的一年三個月，在現實世界裡僅僅只有八秒而已。想到現實世界自己所躺的ＳＴＬ與腦內的搖光之間正在交換的龐大檔案數量，就會不由得感到恐慌。甚至還會想像自己的腦有一天會燒掉。

但是，就算系統操縱臺復活，兩個人可以順利登出——亞絲娜也不知道現在的自己是不是能毫不猶豫地做出這個選擇。

亞絲娜和桐人介入人界的，不對，是地底世界的統治系統，為其帶來龐大且急速的變化。雖然不後悔這麼做，但是改革的餘波目前仍未平息，五天前發生的殺人事件也可以說是餘波的一部分。兩個人有確認這個世界最後會變成什麼樣子的責任，就算不顧這樣的道義好了，如果登出之後從外部窺看地底世界，發現文明整個崩壞的話，不知道會後悔到什麼樣的地步。

或許是察覺到亞絲娜說不出這句話的心情了吧，桐人突然舉起雙手，抓住亞絲娜在自己頭部後方的身體，輕輕讓她前翻後坐到自己大腿上。

「哇呀！」

忍不住發出這樣的聲音後，才抗議對方把自己當成布偶。

「喂喂，這樣很危險吧！」

但是背後的桐人卻隨著笑嘻嘻的氣息開口表示：

「別擔心，我確實用心念撐住妳了。」

「不是這個問題吧！真是的，看來人類能使用超能力的話就會墮落的傳聞是真的……」

「說墮落也太過分了吧～」

為了回應批評，桐人從後面輕輕抱緊亞絲娜。

亞絲娜一瞬間就感到全身無力。遙遠的過去——在浮遊城艾恩葛朗特那恍若前世般的新婚生活當中，亞絲娜每天都好幾次像這樣坐在桐人的大腿上，有時候甚至會直接這樣睡著。

從那之後雖然已經過了漫長的一段時間，但像這樣被抱住時，那種完全被保護，再也沒有什麼好害怕的感覺還是沒有改變。雙手握著龍毛梳子的亞絲娜，就這樣靠在桐人胸口並且閉上眼睛。

想直接就這樣睡著，即使如此桐人也會把自己抱到床上……雖然這麼想，卻無法這麼做。在這時候睡著的話，不論經過多久都靜不下來的代表劍士就會偷偷離開，前去尋找行蹤不明的三名山地哥布林族吧。

午後舉行的臨時會議裡，決定由人界統一會議與整合騎士團聯名對南聖托利亞行政府發出調查命令書，但那個時候已經響起下午五點的鐘聲，因此必須等到隔天早晨才能展開行動。而且出現在旅館的官員應該是冒牌貨，即使調查行政府也只能獲得「沒對哥布林族提出移送命令也不存在那樣的官員」這樣的結果吧。亞絲娜也認為給動作迅速的殺人犯們一整天的寬裕時間是很糟糕的一步棋。但就算是桐人，在沒有任何線索的情況下，像無頭蒼蠅在廣闊的聖托利亞尋找也不可能找出三名哥布林，而且也有可能跟黑曜岩城時一樣是引誘出代表劍士的陷阱。

最重要的是，亞絲娜受到騎士見習生羅妮耶所託，要她幫忙好好看住桐人，而她也回答「包在我身上」了。所以必須遵守和她的約定。

一想起羅妮耶擔心桐人安危的認真表情，胸口深處就感到刺痛。

從很久之前——人界統一會議設立之前，在異界戰爭進行之時，加上騎士愛麗絲、人界軍的索爾緹莉娜將軍後，四個人一起聊到天亮的那個晚上就發現羅妮耶的心意了。但是亞絲娜一直沒有辦法和羅妮耶談及這件事。

還只有十七歲的她，受到沒有結果的心意煎熬讓亞絲娜也覺得很難過。但是亞絲娜也不知道該怎麼辦才好。

其實在現實世界的時候，也經常會出現這種鬱悶的心情。

在虛擬世界遭遇後，由真正的羈絆連結在一起的好友們……莉茲貝特、西莉卡、詩乃以及莉法。她們都對桐人抱持著強烈的愛慕之意，但是在亞絲娜面前卻必須壓抑下這股感情，以開玩笑的方式來把事情帶過去。而且每當發生事情時還都會聲援、鼓勵亞絲娜。

亞絲娜雖然對她們的行動感到高興，但同時也感覺到痛苦。甚至曾經有點怨恨即使在這種危險狀態下還是不做出明確結論的桐人。

但是桐人從艾恩葛朗特第一層迷宮區遇見他的時候就是這樣的人了。將雙手攤開到極限來接受一切，絕對不會主動捨棄他人。就是因為他是這種人，才會幫助在危險至極的迷宮區最上層進行自暴自棄的升級行動，最後更因此而昏倒的亞絲娜。在接下來的第一層魔王攻略戰時，獨自承受起對於封測玩家的憎惡與反感，選擇了即使身為攻略組的絕對主力玩家，依然持續被人蔑視為「封弊者」的道路。

然後，亞絲娜所愛的正是這種個性的桐人。

因此亞絲娜對於和桐人一起被封閉在這個世界裡，產生了些許類似安心的感覺。異界戰爭將近尾聲時，只讓整合騎士愛麗絲前往現實世界，自己則留在地底世界，全是因為實在沒辦法丟下桐人獨自留在這個世界。不對，是在一切結束之後才發現這件事，那個時候腦袋裡甚至沒有浮現自己也登出這個選項。完全沒有想過這樣就可以獨占桐人，即使經過一年以上的時間，也反而是對於應該再也見不到的伙伴與家人們的愧疚感越來越是強烈。

就算是這樣——

在這個世界的話，就不用被夾在對於莉茲貝特與西莉卡等人的內疚以及自己的戀情之間，像這樣的心情也一直存在於內心的角落。

亞絲娜把梳子放在膝蓋上，接著將雙手疊到桐人繞過自己身體的手上。

擁抱的力量稍微變強了一點。

在黑暗領域南端的「盡頭的祭壇」再會時，桐人蹲在白色石頭地板上，眼淚汩汩地流著。不用問也知道，他是為了那些再也無法見面的人而流淚。

從那之後雖然又過了很長一段時間，但是亞絲娜不太和桐人談到現實世界的回憶以及應該是永別了的眾伙伴與雙方的家人。雖然有一部分是因為在這個世界應該做、應該想的事情實在太多，不過也有一部分是是因為亞絲娜尚未整理好自己內心的感情。她認為桐人應該也跟自己一樣。

正因為處於這種狀態，才會想至少得真摯地面對羅妮耶。為了不重複跟現實世界同樣的事情，而是持續思考自己能夠為她做些什麼。雖然經常都這麼想著——

「……差不多該睡了。」

亞絲娜一這麼呢喃，桐人就在右耳後方的近處回應著「說得也是」。

原本想從大腿上下來，但在那之前桐人的右手就先移動到雙膝後面，接著被他以側抱的方式輕輕抬了起來。

「哇，等……」

剛因為這出乎意料的行動而掙扎，放在亞絲娜身體上的龍毛梳子就掉了下去。但是在距離地板五十公分左右就輕飄飄地停下來，接著橫移到矮桌上面。是桐人用「心念之臂」接住了它。

亞絲娜也花了很長的時間練習這種目前只有桐人與上位騎士能夠使用的超能力，目前最多就只能讓十席亞銅幣稍微動一下。但是，又有點害怕能夠自由移動身邊的東西後，生活會變得自甘墮落。何況現在的家事就只剩下偶爾做菜和打掃自己的房間而已。

「……真是的，嚇我一跳。」

往上看著桐人並這麼說完，對方就咧嘴露出淘氣笑容，跟著回答：

「今天使用窺探過去術讓妳累壞了，這點小事情應該沒關係吧。」

「那根本算不了什麼啦。」

在這樣回答期間，桐人已經用滑行般的腳步橫越寬廣的客廳，然後又用了心念打開寢室的門。

比亞絲娜現實世界的寢室大了快一倍的房間中央，放置了一張比加寬加長的雙人床大了一圈的床鋪。首次看見時，就對帶路的法那提歐表達「這實在太奢侈了」的意見，但聽見對方笑著說出——這張床是建設中央聖堂三十樓時就搬進來，不把房間敲壞就搬不出去的理由後，也就不能多說什麼了。而且也無法否定那一整片的厚重黑胡桃木床頭，其精緻的作工也足以讓有點天然木製家具愛好家特質的亞絲娜著迷，她才看一眼就完全被這張床迷住了。

根據ＲＡＴＨ的比嘉健的說明，地底世界是把「The seed」程式產生的地形與物體，轉換成超高解像度的「汎用視覺化記憶」形式。而The seed是運作ＳＡＯ的Cardinal系統的精簡版，從某方面來看，生長在地底世界的黑核桃木，跟成長在艾恩葛朗特的可以說具備同樣的電子基因。

溫柔地把亞絲娜放到床鋪右側之後，桐人就繞過床尾板坐到左側。他將視線朝向牆壁上兩處發出柔和燈光的光素燈，依序將素因消滅掉。人工光線消失後，從亞絲娜左手邊大窗戶悄聲進入的月光就把房間染成淡藍色。

接著桐人就把摺疊在腳邊的棉被拉起來一路蓋到亞絲娜的脖子根部。簡直像在對待小孩子一樣，從棉被上輕拍了兩下後自己也躺了下來。

「……我睡著之後，你也不能偷跑出去喔。」

亞絲娜感受著穩定的睡意，同時這麼呢喃著。結果從右側傳來淡淡苦笑的氣息。

「不會啦。畢竟聖托利亞這麼大，實在沒辦法在沒有任何線索的情況下找出那三名哥布林……」

「別擔心，一定能順利找到他們。就算那些犯人想引起下一個事件，應該也需要……各種準備才對……」

抵抗著身體迅速下沉般的睡意，將右手往桐人的方向移動。又大又溫暖的左手立刻探尋著

亞絲娜的手，然後溫柔地將其包住。

最近兩個人獨處時，忍不住像小孩子一樣撒嬌的情況增加了。並非刻意，不知道為什麼就是會這麼做。

理由說不定是因為兩人的精神年齡逆轉了的緣故。

亞絲娜的生日是二〇〇七年九月三十日。桐人的生日是二〇〇八年十月七日。一直以來都是亞絲娜大他一歲，但在亞絲娜潛行到地底世界之前，桐人已經在時間加速的這裡度過兩年八個月的日子。當中有半年的時間陷入昏睡而沒有記憶，所以就算扣掉這六個月，現在的桐人在精神年齡上還是比她大了一年兩個月。

日常生活當中幾乎沒有意識到這一點的機會，不過在兩人獨處時，就會從某些動作或者發言裡，感覺到艾恩葛朗特時代桐人不太散發出來的成熟韻味，然後也因此而感到吃驚。可能就是這種感覺不斷累積，讓亞絲娜變成了愛撒嬌的女孩。

現在回想起來，在ＳＡＯ相遇時桐人還是剛滿十四歲的國二學生。而亞絲娜自己也是即將面臨學測的國三生。因緣際會之下成為搭檔的兩個人，經常會像小孩子一樣鬥嘴。

帶著懷念的心情回想著像是不久前才發生，也像是遙遠過去般的日子，亞絲娜就這樣陷入柔軟的睡眠深淵當中。

6

隨著日子逐漸變溫暖的北風溫柔地撫過藍色湖水。漣漪將在水面搖晃的索魯斯亮光變成無數光點。

北聖托利亞郊外，被平緩丘陵包圍的諾魯基亞湖在半個月前才剛融冰，岸邊的草很快就冒出了新芽，黃色小花則又為整體添加了一些色彩。

這邊一帶是央都近郊地力最為豐富的場所，一年四季可以欣賞到各自不同的美景，只不過長年──真的是長達百年以上，一般民眾與下級貴族都無法靠近該處。這是因為諾魯基亞湖畔一直是貴族私有領地當中面積最大的「皇帝直轄領」的一部分。

經過四帝國大亂後所有的私有領地都得到解放，現在誰都可以自由地享受在此地散步的樂趣。或許是還有好一段時間春天才會到訪的緣故吧，遼闊的湖泊周圍除了羅妮耶、緹潔，以及兩隻幼龍之外就看不見其他人影。

人界曆三八二年，二月二十四日。

結束上午修練的羅妮耶她們，取得迪索爾巴德師父、法那提歐團長，再加上代表劍士的許可後，就帶著月驅、霜咲離開聖堂。桐人對於無法一同前來感到可惜——關於這一點羅妮耶也有同感，但兩個人絕對不是來這裡遊玩。因為兩個人打算立刻實踐昨天廄舍長海伊那古告訴她們的方法。

當索魯斯高掛在天空中央時，在草地上滾著玩的兩隻幼龍跑到坐在湖畔岩石上的羅妮耶與緹潔面前交互叫了起來。到處亂跑之後，肚子應該餓了吧。

用來移動到這裡的小型馬車——不習慣當駕駛的緹潔自告奮勇擔下責任——裡頭，堆積了以防萬一用的肉乾與果乾作為兩隻龍的午餐，但羅妮耶隻字不提這件事，只是開口表示：

「月驅、霜咲，今天的午餐你們要自己去抓喔。」

「啾嚕……？」

雖然不清楚兩隻幼龍究竟能懂幾成的人話，但是看見牠們很疑惑般歪起脖子的模樣，緹潔就發出輕笑聲從岩石上站起來。

「好了，跟我來吧！」

緹潔說完就踩著短短的嫩草朝著水邊靠近，月驅與霜咲則是輕甩著尾巴追了上去。羅妮耶也躡手躡腳地跟在他們後面。

在露出泛白岩石的岸邊停下腳步，靜靜往水中看去的緹潔開口呢喃著：

「有了有了……」

站在她身邊的羅妮耶，也看見無數在透明水中游動的影子。在冰層底下度過冬天的小魚成群結隊地游著泳。幼龍這時也把脖子從半蹲的兩人中間伸出來，而羅妮耶則是開口對兩隻幼龍呢喃著：

「看吶，月驅，是魚喔。一定很好吃呢。」

最近都把魚留下來的幼龍，往上看著羅妮耶的臉並發出「咕嚕嚕……」的懷疑聲。羅妮耶以右手按住幼龍準備後退的臀部，然後又加了一句：

「今天沒抓到魚就沒午飯吃嘍。」

「咕嚕～……」

像要表示「這太過分了」的丟臉聲音讓羅妮耶快要忍不住笑出來，但最後還是狠下心繃起了臉。

當羅妮耶與月驅持續瞪著對方時——

「啾嚕嚕！」

叫了一聲的霜咲像是要鼓舞自己一樣拍了兩三下翅膀，接著便迅速朝著水上衝去。牠在空中收起翅膀，伸直長長的脖子，從頭部衝進湖水當中。

在深七十限左右的湖底游泳的小魚隨即往四方逃散。霜咲扭動全身，展現相當高超的泳技來追逐其中一隻魚。

飛龍正如其名所示，是特別強化了飛行能力的生物，但位於西帝國邊境的「飛龍巢穴」是在險峻的高山上，而這些高山又包圍了面積比諾魯基亞湖大幾十倍的廣大湖泊。據說野生飛龍就自由地在湖泊裡游泳捕魚。在中央聖堂誕生的月驅與霜咲只有在前院的淺淺水池裡玩水的經驗，不過看來牠們具備了游泳的本能。

數十秒後，打破水面高高飛出的霜咲，猛烈拍著小小翅膀降落到原本的岸邊。沒有時間避開緹潔與羅妮耶直接抖動全身，從濕濡的羽毛撒下大量水滴。

「哇啊！」

忍不住把臉別開的羅妮耶注意到霜咲嘴角有些許閃光，於是便凝眼仔細一看。結果那是銀色身體上有著小小紅斑的鱒魚。在水底游泳時感覺比較小，但近看才知道全長應該有二十限。

鱒魚即使被霜咲咬在嘴裡依然活蹦亂跳地掙扎，這時月驅把鼻子尖端靠近牠聞了起來。但是下一刻霜咲就抬起頭來，一口把魚吞下肚子裡。

「啾嚕嚕嚕！」

幼龍發出滿足的叫聲，緹潔則是以傻眼的口氣對牠搭話道：

「我說你啊，這麼辛苦才抓到，仔細嘗嘗味道好嗎？」

但是霜咲就像要表示這不過是小試身手一樣甩了一下尾巴，接著就再次衝進水裡。月驅雖然凝視著湖面，但是也僅於此。

「月驅，加油啊加油啊。」

羅妮耶一這麼對牠搭話，牠就像是在空腹與怯場之間掙扎一般數次前後擺動身體……

「咕嚕～～！」

發出一聲尖銳的鳴叫後，月驅也衝進水裡。

以眼睛追著牠淡黃色的身影，就看見牠動作雖然比剛才的霜咲僵硬一些，但還是拚命游泳追著魚群。但是鱒魚群迅速地往左右移動，實在很難順利捕捉到牠們。突然就要性格比霜咲乖巧的月驅抓魚果然還是太困難了嗎……當羅妮耶這麼想時，先衝進水裡的霜咲已經繞到鱒魚群前方。驚嚇的魚群散開時，月驅便衝了過去。

隨後直接從水面飛出回到岸邊的幼龍嘴裡，已經叼住一隻長達二十五限左右的大鱒魚。

「咕嚕嚕嚕！」

月驅很驕傲般叫著並展示獵物，羅妮耶看見後也跟著牠大叫了起來。

「真是了不起，恭喜你了，月驅！」

她還順便輕拍了一下手來鼓勵幼龍，但接下來才是重點。在廄舍裡留下魚的月驅，會不會吃下自己抓的鱒魚呢？雖然海伊那古廄舍長表示，只要吃下活跳跳的鮮魚就能改掉挑食的壞習慣——

在帶著緊張心情守護下，月驅先是眨了幾次眼睛，然後把脖子朝著羅妮耶伸過來，讓咬住的鱒魚掉落在草地上。

「咕嚕！」

鳴叫的幼龍當然沒有惡意，但是羅妮耶忍不住嘆了一口氣。看來就算抓魚很有趣，還是無法改掉牠討厭吃魚的壞習慣。

這樣不行喔，不吃的話就沒有午餐……準備這麼斥責之前，緹潔已經搶先一步表示：

「羅妮耶，牠是想把魚送給妳吧？」

「咦……？」

羅妮耶用力眨了一下眼睛後才對著幼龍問道：

「……這條魚要給我嗎？」

結果月驅像是要表示「終於了解了嗎」般又叫了一聲。

「咕嚕嚕～！」

「這樣啊……謝謝你，月驅。」

羅妮耶伸出右手，用力摸了摸牠沾著水滴的頭部。然後用左手拿起仍然活跳跳的魚並且露出微笑。

「那我就把牠當成午餐嘍。不過接下來抓到的魚要自己吃喲。」

「咕嚕！」

發出聲音表示「那是當然」後，月驅就再次跳進水裡。

之後兩隻幼龍的技巧就有了明顯的進步。牠們並非各自捕獵，而是一隻追趕魚群，一隻先繞到前方。當被包夾的魚群散開的瞬間，就同時捕捉獵物。

在魚群逃往深處之前各自抓了五隻鱒魚的月驅與霜咲，其中三隻自己吃掉，另外兩隻給了羅妮耶她們。光是以枯枝升起營火來炙烤的鱒魚，和昨天副代表劍士親手製的紙包焗烤比起來，味道可以說相當簡樸，但可能是食材十分新鮮，不然就是月驅牠們辛苦抓來的關係吧，感覺吃起來就跟昨天的料理一樣美味。

正如廄舍長所說的，瞬間就不再討厭吃魚的月驅，以及目前似乎不挑食的霜咲，吃完飯後便再次在草地上奔跑玩了起來。雖然聖堂的庭院已經很寬敞，但是兩隻幼龍在大自然環境當中果然顯得相當舒服。

今後盡量帶牠們到外面來吧，羅妮耶一邊這麼想著，一邊讓肺部吸滿清新的空氣。

稍遠處的山丘上，繫在樹木上的馬匹正悠閒地吃著草。在湖泊的岸邊有十隻左右的白色水鳥聚集成一個小群體，似乎才剛羽化的蝴蝶在花間翩翩飛舞著。除了兩名騎士見習生之外，依然不見其他人的身影。

「難得私有領地獲得解放，央都的人明明可以經常來這裡玩啊……」

羅妮耶一這麼呢喃，旁邊用水壺喝著茶的緹潔就發出輕笑。

「羅妮耶妳也真是的，看來妳完全習慣聖堂的生活了。今天又不是安息日，白天沒那麼容易來到城市外面喔。」

「啊……對……對喔。」

現在確實還是小孩們在學校裡上課，大人進行工作或者家事的時間。雖然是見習生，但還是不能把上午除了修練之外就能夠自由行動的騎士特權當成常態才行……當羅妮耶這麼反省時，緹潔就有些唐突地加了一句：

「啊，但我聽說這塊皇帝直轄領地就算是安息日也完全沒有人會來。其他私有領地甚至還有門口大排長龍的地方呢。」

「這樣啊…………」

聽她這麼說後，羅妮耶再次以視線環視周圍。

諾蘭卡魯斯北帝國是從央都聖托利亞呈扇形往北擴張。也就是說，越靠近央都土地就越狹窄，這個地方距離聖托利亞北門只有十基洛爾左右，甚至還能清楚地看見區隔西邊與東邊國土的不朽之壁。

從聖托利亞筆直往北延伸的街道西側全部被皇帝獨占為直轄領地，大貴族的領地則是並排在道路東側。也就是說直轄領地不是特別遠，距離不會成為參觀者很少的理由。

瞄了一眼緹潔的側臉後，發現她嬌小的鼻子附近正不停地抽動。那是有話想說卻又忍耐著的表情。在帶著些許不妙預感的情況下，羅妮耶提出了好友應該正在期待的問題。

「…………為什麼直轄領地這麼沒有人氣呢？」

結果緹潔像要吊人胃口般先乾咳了幾聲後，才指著諾魯基亞湖的對岸說：

「妳看，那裡有一間宅邸吧。」

「……嗯嗯。」

湖的對岸是還算茂盛的森林，森林中央可以看見有尖銳的黑色屋頂突了出來。這棟面積超越宅邸，已經到達城館領域的建築物，是歷代諾蘭卡魯斯皇帝來到直轄領地時住宿的別墅。聽說四帝國大亂之前有將近二十名作為僕人的衛兵常駐於此，不過現在已經完全受到封鎖，建地全部被禁止進入的鎖鏈圍住，沒有任何人可以靠近。

「那是皇帝的宅邸吧？那棟建築物怎麼了嗎？」

再次看向旁邊時，緹潔就露出更加神祕的表情並說道：

「……聽說那裡會出現喔。」

「出現……什麼？」

「那還用說嗎……」

緹潔低聲呢喃著，同時把臉靠近羅妮耶的右耳——

「當然是幽靈啦。」

「……………」

羅妮耶好一陣子不知該做何反應才好。沉默了幾秒鐘之後才簡短問道：

「誰的？」

結果緹潔那故意裝出來的嚴肅表情立刻崩潰，並張口大叫：

「什麼嘛，真無趣！害怕一點好嗎！」

「看來妳從一大早就一直準備要跟我說這件事了吧。」

「那還用說嗎，能嚇到羅妮耶的機會(Chance)本來就不多了。」

緹潔說著桐人所教的神聖語並且感到相當不甘心，這時羅妮耶先戳了戳她的手肘附近才又繼續問道：

「這應該不是緹潔自創的故事吧？妳是從哪裡聽來這種事情的？」

「之前的安息日……妳和桐人學長去暗黑界那一天，我到六區的市場去購物，從那邊麵包店的大叔那裡聽來的喲。他說最近安息日去前私人領地參觀的人增加，所以作為便當的硬麵包銷路變好了，不過直轄領地似乎沒有什麼人氣，理由是那棟宅邸附近會出現幽靈……」

「現在這個時代還說什麼幽靈……」

羅妮耶忍不住搖了搖頭。

根據孩提時代聽過的故事，在公理教會成立之前，四方的城市與鄉村都有幽靈出現肆虐。但是全部被教會的司祭與騎士擊退，現在完全恢復和平——所有故事都是以這樣的情節做結尾。實際上羅妮耶從未見過出現在童話故事裡的那種恐怖幽靈。

「說起來呢，實際發生戰鬥的是聖托利亞一區的帝城，而且在那場戰役裡死亡的就只有到最後都不投降的皇帝、皇族和大貴族的將軍以及皇帝的侍從長而已吧？那為什麼直轄領地的別墅會出現幽靈？」

以稍微加快的速度說出一串話這麼問道，結果緹潔眨了兩三下眼睛後，才再次咧嘴笑了起來。

「咦，羅妮耶，妳怎麼好像真的生氣了？」

「我……我才沒有呢，完全沒有生氣！」

「是嗎？那麼……我們要不要稍微去調查看看？」

「咦！」

這突然的提案讓羅妮耶反射性將上半身往後仰。

「妳……妳說調查……是要查那間宅邸嗎？」

「當然嘍。」

緹潔以稀鬆平常的表情挺起背桿，繼續說道：

「妳看嘛，讓這種奇怪的謠言一直流傳下去，也會對統一會議進行的私領地再利用計畫造成影響吧？雖說是見習生，但也算是整合騎士團的一員，認為需要調查的話就應該去做不是嗎？」

——真的很可疑。

雖然打從心底這麼想，但好友的意見從表面上來看是相當正確。迪索爾巴德師父確實經常對她們說，妳們也是騎士，不能光是等待命令。整個下午都可以用在矯正月驅偏食症的遊湖活動上——然後現在時間也還早。

羅妮耶把嘆息吞回去，接著將視線從親友的臉移向南方的天空。

聖托利亞的街景被略為隆起的山丘遮住而看不見，但是即使距離十基洛爾，中央聖堂的白色巨塔還是清晰地浮現在藍天之下。桐人和亞絲娜應該正在那裡著急地等待來自南聖托利亞行政府的調查報告。接到那個應該會落空的結果之後，預定要大規模搜索整個南聖托利亞市，如果在羅妮耶她們回去之前發生什麼緊急事態，上位整合騎士連利應該會搭乘他的飛龍風縫前來通知她們才對。

「……知道了啦。」

盡可能以平靜的表情這麼回答完，羅妮耶就看著元氣十足地在附近草原上到處奔馳的月驅與霜咲。

「但是，那兩個孩子怎麼辦？」

「帶牠們一起去就可以了吧？幽靈之類的，應該會害怕飛龍這種神聖的生物才對。當然也要真的出現啦……」

面對緹潔不知道有幾分當真的發言，羅妮耶稍微考慮了一下後才點點頭。也只有整合騎士才能進入被以公理教會之名封鎖的地方，幽靈之類的就不用說了，像熊或者狼這樣的危險動物也不可能在這種場所出沒，所以帶兩隻幼龍過去應該也沒有危險才對。

「嗯，說得也是……」

「好，那就這麼決定了！」

大叫的緹潔迅速從代替椅子的岩石上站起來。跟在後面起身的羅妮耶，一邊碰著左腰上的月影劍劍柄說道：

「早知道這樣，緹潔也早點選擇新的劍就好了。」

結果好友稍微低頭瞄了一下自己的人界守備軍制式劍，然後聳了聳肩說：

「嗯，是沒錯啦，不過我喜歡這把劍……已經很熟悉它的手感了……」

羅妮耶很清楚她的心情。在換掉熟悉的劍時羅妮耶也感到不安，和它分離時也很難過，所以無法強迫緹潔這麼做。

默默點頭之後，緹潔一瞬間露出微笑，然後才看向兩隻幼龍。

「霜咲——月驅——快過來！我們要離開這裡一下！」

結果吃了一大堆鮮魚而精神十足的幼龍們就輕輕拍著小小的羽翼，同時以「咕嚕嚕嚕——！」的叫聲來回答。

要從諾魯基亞湖的東岸移動到受到封鎖的宅邸所在的西岸，就必須往北或者南方繞很大一段路過去。

湖泊南側似乎是溼地，所以兩個人便朝北前進。這邊是乾燥的草地所以很容易行走。不過要繞過廣大的諾魯基亞湖就必須走上將近三基洛爾的距離，因此有點擔心兩隻幼龍的體力，但不知道該不該說不愧是以人界最大天命值為傲的生物所產下的小孩，兩隻幼龍都元氣十足地跟在兩人後面。

花了十幾分鐘到達湖泊北端後，該處有一條流進諾魯基亞湖的小河，以及相當堅固的石橋。這條河是諾蘭卡魯斯北帝國北邊，以盡頭山脈為源流的魯魯河之支流，主流沿著街道一直流至央都，以清澈的水盈滿在街上四處縱橫的水路。

還在修劍學院時桐人與尤吉歐曾經告訴過自己，魯魯河的源頭是從兩人生活的盧利特村附近流出。這樣的話，乘著小船順流而下就能夠輕鬆到達聖托利亞了吧——緹潔指出這一點後，桐人他們便嚴肅地沉默了一陣子，然後異口同聲地說「沒想到這個方法」。

實際上途中有好幾處淺灘、急流與瀑布，所以說起來也不輕鬆，不過桐人和尤吉歐表示哪一天回故鄉盧利特村，準備回央都時可以試試看這個方法。那個時候我們也想一起去，雖然緹潔與羅妮耶當時充滿這樣的期待，但是這場冒險已經無法實現了。

從略高的草地跑下漂亮的石梯，渡過小橋。

由此到宅邸就只有一條路。走了一陣子後，右手邊就可以看見廣大的田地。整齊並排著的矮木，應該是作為葡萄酒原料的葡萄樹吧。

羅妮耶身為下級貴族的父親，曾經說過把皇帝或者大貴族私人領地裡的葡萄田改成小麥田的話，就不用特別從北方的穀倉地帶運來糧食，直接就能收成足以供給北聖托利亞使用一整年的小麥。之所以能讓她覺得並沒有誇張，而且立刻就能同意這種說法，完全是因為田地實在太寬廣了。

而且還聽說皇帝喝的葡萄酒，是從這龐大數量的樹木上選出最完美的葡萄並且釀造成少量成品，一般民眾根本無法喝到那樣的美酒。根據過去最高司祭亞多米尼史特蕾達的專屬廚師哈娜表示，最高司祭並不特別追求奢侈的食物與美酒，因此繳納給央都酒窖的——當然一定也是高級品——葡萄酒就能讓她滿足，所以諾蘭卡魯斯皇帝似乎暗暗地以自己喝的葡萄酒比最高司祭還高級為傲。

「……這片葡萄田會有什麼下場呢……」

由於走在旁邊的緹潔丟出一句這樣的呢喃，羅妮耶也輕輕歪著頭表示：

「直轄領地的再利用計畫，似乎也還沒決定要保持葡萄田的原狀還是改成小麥田。至今為止照顧這些樹木的前私有領地民裡，似乎也有人想回到這裡來繼續栽種葡萄……」

「但是，面積如此寬廣的話，沒有大量的人手是不可能維持的……聽說其他帝國的直轄領地也發生了類似的問題。」

「原本待在薩查庫羅伊斯皇帝直轄領地的椏贊先生，不知道會希望怎麼做……」

這次換成羅妮耶開口提出疑問，緹潔則是隔了一會兒才回答：

「……亞絲娜大人以窺看過去術見到的光景裡，椏贊先生好像說了『我已經不再是直轄領地的小農了』，所以他應該不打算回去了吧。」

「這樣啊……說得也是。好不容易才找到了新的天職……」

在柔和日光下行走的兩個人沉默了一陣子。

而走在前面一些的兩隻幼龍，身上羽毛因為吹過無人葡萄田的風而晃動。彎曲的葡萄樹，因為現在樹葉全部掉落而顯得寒酸，但是所有枝頭很快就會冒出黃綠色的鮮豔嫩芽吧。想維持葡萄田的話，在那之前就得開始整理這數千棵葡萄樹才行。

「……我說緹潔啊。如果整理葡萄田的人手不足……」

羅妮耶幾乎是在無意識當中說到這裡，然後就閉上嘴巴。當緹潔露出疑惑的表情，她便用

「沒有啦，沒什麼」來把事情帶過。

其實她原本是想說——讓被強迫在黑暗領域貧瘠地生活的哥布林族整個移居到此地，再讓他們務農就好了。

但這也只是讓眾哥布林代替過去在這個地方以農奴身分過著痛苦生活的私有領地民。當然不會強迫他們做苦工，也會付給他們合理的酬勞，但是「帶他們過來做工」本身，也可以說是把他們當成奴隸了。

——不對，真要說的話。

在人界生活的人們，大多數都在年僅十歲時就被強制決定天職，同時必須開始工作。只有少數的孩子能像羅妮耶和緹潔這樣進入上級學校，對於兩個人來說，如果沒有成為整合騎士見習生，應該也只剩下參加人界守備軍，或者與父母親決定的對象結婚這樣的選項。

無法決定自己的未來的話，那本質上和過去那些私有領地民根本沒有不同吧。

至今為止從未想過的疑問在腦袋裡捲動，羅妮耶忍不住就要停下腳步。但是這個時候，身邊的緹潔突然發出巨大的聲音。

「啊，妳看，可以看見大門了！」

邊眨眼邊抬起頭，就看見緹潔所指的道路前方聳立著鐵製的黑色雄偉大門。門後面站著一排參天古樹，索魯斯光芒被遮住的陰暗道路繼續往前延伸。

快步走完剩下來的數百梅爾之後，兩人就在門前停下腳步。

纖細鋼鐵棒並排而成的大門，中央可以看見諾蘭卡魯斯北帝國百合與老鷹的巨大紋章。其下方則掛著雕刻有公理教會紋章的白木牌子，上面以黑筆寫著「未經人界統一會議的許可禁止進入」幾個大字。

加上雙開門還被看起來相當堅固的鎖鏈重重纏住，而且鎖鏈還繼續往左右兩邊延伸，看來是繞了絕對不算狹窄的森林一整圈。當然，門之外的地點可以輕易鑽過或者跳過鎖鏈，但是人界不存在看見這塊木牌後還想突破封鎖的人。

月驅與霜咲抬頭看著粗大的鎖鏈，然後一起用鼻子發出「呼嘶」的叫聲。

飼主們面面相覷了一會兒後，首先由緹潔開口表示：

「……我們也算是人界統一會議的一員吧？」

「……每天都參加會議，應該算是吧。」

羅妮耶雖然這麼回答，但正確來說她們其實不算出席會議，應該說是在旁邊觀摩才對。但有時候——偶爾會被徵求意見，應該不算完全是局外人。

緹潔輕輕點頭，突然繃起臉後就把右拳貼在胸口，左手放在劍柄上。

「整合騎士見習生羅妮耶·阿拉貝魯！我以人界統一會議之名，允許妳通過這道門！」

雖然一瞬間說不出話來，但羅妮耶還是行了個騎士禮並且回答「好……好的」。由於放下手的緹潔說了「來，妳也要這麼做」，在沒辦法的情況下只好模仿她做了一遍。

順便也對兩隻幼龍做出許可後，兩人便離開道路往右邊走了十梅爾左右，然後鑽過纖細鐵樁支撐之下的鎖鏈。

下一個瞬間，感覺空氣變冷的兩人便縮起脖子。雖然告訴自己只不過是進入陰涼處，但還是能感覺到光是這個原因仍無法說明的沉悶空氣。

在長滿青苔的樹木下行走，回到石板路之後，羅妮耶便向搭檔確認這個突發任務的目的。

「緹潔，我們是來這裡調查幽靈的傳聞……沒錯吧？」

「是啊。」

「也就是說，要進入宅邸吧？」

「是啊。」

連續點了兩次頭之後，緹潔就咧嘴露出笑容。

「咦～難道說羅妮耶怕幽靈嗎？」

這時候當然不能承認這件事。雖然孩提時代聽說的恐怖故事似乎快重新浮現，但羅妮耶還是裝出稀鬆平常的表情來加以否定。

「怎麼可能呢……倒是，現在這個時代怎麼可能還有幽靈。」

結果緹潔的笑意不知為何一瞬間變淡，但立刻恢復成原來的表情並拍了拍羅妮耶的背部。

「那進入宅邸應該沒問題吧！好了，走吧走吧！」

「知……知道了啦……」

雖然內心想著這分明是趕鴨子上架，但羅妮耶還是在被人從背後推著的情況下開始往前走。

這整座森林遭到封鎖應該已有半年的時間，但樹木下方的地面倒是保持得相當乾淨。或許是眾參天古木將索魯斯與提拉利亞的恩惠全部奪走，導致雜草很難生長吧。一想到這裡，就覺得在諾魯基亞湖對岸山丘上時那麼清新的空氣，似乎也變得有些混濁了。

在門前還元氣十足地走在兩人前面的月驅與霜咲，曾幾何時已經變成跟在後面，所以羅妮耶便邊走邊回過頭去。結果兩隻幼龍正以有些疑慮的表情聞著道路的氣味，然後抬起尾巴左右甩動。

「怎麼了，月驅？」

保持倒退走的姿勢這麼搭話，幼龍便以「咕嚕嚕……」的聲音來回答。雖然是一副不太願意前往的模樣，但倒是沒有停下腳步。

跟騎士之間有強韌羈絆的飛龍，有時甚至會犧牲性命來保護自己的主人。實際上羅妮耶在異界戰爭快結束時，就看見騎士連利的愛龍風縫為了從現實世界人的眾紅騎士所投出的無數長槍下保護主人而挺身抵擋攻擊。

現在戰爭已經結束，長大之後的月驅與霜咲絕對不會面臨這樣的場面才對。但羅妮耶還是一瞬間被胸口揪緊的感覺襲擊。

今天的遠遊是為了兩隻幼龍，牠們感到不安的話還是不要調查宅邸比較好……雖然心裡這麼想，不過緹潔毫不停下腳步。在沒辦法的情況下只好轉回身體，繼續走在搭檔身邊。

現在回想起來，緹潔的態度實在有一點不太像平常的她。說要調查宅邸時，雖然用的是開玩笑的口氣但絲毫不肯讓步，說起來提出要求的方式就很突兀了。簡直就像是決定要出遠門來到諾魯基亞湖時，就計畫要進行這個調查了……

「嗳……」

當她準備向好友搭話的時候，遠方南邊的央都就傳出下午兩點的鐘聲。緹潔迅速轉動頭部並說：

「不快點的話天色會變暗，稍微用跑的吧！」

「嗯……嗯。」

沒辦法的羅妮耶只能點點頭，然後小跑步追著緹潔。幼龍們輕拍羽翼，像在跳躍一樣跟在後面。就算是飛龍的孩子，也差不多該到感覺疲憊，天命因此開始減少的時候了，必須找適當的時機把放在馬車裡帶過來的果乾拿給牠們吃才行。

包圍宅邸的森林從外面看起來似乎不會太寬廣，但因為道路蜿蜒的緣故一直無法走出林子。聽見兩點的鐘聲後又過了十分鐘左右，前方才終於變得明亮，讓羅妮耶便呼一聲鬆了一口氣。

森林中央開了一處直徑大約一百梅爾的圓形空間，鬧鬼的宅邸就靜靜佇立在正中央。

這棟深灰色的石造房屋，屋頂是呈銳角的黑色。雖是三層樓的建築物，但因為窗戶甚少，所以外表看起來不像宅邸，比較像是碉堡。前院設置了上不了臺面的花壇，現在只長了一些雜草，給人一種寒酸的感覺。

「……這真的是皇帝的別墅嗎……？」

羅妮耶一這麼呢喃，緹潔也輕輕歪著頭回答：

「是啊……大貴族私有領地的宅邸好像比它還大……啊，但是妳看……」

緹潔舉起右手指向正面玄關的大門。

「門上有百合與老鷹的紋章，那應該只有皇帝家才能使用。」

「嗯……」

既然森林入口的鐵門以及宅邸的門上都有諾蘭卡魯斯家的紋章，那這裡應該是皇帝的別墅不會錯了。

「……走吧。」

緹潔小聲說完就開始往前走。霜咲則低著頭從她身邊跟了上去。

羅妮耶低頭看著腳邊的月驅，對牠詢問「不要緊吧？會不會累？」。結果幼龍像要表示「當然沒問題」般張開羽翼，然後發出簡短的鳴叫。

走過貫穿枯萎草皮的小徑，穿越花壇後站到大門前面。

即使回過頭，諾魯基亞湖的藍色水面也被樹木遮住而完全看不見。如此一來，在湖畔蓋房子不就沒有意義了嗎？才剛這麼想，就從後面傳來喀嚓的金屬聲。一看之下，原來是緹潔雙手握住大門左右兩邊的門把，準備把門推開。

「……打不開？」

聽見羅妮耶的問題後，搭檔就輕搖紅髮表示：

「嗯，好像鎖住了。」

「哎呀，一般來說都會上鎖吧。也就是說……宅邸裡面沒有任何人在吧？」

認為緹潔這樣就會死心的羅妮耶開口這麼說道，但搭檔的手還是沒有從把手上移開。

「但是，幽靈的話就算上鎖還是能夠穿越大門吧？」

「咦咦……？」

這意想不到的反論讓羅妮耶皺起眉頭。以前聽過的故事裡，幽靈通常沒有實體，好像也有能夠穿越牆壁和門的傢伙——

「……但我們又辦不到同樣的事情……」

羅妮耶一這麼呢喃，緹潔就在握著把手的情況下閉起雙眼，發出古怪的沉吟聲。

「嗯……嗯唔唔唔唔……」

「妳……妳在做什麼啊？」

「唔唔唔唔唔……！」

「喂……喂喂，我說緹潔……」

當伙伴露出古怪的模樣時，羅妮耶原本想抓住她的手臂，結果這才發現……

緹潔一定是在模仿桐人昨天在南聖托利亞旅館裡展現的「心念開鎖」之術。

「我說啊……連『心念之臂』都無法使用的我們，怎麼可能開得了鎖呢！」

感到傻眼的羅妮耶指出這一點後，才發現緹潔的側臉比想像中認真——應該說是到了拚命的地步，於是便輕吸了一口氣。

猶豫了好幾次後才小聲問道：

「……緹潔，妳為什麼如此堅持……？調查幽靈的傳聞對妳來說真的那麼重要……？」

結果緹潔緩緩呼出一口氣，然後手從把手上面移開。

直接這樣低著頭一陣子，最後才以細微的聲音反問：

「……羅妮耶妳覺得真的有幽靈嗎？」

「咦…………」

面對著小孩子般的問題，原本想笑著說「妳到底是怎麼了」，但在那之前羅妮耶就先閉上了嘴巴。緹潔的側臉看起來依然很認真，看不出一絲在開玩笑的模樣。雖然完全不清楚理由，但好友如此認真地詢問，那就應該認真地考慮才回答。

幽靈——也就是抱著怨恨與哀傷而死之人的靈魂，在無法抵達神界的情況下徘徊於這個世界，羅妮耶沒有親眼見過這種存在的經驗。當然，告訴羅妮耶幽靈童話故事的母親和祖母也同樣沒有這種經驗吧。

如此一來，作為童話故事舞台的數百年前是否就存在真正的幽靈，感覺好像也沒這回事。因為引導死去人類靈魂的神界恐怕並不存在。位於這個地底世界外側的是桐人與亞絲娜的故鄉現實世界，據說該處也沒有神明存在，人類數千年來也一直持續著鬥爭。

神界不存在的話，那說起來這個世界應該充滿死者的靈魂，造成到處都是幽靈的狀況才對。但是沒有出現這種情形，就表示不論人類的靈魂是否抱持著恨意，死亡的瞬間就會消失，根本不會變成什麼幽靈吧。

羅妮耶為了將自己的思考化為言語而吸了一口氣。

但是在發出聲音之前，某個情景就鮮明地在羅妮耶腦海裡復甦，於是她便瞪大了眼睛。

雖不曾看見過恐怖的幽靈。

但是曾經看過死亡之人的靈魂閃光。

那是在異界戰爭快要結束之際，指揮現實世界眾紅騎士的黑外套男與自長眠中清醒的桐人持武器猛力互抵時發生的事情。

黑外套男握著的巨大鉈刀一點一點將桐人的劍推回去，差一點就要砍裂他肩膀的瞬間，緹潔便握緊雙手祈禱了起來。拜託你，尤吉歐學長。救救桐人學長吧……她在內心如此祈求著。

然後一條金色透明的手臂像要回應她的聲音般出現，撐住了桐人手中的夜空之劍。在那隻手幫忙之下，桐人把大鉈刀推了回去，在與黑外套男的激烈戰鬥中贏得勝利。那隻手無疑是屬於已經不在這個世界的人——也就是桐人的好友，同時也是緹潔的指導生，上級修劍士尤吉歐的手。

「……緹潔……妳……」

完全忘記數秒前對於幽靈的考察，羅妮耶以呢喃聲呼喚著好友的名字。感覺終於能夠了解緹潔為什麼會執著於廢棄宅邸裡的幽靈這樣的傳聞。

當她準備以伸出的右手，輕碰低頭的緹潔背部時——

細微——但是清晰的聲音傳進耳裡，羅妮耶也因為吃驚而僵住了。同時緹潔也迅速抬起頭來。

聽見的不是自然的聲音。那是金屬與金屬摩擦般令人不愉快的尖銳聲音。而且那無疑是從關起來的門深處所傳出。

對回過頭來的緹潔豎起食指放在嘴唇上做出噤聲的信號後，羅妮耶便悄悄把左耳貼在門上。

雖然等待了幾秒鐘，但已經什麼都聽不見了。不過剛才的聲音絕對不是幻覺。

把臉從門上移開後，緹潔就頂著蒼白的臉龐以極微小的聲音呢喃：

「……得調查裡面才行。」

「…………」

羅妮耶不知道是否該點頭。

如果幽靈的傳聞是真的，也不認為那個幽靈是緹潔戀慕的對象……尤吉歐。因為在中央聖堂最上層喪命的尤吉歐，不可能出現在皇帝直轄領地的別墅裡。

然後，如果發出聲音的不是幽靈而是活生生的人類，那麼並非無辜一般民眾的可能性就很高。因為只有能夠違抗教會權威與禁忌目錄者，才能進入以人界統一會議……也就是公理教會之名封鎖的宅邸。

羅妮耶雖然想著應該立刻回到聖堂向桐人或者法那提歐報告，但在她提案之前緹潔就有所行動了。或許是想繞到建築物後面去吧，只見她開始沿著宅邸的牆壁往南邊跑。霜咲也邊跳邊從她後面追了上去。

「咕嚕嚕！」

被腳邊的月驅用叫聲催促，羅妮耶也只能往地面踢去。

就算繞到後門，那邊應該也上鎖了。雖然不清楚緹潔有什麼打算，但是如果想要亂來就得想辦法阻止她才行。心裡雖然這麼想，但一直追不上跑在十梅爾前方的搭檔。

轉過兩次宅邸的轉角進入後院，周圍突然變得有些暗。後院雖然也有花壇，但因為陽光幾乎無法照進來，所以幾乎已經被綠色苔類與灰色蕨類占領。通路上到處放著損壞的車輪和木桶等物體，看起來越來越不像是皇帝的別墅了。

應該是緹潔目標的後門，就悄悄地設立在建築物北側。也就是說，不要從南邊而是從北邊繞過去的話應該會比較近，但緹潔像是完全不在意這件事一樣，反而更加提升速度跑向小小的門。

握住生鏽的圓把手想加以轉動，但果然如羅妮耶的預測，只是傳出「喀嚓」的堅硬聲音。但緹潔還是重複在把手上施力。雖說是見習生，但是武具裝備權限將近40的騎士用力拉扯的話，很可能會把門拉壞。從皇帝家接收下來的這棟宅邸，現在已經是人界統一會議的財產，就算是緊急事態，騎士也不能在沒有議會許可的情況下加以破壞。

好不容易追上搭檔的羅妮耶，急忙按住了緹潔的右手。

「緹潔不行啦，這麼做的話門會壞掉。」

「但是……從裡面傳出聲音……」

細聲回答的緹潔，側臉即使在陰影當中也顯得十分蒼白。羅妮耶用雙手包裹她冰冷的右手，然後拚命告訴她說：

「我也聽見聲音了。那不是錯覺。但是，正因為這樣才更要冷靜。」

把緹潔逐漸放鬆力道的右手從把手上移開，並且讓她退後一梅爾，羅妮耶才再次環視著後院。

「……建築物裡面或許有幽靈，但也有除此之外的可能性。如果是活生生的人類出入於宅邸，那應該會在某處留下痕跡才對。」

聽她這麼說的緹潔，眨了好幾次眼睛後才輕輕點頭。原本失了魂般的臉龐，這時也逐漸恢復生氣。

「嗯……說得也是。我們調查一下附近吧。」

對終於恢復正常狀態的搭檔用力點點頭後，羅妮耶再次移動起視線。

微暗的後院比前院更加狹窄，不過也是寬一百梅爾、長三十梅爾左右的空間。左右兩側設置了長滿青苔的花壇，中央則是呈深綠色的汙濁池子。通道上放置了不少壞掉的物品而且雜草叢生，雖然是自己的提議，但就算要調查也不知道該從何處開始著手。

不對，不能漫無目的地想找出什麼。必須先動腦，縮減應該調查的場所。

「……如果有人從這個後門出入……」

羅妮耶如此呢喃，凝視著眼前的地面。

土壤外露的話，只要尋找足跡即可，很可惜的是通道部分全都跟前院一樣是灰色石板。但是和前院不同的是，它們全被薄薄的青苔覆蓋住。雖然是不至於留下足跡的厚度，但這樣的話說不定——

「緹潔，妳照顧一下兩隻幼龍。」

「嗯……嗯。」

退後數步的緹潔，彎下腰部把手放在月驅與霜咲背部靜靜等待著，羅妮耶則是把右手伸向前方。

「System call。Generate umbra element。」

隨著式句生成的是由藍紫色燐光包圍，簡直就像在空間中打開一個洞般的黑色小球體。那是八種素因當中最難操控的「暗素」。

它具備和光素相反的性質，直接解放的話就會吸取周圍的東西並且消失。如果是水和空氣的話就不要緊，但要是觸碰到物品或人類的話就糟糕了。但是也可以將其性質運用在和其他素因完全不同的使用方式上。

「Form element mist shape。」

羅妮耶繼續詠誦式句之後，暗素便無聲地分解，變成紫色霧氣。要用它來攻擊的話，就和風素製造出來的漩渦混在一起朝敵人發射，但現在沒有那種必要。

羅妮耶使用雙手，把霧氣拉成薄薄的一片並且呢喃：

「Discharge。」

紫霧在前方迅速擴散開來。

這種霧具備被神聖力吸引，產生反應後消失的性質。和龍捲風之術一起使用的話，風刃就能撕裂敵人肌膚，然後暗素霧氣將纏在傷口上，不斷吸出神聖力源頭，也就是血液。

而不只是人類與獸類，就連植物——貼在石板上的青苔也具備神聖力。當然數量是相當稀少，但被鞋子數次踩傷的話，該處將持續對空間放出微量的神聖力。

在帶狀狀態下被解放的紫霧，簡直就像植物一樣分出細枝被地面吸引過去，同時發出妖異的光芒。那種形狀和排列方式，絕對是人類的足跡不會錯了。而且從發光的方式來看，青苔是最近才被踩過。

足跡從宅邸後門往北延伸，消失在包圍後院的森林當中。

「緹潔，那邊！」

小聲這麼叫完，羅妮耶就追著眼前依序變淡的足跡跑了起來。

從後院北端往左轉，正面森林就開了一個出口，露出宛若洞窟般的小徑。草叢與草皮經過割除，礙事的樹枝也被砍落，很明顯是有人整理過環境。微暗的森林深處，只有某個人的足跡正發出朦朧紫光。

在小徑路口停下腳步，然後對追上來的緹潔呢喃：

「小心點，說不定會遇見足跡的主人。」

「知道了。」

點著頭的搭檔視線落到腳邊，兩隻幼龍也露出認真的表情並豎起耳朵上的羽毛。繼續前進的話，也有可能會跟足跡的主人發生戰鬥，所以很想把幼龍們留下來，但也不能保證宅邸的後院就一定安全。

判斷只能把牠們帶過去後，羅妮耶便彎下腰來。

「你們要安靜喔。」

月驅發出細微的「咕嚕嚕」聲來回應後，羅妮耶就輕輕摸了一下牠的頭，接著迅速挺直背桿。

看次看向小徑，發現足跡的光芒已經消失，但從森林的範圍來看，應該不至於會迷路才對。再度和緹潔互相點點頭，兩人便同時踏入小徑。

只在微暗小徑上前進數梅爾，空氣就變得異常冰冷。今天明明溫暖到讓人感覺春天腳步已近，但是呼出的氣息卻像是寒冬般雪白。

羅妮耶頓時有種不祥的感覺。四帝國大亂時，和緹潔一起闖進諾蘭卡魯斯城的王座房間，那裡面也像這樣充滿了沉悶的空氣。而且不單是寒冷，還有種長年累月滲入牆壁與地板的寒氣奪走體溫的感覺。

明明才剛聽見兩點半的鐘聲，卻越是往內部前進就越是黑暗。小徑兩側被長著尖刺的樹籬擋住，頭頂則是遭古樹的枝葉層層覆蓋。

再變暗一點的話，就必須以光素來照明了……當羅妮耶這麼想時——

「啊……羅妮耶，那個！」

緹潔一尖聲呢喃，羅妮耶也凝眼看向前方。

黑暗深處，可以看見好幾根直向排列的金屬棒。才剛想著遇上包圍森林的鐵柵欄了嗎，就立刻發現到並非如此。那並非柵欄而是鐵欄杆。道路盡頭有一棟類似小廟的建築物，其前面的鐵欄杆正是大門。

暫時停下腳步，確認小廟周圍是否有人的氣息後，才慎重地靠近。

「……這棟建築物很老舊了……」

正如緹潔的呢喃，石造小廟因為風吹日曬而變黑，連接地面處長了一大堆青苔，不經過十年二十年的歲月，應該不會變成這樣才對吧。雙開式的鐵欄杆門上面也有一層淡淡鐵鏽，不過應該是由優先度相當高的素材所製成，目前沒有腐朽的跡象。

左右兩邊的門毫無縫隙地咬合在一起，距離地面一梅爾左右的地方設置了看起來很堅固的鎖箱。雙手握住鐵欄杆，靜靜地用力拉過，果然正如預料地一樣紋風不動。門後面是潛往地下的階梯，其前方則是完全的黑暗。

「這裡也鎖住了。」

聽見羅妮耶的話，緹潔便以相當不甘心的表情回答：

「這裡面絕對有古怪……」

從她的口氣能夠聽出，剛才那種像是被什麼東西附身般的感覺已經消失，羅妮耶這才稍微鬆了口氣。當然執著於幽靈是否存在的心情應該還沒消失，但是往來於宅邸後門與小廟之間的明顯不是幽靈而是活生生的人類。而且在宅邸裡發出聲音的應該也是人類。

那個人類很有可能突破了人界統一會議的禁止入內禁令，所以身為騎士見習生必須找出其真實身分，如果是壞蛋的話當然想把他抓起來——但也不能因此而破壞鎖。因為犯罪不是實際在眼前發生。

雖然很可惜，但也只能先回聖堂去報告狀況，然後再跟某位上位騎士一起過來了，羅妮耶心裡這麼想著。但是在她開口說出想法之前，緹潔已經小聲叫道：

「啊……妳看那裡！」

伸進鐵欄杆縫隙的右手，指著往下階梯右側的牆壁。羅妮耶按照她所說的把臉朝門靠去，然後凝視著黑暗深處。

樓梯往下七階左右的地方，可以看見微弱的光芒。打入牆壁並往上折的釘子上，以繩子掛著暗銀色的某種細長物體……

「…………是鑰匙！」

兩人異口同聲的叫道，接著又互相看著對方。

那應該是為了不小心被關在裡面時所準備的備用鑰匙吧。也就是說這堅固的鐵欄杆門，是為了防止從外部的入侵。

兩人同時從格子縫隙用力伸長了手，但是縫隙僅有十限那麼寬，所以肩膀直接被卡住，根本碰不到鑰匙。

「……如……如果能使用『心念之臂』……」

雖然對於緹潔的呻吟有同感，但如果懂得心念的話，直接跟桐人學習「心念開鎖」還比較快。即使環視周圍尋找是否有長棒子，但當然不可能那麼剛好有那種東西掉在地上。

但是，反過來說，只要準備長三梅爾左右的棒子，就能從外面搆到鑰匙並且把它拿過來，忍不住就覺得裡面的人實在太粗心大意了。就算要放置備用鑰匙，也不應該放在那麼近的樓梯旁，應該放在更深處才對吧。

這座小廟到底是做什麼用的呢，當羅妮耶再次產生疑問的時候——

就聽見腳邊傳來「咕嚕嚕嚕……」的飛龍低吼聲。往下一看，發現藍色羽毛的霜咲正試著將身體塞進鐵欄杆的縫隙中。看見這一幕的緹潔，立刻發出慌張的聲音：

「喂喂，霜咲，再怎麼樣你也不可能從這個縫隙……」

但是在她把話說完之前，月驅就用頭推著霜咲的屁股。幼龍的身體啵一聲穿越縫隙，還因為用力過猛轉了一圈才在樓梯前面站起來。

「啾嚕嚕！」

發出驕傲叫聲的霜咲，羽毛上雖然沾了一些鐵鏽，不過看起來應該沒有受傷。由於軟綿綿的胎毛顯得蓬鬆，實際上幼龍的身體還是很小。

「真是的，竟然自己做出這種事……」

緹潔雖然輕聲斥責，但嘴角已經滲出感到驕傲的笑容。她還伸在鐵欄杆裡面的右手指向鑰匙，對愛龍做出指示。

「霜咲，能把那個拿過來嗎？」

像要表示「當然沒問題」般叫了一聲，接著霜咲便小跑步衝下階梯，站到往上折起的釘子正下方。距離鑰匙的高度大約是一．八梅爾。霜咲一邊用盡全力拍動小小的翅膀，一邊跳躍了一次、兩次，到了第三次終於成功咬住鑰匙並把它拿下來。意氣風發地回來之後，纖細的鼻尖就從鐵欄杆的縫隙伸出來。

接下掛在那裡的鑰匙，緹潔就把它交給羅妮耶，自己則用雙手撫摸龍的頭部。羅妮耶看著他們，同時把老舊的鑰匙插進鐵欄杆的鑰匙孔中。雖然多少感覺到有些滯澀，但鑰匙還是順利轉動，傳出了「喀嘰」的清脆聲音。

緹潔退後一步等待，羅妮耶將鐵欄杆往眼前拉動，門就一邊傳出「嘰咿咿咿……」的摩擦聲一邊動了起來。在裡頭等待的霜咲，像要他們快點過來一樣拍動著翅膀。

既然門打開了，就得調查地下到底有什麼東西，再次凝視樓梯下方黑暗的羅妮耶，感覺手掌正慢慢滲出汗水。

把高優先度鐵欄杆的鑰匙掛在那麼明顯的地方，這種不協調的做法一直讓羅妮耶無法接受。雖然不至於認為是把入侵者引入地下的陷阱——如果是那樣的話，一開始就不要上鎖即可——但完全猜不出這底下的深處有些什麼東西。

月驅就像被主人的不安傳染了一般以身體摩擦羅妮耶的腳，羅妮耶便抱起牠並且向搭檔這麼提案。

「緹潔，下面就交給我來調查，妳在這裡……」

「不要，我當然也要一起去。」

看見她堅決地搖頭，羅妮耶也就沒辦法說出那自己和兩隻幼龍在外面等的提議了。

「……那好吧。但是，千萬要小心謹慎。」

「妳才是呢。」

從這麼說完就咧嘴一笑的緹潔那裡得到一些勇氣，羅妮耶也笑了一下並朝左邊的草叢走去。她選擇一根沒有刺的樹枝並且把它折下來。生成一顆光素，接著以「Adhere」式句把它固定在樹枝前端。

她左臂抱著月驅，右手舉起即席製造的火把，朝著小廟內部走去。等緹潔與霜咲也入內後就把門關上並再次上鎖。雖然很想直接把備用鑰匙帶走，但或許會因此而被發現有人入侵，所以還是把它掛回往下幾階後的上折釘子上。

往下的階梯比想像中還要長。扎扎實實地走下三十階樓梯後是一處樓梯平台，接著折返又爬了三十階，才終於變成平坦的道路。一階的高度約二十限左右，所以計算起來是往地下潛了十二梅爾。這在中央聖堂的話大概是三層樓的高度。

空氣雖然比外面溫暖了一些，但是卻相當潮濕且帶著霉味。其實原本還想地下或許是諾蘭卡魯斯皇帝家的祕密藏寶庫，但是把寶箱保管在這種地方的話，天命幾年內就會耗盡然後腐爛了吧。

地下通道整整延伸了五十梅爾左右就轉往右邊。這時候前方終於可以看見微弱的亮光。但還是不能掉以輕心。因為只要有光源，就代表那裡有點起火的人存在。

雖然距離亮光還有三十梅爾以上的距離，羅妮耶還是停下腳步探尋氣息。目前沒有任何聲響與談話聲。當她慎重地準備再次開始前進時，外套的兜帽就被人從後面輕拉了一下。

羅妮耶不由得嚇了一跳，繃緊身體才回過頭去。

「……怎麼了？」

以壓低到極限的聲音這麼問完，緹潔就面有難色地看向通路的天花板。羅妮耶雖然也把視線往上移，但是只能看見和牆壁同樣材質的石板。

把臉移回來之後，緹潔依然皺著眉頭呢喃：

「從後院往西北移動，進入森林……又從小廟進入地下，然後回了一次頭……羅妮耶——說不定這邊附近已經是在宅邸的地下嘍？」

「咦…………」

她的話讓羅妮耶也在腦海裡想著宅邸與森林的平面圖。她緩緩眨眼後就點了點頭。

「嗯，或許喔……不過那又怎麼樣呢？」

「因為……不是很奇怪嗎？如果是宅邸的地下室，直接在建築物內蓋樓梯不就得了……為什麼要在距離數十梅爾的森林裡設置入口呢？」

聽緹潔這麼一說，才發現她的問題確實有道理。雖然在入口附近牆上發現備用鑰匙的不對勁感覺再次復甦，但就算在這裡思考也想不出什麼答案吧。

「調查一下裡面或許就會知道了……」

羅妮耶細聲這麼回答後，搭檔也呢喃了一句「說得也是……」。既然都已經來到這裡，在詳細調查完地底的每一個角落之前絕對不能折返。

再次豎起耳朵聽了一陣子後，兩人與兩獸便躡手躡腳地在通道上往南方前進。

前進的方向可以看見有朦朧的黃光搖晃著。把神經集中到鼻子上之後，就聞到帶著霉味的空氣裡，包含了油燈特有的焦臭味。然後還有另外一種極其細微的氣味。

依然抱在左臂上的月驅，尖銳的鼻尖也不停地抽動。曾經在哪裡聞過這個味道，即使心裡這麼想，還是在無法想起答案的情況下，踮起腳尖繼續往前走。

亮光果然是來自設置於右側牆壁上的兩盞油燈。通路在其前方就到達終點，但左側的牆壁上似乎有些什麼。在油燈光芒照射下發出微弱亮光的是新的鐵欄杆門——不對，那是……

「……監……監牢……？」

緹潔的呢喃聲讓羅妮耶點了點頭。

以門來說實在太過龐大。從地板延伸到天花板的鐵欄杆，就跟南聖托利亞衛士廳舍的地下監牢一模一樣。兩間大概寬四梅爾的大型監牢並排在一起。因為角度的關係，還看不見鐵欄杆的深處。

把背部靠在左邊牆壁上，然後一點一點慢慢前進。越是靠近監牢，謎樣氣味就越是濃厚。像是日曬過的乾稻草，也像是使用許久的皮革鎧甲……不是在人界，而是在暗黑界的某處聞過同樣的氣味……

在找到答案之前，就抵達較近的監牢前面，於是羅妮耶便停下腳步。她和抱住的月驅一起悄悄從牆邊探出頭，窺探著監牢內部。

吊在對面牆壁上的油燈亮光相當微弱，根本照不到監牢最深處。悄悄把光素樹枝伸進去後，立刻就能知道裡面並非空無一人。距離羅妮耶較遠的角落，可以看見三名囚犯的身影。他們似乎正靠在一起睡覺。

包裹在簡樸服裝底下的身體相當小。所有人的身高都不到一梅爾半吧。是小孩子……不對，那兩條手臂實在太長了。而且頭上沒有任何毛髮，鼻子和耳朵也異常尖銳。

那不是小孩也不是人界人。

他們是哥布林族。

羅妮耶像彈起來一樣移回身體，將拿著樹枝的右手貼在嘴巴上。緹潔立刻把臉湊過來。

「怎麼了啦……裡面有誰在嗎？」

羅妮耶數次對壓低的聲音點頭。她從嘴巴呼氣，然後以鼻子深吸了一口氣。這種乾稻草般的氣味，正是到山地哥布林族的聚落訪問時所聞到的，來自於他們身上共通的體味。

「有喔……三名山地哥布林族。我想應該是從南聖托利亞旅館被帶走的那些觀光客。」

「咦…………」

瞪大眼睛的緹潔，以攀附在羅妮耶身體上的姿勢窺探監牢內部。三秒左右就回到原來的位置並回點了一下頭。

「真的耶……但是為什麼……？在南聖托利亞被擄走的哥布林們，為什麼會在北帝國的皇帝直轄領地裡呢？」

即使她這麼問，羅妮耶也無法立刻回答。

從南聖托利亞移動到北聖托利亞，一定需要經過東聖托利亞或者西聖托利亞，不論選擇哪一邊都必須越過兩次「不朽之壁」。要通過市內各設置一處的門，就需要通行令符或者一日通行證，令符就不用說了，連通行證都不是能簡單獲得的東西。

不對，綁架眾哥布林族的冒牌官員既然偽造了南聖托利亞行政府的命令書，當然也可能偽造了許可證，但就算是這樣，還是殘留著為何甘冒在門口被擋下來的風險也要把哥布林運到北帝國來的疑問。南帝國也有廣大的土地，應該不缺能夠藏匿哥布林族的地點才對。

「……之後再想吧。」

有一半是對自己這麼呢喃完，羅妮耶便看向緹潔的臉。

「必須從這裡救出三人，把他們帶到聖堂去才行。」

「嗯……但是，監牢當然已經上鎖了吧。」

緹潔說的當然沒錯。雖然羅妮耶迅速環視四周的牆壁，但實在不可能又在上面找到備用鑰匙了。不過狀況和剛才倒是有很大的差異。

被冒牌命令書帶走的暗黑界觀光客，現在就被監禁在眼前。這是對人界統一會議的反叛行為，雖然還只是見習生，身為騎士的羅妮耶與緹潔還是能夠按照自己的判斷來加以對應。

「我來打破監牢。」

一這麼回答完，羅妮耶的右手就按住月影之劍的劍柄。

監牢的鐵欄杆，材質應該跟地上的門相同。但是這把劍的優先度應該不可能會輸給它才對。至於能否斬斷，就得看使用者的技術了。

「……我知道了。那就拜託妳嘍，羅妮耶。」

一瞬間浮現笑容的緹潔，隨即再次看向監牢。

「但是，在那之前得先把三名哥布林叫起來。突然使用祕奧義的話會嚇到他們。」

「說得也是……」

緹潔的擔心雖然相當有道理，但是想不到要讓嚇到疲憊不堪而睡著的哥布林安靜地醒過來竟然如此困難。萬一他們要是發出悲鳴，就會被應該待在正上方宅邸中的綁架犯聽見。

當然用劍砍斷鐵欄杆也不是完全無聲，但使用羅妮耶習得的最速祕奧義——然後完全成功的話，就可以抑制成微弱的金屬音。為了能夠成功，就必須事先把把眾哥布林叫醒。

羅妮耶在地板上蹲了下來，放下左臂的月驅。她把雙手貼在嘴巴周圍，試著要悄悄呼喚眾哥布林族時——

就有極端沉重的物體彼此摩擦般的強烈噪音響徹整條通道。

在羅妮耶與緹潔彈起來般站起來的同時，監牢內的三名山地哥布林族也跳了起來，他們注意到鐵欄杆前的羅妮耶後就放聲大叫。

「嘰咿咿！」

「快住手，別再打我們了！」

被關起來時可能受到極殘忍的對待吧，三人更加用力緊抱在一起，同時劇烈發起抖來。雖然想向哥布林說明是來救他們，但現在根本沒時間這麼做。

原本以為是通路盡頭的牆壁，這時隨著轟然巨響緩緩往上升。暗門——從宅邸正面玄關稍微聽見的，絕對就是這個聲音了。

而門既然打開了，就表示有人從該處進入地下監牢。

通道裡沒有任何可以藏身之處。而且距離後方轉角處還有三十梅爾以上，就算現在跑過去也來不及了。

「……只能戰鬥了。」

當羅妮耶整個人僵住時，緹潔就在她耳邊短促地這麼呢喃。

她說得沒錯。既然沒辦法躲藏，剩下來的選項就只有戰鬥或是投降。而要選哪一邊更是早已決定了。

羅妮耶與緹潔同時拔出左腰上的劍，擺出雙手持劍的姿勢。

羅妮耶緊急對在自己腳邊地板上整個攤開翅膀的——看來是想參加戰鬥來保護主人——月驅，與旁邊緹潔腳底下的霜咲做出指示。

「月驅和霜咲都進入監牢裡保持安靜！」

幼龍們雖然很不滿般發出「咕嚕嚕……」的聲音，但還是遵從了命令。首先是月驅把身體塞進鐵欄杆的縫隙。兩腳不停拍動，並且扭動身軀來鑽過縫隙後，就一路滾到監牢中央附近。深處牆壁邊的山地哥布林們雖然發出細微的悲鳴，但應該能了解牠是無害的生物吧。

接著霜咲也想鑽過鐵欄杆。暗門這時已經抬起一半，從深處的黑暗流入冒白煙的寒氣。黑暗過於濃密，讓人看不清楚門後面那個人的模樣，但確實能感覺得到氣息。

「霜咲，快一點！」

霜咲發出痛苦的低吟來回應緹潔的聲音。看來鐵欄杆的縫隙比地面上的門還狹窄了一些。不知道是不是因為討厭吃魚，身體小一點的月驅還能夠硬擠過去，但是霜咲到了翅膀底部就卡住了。

雖然考慮用手把牠塞進去，但是手段太過強硬的話，可能會把纖細的翼骨折斷。當她感到猶豫時，門也不斷地往上抬。

「霜咲，算了！你躲到我們後面！」

緹潔小心翼翼地擺出長劍再次大叫。霜咲以「咕嚕」聲回答後就把身體從鐵欄杆抽出來，然後跑到兩人後方。

這個時候，暗門終於上升到天花板附近，發出最為巨大的聲響後停了下來。

數秒後，可以聽見「喀滋」的清脆腳步聲。來者踏著石頭地板發出「喀滋喀滋」的聲音，從黑暗深處往這邊靠近。

在現身前先使出祕奧義砍了他，羅妮耶拚命壓抑下內心這樣的衝動。那不是騎士而是膽小鬼的行為，就算殺了對方也無法得知其真正身分，以及擄走山地哥布林族的理由。

感覺極為漫長的數秒鐘過去，來者終於出現在油燈微弱的光線中。

對方渾身上下是一片黑，簡直就像把黑暗直接剪裁成人型。雖然立刻就知道是穿著黑色斗篷，但羅妮耶一瞬間懷疑對方是不是真正的人類。

——不，那是人類。

而且氣息還似曾相識。

就是綁架暗黑界軍伊斯卡恩總司令官與謝達大使的女兒莉潔妲的那個黑斗篷男。在黑曜岩城封印住的最上層對峙的，那個非人非魔的男人身上發出的氣息，就跟眼前的人影一樣。

但這是不可能的事情。

黑斗篷綁架犯從黑曜岩城的窗戶跳下去並且消失是短短三天前的事。黑曜岩城到聖托利亞有三千基洛爾以上的距離。徒步的話要半年，搭乘馬車是三個月，就算是由十個村鎮連結起來的騎馬傳令也得花上兩個星期。想在三天內消化這段距離就只能使用飛龍，但整合騎士之外的飛龍出現在人界上空的話一定會引起大騷動。

是同一人物嗎，還是身材剛好十分相似而已？

為了尋找能作為判斷的材料，羅妮耶拚命凝視著對方。

那個綁架犯被「無聲騎士」謝達大使的手刀砍斷右臂，之後又被羅妮耶的艾恩葛朗特流祕奧義「音速衝擊」砍斷左臂。如果是高位神聖術師，應該可以藉由治癒術讓手腳再生，但是那最少也會有一個星期的時間會動作僵硬。

但是黑色斗篷男——雖然尚不清楚是否為同一人——在往通路踏進一步後就不再前進，而且沒有任何動作。只有從整個拉下來的兜帽深處發出黏稠的視線來注視著羅妮耶與緹潔。

在打探我們會如何對應……不對，是在等什麼……？

如此感覺的羅妮耶，稍微加強握住月影之劍的力量。

不論男人在等什麼，我們沒有必要陪他等下去。如果真的跟黑曜岩城的綁架犯是同一個人，那麼男人應該會使毒才對。不應該只是等待對方發動機關，應該主動展開攻勢才對。

當然不可能殺了他。應該由羅妮耶朝著敵人右腳，緹潔則砍向左腳來奪走其戰鬥力。

羅妮耶稍微把劍尖往左邊移動，立刻了解她意圖的緹潔便把劍揮往反方向。

為了同時施放艾恩葛朗特流祕奧義「斜斬」而調整呼吸。吸氣、吐氣、吸氣——

感覺與獨一無二的搭檔完全同步的瞬間，羅妮耶便準備開始行動。

但是黑斗篷男卻宛如看透她們的呼吸般，在絕佳的時機下有所動作。

如果他是攻過來的話，羅妮耶她們就會毫不在意地施放祕奧義吧。但是男人只隨便舉起雙手，把黑色斗篷往後面一拉。呼吸頓時紊亂的羅妮耶稍微拉回劍尖。

幾乎在同一時間傳出低沉的聲音。

「有意料之外的客人到訪呢。不對……應該說是貝庫達神的引導吧。」

曾經聽過那道低沉混濁的聲音。和黑曜岩城的綁架犯那種咻咻的沙啞聲完全不同。

抬起兜帽的雙手動作也相當流暢，最重要的是羅妮耶認得男人的長相。

讓人聯想到猛禽類的銳利且凶猛的容貌。嘴上與下巴前端極為尖銳的灰色鬍鬚。彷彿結凍湖泊般的淡藍色雙眸。

「……不……不會吧……」

緹潔以顫抖的聲音這麼呢喃。

羅妮耶也很想跟她說出同樣的話。

諾蘭卡魯斯北帝國第六代皇帝，庫魯加·諾蘭卡魯斯——

燃燒的漆黑壁毯，以及遠方響起的戰鬥聲又重新浮現在腦海裡。

但不可能發生這種事情。剛好是在一年前左右的這個時候，庫魯加皇帝已經死在帝城的王座房間裡了。

羅妮耶與緹潔直接與皇帝持劍交手，對於他空隙雖大但是具備一擊必殺威力的海伊·諾魯基亞流劍法大感棘手，一進一退的攻防持續了五分鐘以上。晚了一些趕到的迪索爾巴德以神器熾焰弓發射的火焰箭貫穿皇帝的右腳，羅妮耶她們沒有錯過對方停止動作的一瞬間，立刻同時使出祕奧義，手中長劍深深貫穿了皇帝的左胸與右胸。

沒有人受到那樣的重傷還能存活。迪索爾巴德也確認皇帝已經死亡，在把遺體運至聖堂後就和其他兩名皇帝一起舉行了火葬。羅妮耶確實看見皇帝的遺骸變成神聖力顆粒融化、消失在空氣之中。

所以庫魯加皇帝不可能還活著。

但眼前的黑斗篷男卻又絕對是庫魯加皇帝本人。

感覺腦袋好像麻痺了的羅妮耶，這時已無法行動與開口說話。視界變得狹窄，身體的感覺也逐漸遠去。只有男人那殘酷的藍色眼珠不斷變大。

就因為陷入這種半麻痺狀態——

才會慢了半拍才對身後傳出的細微聲有所反應。

——腳步聲……偷襲……敵人！

在閃爍著片段思緒的情況下，羅妮耶的左手依然朝向有著皇帝臉孔的男人，並且迅速轉過頭。但是這個時候，不知何時偷偷靠近的另一名黑斗篷男已經用力往後方跳去。

而男人的左手則確實地握著幼龍包裹在藍色胎毛下的脖子。

「啾嚕嚕嗚！」

幼龍發出痛苦的悲鳴……

「霜咲！」

緹潔也以悲痛的聲音大叫。

對於兩人來說，月驅與霜咲都是從母龍「曉染」孵蛋時就不斷向其搭話，也在旁邊見證了孵化，然後一起度過八個月時光的無二存在。所以絕對不願意讓牠們受到傷害。

緹潔忘我地準備朝黑斗篷男飛撲過去，但往前踏出一步後就跟羅妮耶一樣僵住了。

男人不知道什麼時候右手已經握著一把大型匕首，並將其抵在霜咲的脖子根部。匕首的刀身染著斑斕綠色，一眼就能看出應該塗了某種毒液。霜咲本身也察覺到危險了吧，只見牠也不再隨便掙扎了。

男人默默地一點一點後退，和羅妮耶她們拉開五梅爾以上的距離。雖然內心想著必須有所行動，但是這種狀況下連一根小指頭都無法輕舉妄動。

「你們這些騎士把這種蜥蜴看得太重要了。」

站在暗門前的庫魯加皇帝——應該說有著皇帝臉龐和聲音的男人，這時發出混雜著冷笑的聲音。

「只不過是隻獸類罷了。隨便找也有代替品，實在無法理解你們的行為。」

「……我才不稀罕你這種傢伙的理解。」

緹潔壓低了聲音來回答對方。

「命令他放了霜咲。如果傷到牠一根寒毛，你們兩個就無法活著走出這裡。」

「哼哼哼，成為騎士後倒是很威風了嘛。」

發出物體摩擦般的笑聲後，像是皇帝的男人就以右手指尖劃過左胸。一年前，緹潔的劍正是貫穿了那個地方。

「不過很可惜，這裡發號施令的是朕。妳們兩個把劍丟掉並且用腳把它踢過來。只要有任何奇怪的舉動，那隻小蜥蜴的頭就會落地。」

——那個時候你的頭也會一起落地。

雖然想這麼反嗆，但就算對方是真正的庫魯加皇帝，也不能拿霜咲的性命來交換。面對露出求助視線的緹潔，羅妮耶便對她輕輕點頭。

兩人同時把出鞘的劍丟到地上。在心中向劍道歉之後，就以靴子前端勾著劍鍔將它踢往皇帝的方向。

皇帝從斗篷的下襬伸出右腳來擋下兩把劍，然後隨腳把它們踢向暗門深處。銀色光芒被濃密黑暗吞噬並且消失了。

「很好。那麼，這是接下來的命令。」

右手從懷中取出的是一把泛著烏光的鑰匙。皇帝把它隨手拋給羅妮耶。反射性以雙手接下後，發現明明一直在皇帝懷裡的鑰匙竟然像冰一樣寒冷。

「用它打開哥布林旁邊的監牢，進去後關上門並且上鎖。」

因為奪走劍而放鬆的皇帝要是靠過來，就空手制伏他當作人質，然後威脅背後的男人放開霜咲，羅妮耶原本檢討著這樣的作戰。但是皇帝依然冷靜地保持距離，沒有打算移動。視線一往後方移去，就看見被毒刃抵住的霜咲雖然有時候會扭動，但還是拚命忍受著疼痛。

一旦進入監牢的話就很難脫身，但現在也只能遵從指示了。

羅妮耶以眼睛對緹潔示意之後，就往左後方的空牢房靠近。以接過來的鑰匙打開牢房，和搭檔一起走了進去。關上門後，從欄杆縫隙摸索鑰匙孔並將鑰匙插入再右轉。

如果可以假裝上鎖，讓牢房保持在快要鎖上的狀態……雖然這麼想，但應該不可能辦到。「這個世界的鑰匙和鑰匙孔使用的不是機械的機關，而是與系統有關。」，桐人說過的這段話又在腦裡復甦。

成為神聖術起句的「System call」這句神聖語，是代表著「世界常理」的意思。親子代代繼承天職的鎖匠，雖然是以祖先流傳下來的特殊鑿子鑿穿鐵板製造出鑰匙孔，然後加工從同一塊鐵板切下的鐵片製造成鑰匙，但是鑰匙孔只對那支鑰匙有反應就是依照世界常理所決定的，這應該就是桐人想說的道理吧。同樣的，鑰匙這種東西就只有「上鎖」與「未上鎖」兩種狀態，無法製造出看起來像是上鎖，只要給予強烈衝擊就能解鎖的狀態。

羅妮耶將鑰匙往右轉之後，到了某處就產生抵抗感，最後傳出「喀嘰」的無情聲音。她隨即拔出鑰匙，將其丟回給皇帝。

以蒼白右手接下鑰匙的皇帝庫魯加，把鑰匙收回斗篷懷裡之後再次發出冷笑。

「哼哼……懂得乖乖聽話就好。朕可不想讓蜥蜴的血弄髒這個具有歷史傳統的地方。」

「嗚……！」

緹潔原本想發出憤怒的聲音，但羅妮耶卻搶先把左手放在她肩膀上，同時壓低聲音問道：

「歷史……？看起來只是普通的地下監牢呢。」

結果皇帝就以指尖抓著下巴尖銳的鬍鬚並點了點頭。

「確實只是普通的地下監牢。但是妳們所踩的那些石頭，三百年來已經滲入無數鮮血。全是私有領地民受到貴族裁決權處罰所流的血……」

「…………！」

這次換成羅妮耶倒吸了一口氣，然後把視線移到腳邊泛黑的石頭地板上。

貴族裁決權是只有皇帝家與上級貴族才擁有的特權，能夠依自己的判斷處罰無禮者。處罰的對象僅限於下級貴族與私有領地民，不過羅妮耶身為六等爵士的父親，也數次被上級爵士找碴做出的懲罰而有了屈辱的回憶。

但是，就算是貴族裁決權，依然無法違反沒有正當理由就不能奪走他人天命的禁忌目錄。而貴族的私人懲罰並不包含在正當理由內。就連人界裡擁有最大權利的整合騎士，為了懲罰罪人也只能奪走其天命最大值的七成。

「……血流到讓地板染色的懲罰已經違反禁忌目錄了。」

羅妮耶以沙啞的聲音如此指謫，皇帝就再次發出低沉的訕笑。

「哼，哼哼哼……有數不清的方法可以規避那種充滿漏洞的目錄。甚至可以說四帝國的皇帝家與上級爵家的歷史，就是為了探求這些方法所構成。」

聽見這句話的瞬間，厭惡的記憶就像是暗夜閃電般撕裂腦袋。

過去主席上級修劍士萊歐斯．安提諾斯，就以學生之身對羅妮耶與緹潔設下了周詳的陷阱，然後想以貴族裁決權玷汙她們。這麼說來，萊歐斯那身為三等爵士，把他養育成這種個性的父親以及祖父，在私有領地裡也不知道沉迷在多麼卑劣與惡辣的行為當中，光是想像羅妮耶就感到一陣厭惡。

如果是站在所有貴族頂點的諾蘭卡魯斯皇帝家——

「……小姑娘，不覺得很不可思議嗎？明明有通往宅邸的門，為什麼地下通道會連接到森林深處呢？」

突然被皇帝這麼一問，羅妮耶便透過鐵欄杆看著他的臉。

纖細鬍鬚下方依然滲出些許笑意的皇帝，不等待她回答就直接繼續說：

「當然是為了把屍體運出去啊。這樣私有領地民骯髒的血，就不會弄髒朕的宅邸了。」

「太……太過分了！」

這麼大叫的是緹潔。她像是要用身體衝撞般往鐵欄杆奔去，然後雙手握住鋼鐵棒子。

羅妮耶全身也燃燒著灼熱的怒火。眼前的男人——男人的一族，從很久以前就把私有領地民關進這座監牢，然後鑽禁忌目錄的漏洞傷害他們，甚至奪走了他們的性命。

兩人所發現的鐵欄杆門，不是為了防止來自外面的入侵者。是為了從裡面的地下監牢，把無辜平民的屍體運出去而設置的門。因此才會粗心地把備用鑰匙掛在那種地方。現在想起來，根本不可能有帶著惡意潛入皇帝家直轄領地的人存在。

被雖然是見習生，仍屬於整合騎士團一員的緹潔用力一拉，鐵欄杆也只是微微傳出摩擦聲。想像至今為止被關在這裡的私有領地民們，究竟是以多麼絕望的心情握住鐵欄杆，羅妮耶就感到更加氣憤，整個人的身體甚至開始震動了起來。

但就在這個時候，抓住霜咲的黑斗篷男就無聲從通道右側出現，站到了皇帝身後。看見依然抵在幼龍脖子上的毒匕首，緹潔就像是被彈開般放開鐵欄杆。

剛才不斷掙扎的霜咲看起來已筋疲力竭，一看見主人就發出細微的「啾咿咿……」聲。聽見這道聲音的瞬間，緹潔就發出又細又短的嗚咽，羅妮耶眼中也滲出淚水。

但是，這個時候不能大聲哭泣。

月驅還藏身在隔著石壁的隔壁牢房裡。現在拚命遵守著剛才的命令保持安靜，如果羅妮耶失去自我，月驅也會無法繼續忍耐吧。甚至可能會離開牢房，為了解救自己的哥哥而朝著黑斗篷男撲過去。雖然看起來有點冷漠，但連月驅都被抓住的話，脫逃的可能性就相當低了。

——拜託了，繼續乖乖待在那裡啊，月驅。

羅妮耶對著厚重石牆如此祈求著，同時死命壓抑下自己的怒火。

結果宛如思緒遭到讀取一般，庫魯加皇帝以銳利的視線看了過來。

「……黑髮的小姑娘，妳沒有帶小蜥蜴過來嗎？」

被識破的羅妮耶只能默默點頭，這時依然握著鐵欄杆的緹潔則代替她回答：

「……今天是為了矯正那個孩子討厭吃魚的個性，才會帶牠來湖裡抓魚。羅妮耶的龍在聖堂裡留守。」

「哦……朕想妳們應該不知道，諾魯基亞湖裡有五種不同的魚棲息。當中有四種也允許私有領地民去釣，但是釣到禁種的黃金鱒魚者，立刻就會被抓到這座監牢裡。」

緹潔出言反駁以懷念口氣這麼說道的皇帝。

「……哪能決定會釣到什麼魚啊。」

「嗯，確實沒辦法。但是飢餓的領地民只能一邊祈禱不要釣到最美味的黃金鱒魚一邊拋出釣線。雖然以機率來說，三百隻魚裡才會釣中一隻，但在湖畔的酒席眺望幸運地……不對，倒楣地釣起禁忌種者那種嘆息難過的模樣，實在是人生一大快事啊。」

羅妮耶瞪著以喉嚨深處發出「哼哼哼」笑聲的皇帝，同時必須再次承受劇烈的怒火煎熬。

違反禁忌目錄或者帝國法的事例確實都是偶然發生。想要刻意違背法律就得先突破「右眼封印」，所以這也是理所當然的事，因為無法靠自己的意志來迴避的霉運而受到處罰，只能說實在太蠻不講理了。何況還是皇帝自行誘導私有領地民遭遇到那樣的不幸。本質上就跟萊歐斯·安提諾斯挑釁羅妮耶與緹潔，然後藉此來行使裁決權的手法完全一樣。

冷笑了一陣子後，皇帝才恢復面無表情的模樣。

「嗯，看來蜥蜴確實只有一隻。那麼，這隻就交給我們慎重地保管吧。我們會好好提供飼料，妳們放心吧……如果妳們試圖逃獄，就把牠烤了當成哥布林的餐點。」

留下這句話之後，庫魯加皇帝就將身體朝向暗門。

但是這時候又停下動作，瞄了一眼被部下抓住脖子根部的霜咲。

「……傑普斯，你覺得那隻蜥蜴能夠穿過監牢的鐵欄杆嗎？」

羅妮耶的心臟劇烈跳動了一下。名為傑普斯的黑斗篷男把霜咲抬到眼前仔細地檢查之後，才以出乎意料尖銳的聲音說：

「硬塞的話或許可以。」

「這樣啊。」

點頭的皇帝從牆上拿下油燈，對著羅妮耶與緹潔的牢房舉起。銳利的視線掃過每一個角落，最後才像是放心了一樣點點頭。

就這樣到上面去吧，羅妮耶在內心這麼祈禱。但是皇帝的身體不是往左而是朝向右方，開始朝著隔壁牢房前面走去。

雖然月驅應該是躲在角落陰暗處，但在油燈一照之下，淡黃色羽毛一定立刻就會被發現吧。必須想辦法停住他的腳步，心裡雖然這麼想，但隨便搭話也只會造成反效果，而且只是拖延數十秒鐘也沒有任何意義。

——月驅，被發現的話就努力逃到通往地上的門！

心想至少要傳遞出這份思念的羅妮耶握緊雙拳。

站在旁邊牢房前面的皇帝，舉起右手的油燈。他皺起眉頭，伸長了脖子，執拗地環視著牢房內部。

三秒……五秒……十秒後。

「………哼。」

皇帝用鼻子短哼了一聲離開鐵欄杆前面。把油燈掛回牆上往上折的釘子，看也不看羅妮耶她們一眼就回到暗門深處去了。名為傑普斯的男子也提著霜咲跟在後面離開。

兩人的身影消失了一陣子後，才從黑暗深處傳出「喀咚」的聲音，接著上升到天花板的暗門便隨著轟然巨響開始降下。

暗門下端隨著地鳴與地板一體化之後，羅妮耶才靜靜把屏住的呼吸吐出來。緹潔把一直握住鐵欄杆的雙手剝下來，接著小跑步靠近羅妮耶並把額頭貼在她肩膀上。

「……霜咲牠不要緊吧……」

聽見細微的聲音後，羅妮耶就再次點點頭。

「那是當然了。對那些傢伙來說，霜咲是重要的人質啊。絕對不會加害牠的。」

「…………嗯。」

數次撫摸輕聲如此回答的緹潔背部，羅妮耶才靜靜地把身體移開。她慎重地靠近鐵欄杆，以最小的音量對右側的監牢搭話：

「謝謝諸位哥布林先生。」

一陣寂靜之後，才聽見同樣的呢喃聲。

「……小龍沒有被發現。」

沒錯——庫魯加皇帝之所以沒有發現狹窄牢房中的月驅，所能想到的理由就只有一個。月驅進入牢房時發出膽怯叫聲的山地哥布林們，用身體擋住了皇帝的視線。

「真的很謝謝你們……」

再次道謝後，這次就聽見細微的「咕嚕」叫聲。

再度穿越鐵欄杆的月驅，小跑步奔向羅妮耶前面。羅妮耶急忙蹲下來，結果幼龍就再次試著將身體鑽進來，但是羅妮耶卻用雙手阻止了牠。

「月驅，拜託你。從通道回到地上，然後想辦法抵達聖托利亞的北門……衛士先生注意到你的話，就會帶你回聖堂去了。」

這對出生八個月的幼龍來說是相當困難的命令。除了諾魯基亞湖距離北聖托利亞十基洛爾遠之外，要從這棟別墅回到街道也不簡單。而且今天已經走了一大段路，羅妮耶也不清楚在回到央都之前牠會失去多少天命。最糟糕的情況是可能在途中就倒地不起。

但是現在也只剩下月驅這個唯一的希望了。在沒有劍的情況下恐怕是無法破壞這面鐵欄杆，就算成功也一定會被皇帝他們發現，到時候霜咲可能會被他們殺害。

羅妮耶在強烈不安的煎熬下，從鐵欄杆縫隙伸出的雙手包裹住月驅的身體，結果幼龍像要表示「包在我身上」般再次叫了一聲。

從羅妮耶手裡離開並且後退，用力拍了兩下翅膀之後，幼龍開始往北方的通道跑去。牠的身影立刻就消失，嚓喀嚓喀的腳步聲也隨即聽不見了。

「……抱歉……拜託你了，月驅。」

膝蓋跪在堅硬石頭上的羅妮耶，緊握起雙手專心祈禱著。

7

午後三點的鐘聲莊嚴地響起。

亞絲娜把裝有較濃咖啡爾茶的杯子放到桌上，同時開口表示：

「桐人，你得吃點東西才行啦。就算是甜點也沒關係。」

「嗯……噢……」

雙手環抱胸前的桐人抬起臉來，準備把手朝著裝有茶點的木盤伸去，但隨即又以注意到什麼般的表情看著亞絲娜。

「怎……怎麼了？」

「沒有……只是想起以前也經常聽妳這麼說。」

亞絲娜立刻注意到，這帶著苦笑說出的話，指的不是開始在這個世界生活時，而是在現實世界發生的事情。她坐到桐人身邊的椅子上對他露出微笑。

「因為桐人只要迷上什麼事情就會很自然地忘記吃飯，而且自己還都不會發覺。」

「啊……也經常挨結衣的罵。」

以平淡的口氣這麼回答之後，桐人就稍微瞄了女孩一眼。應該是從亞絲娜的表情感覺到什麼了吧，只見他伸出手溫柔地撫摸少女的頭髮。把意識集中在那種感觸上之後，刺著亞絲娜胸口的疼痛感才一點一點得到舒緩。

今後恐怕無法跟在舊ＳＡＯ誕生的Top-down型ＡＩ，同時也是兩人「女兒」的結衣見面了。以結衣的處理速度來看，要和加速五百萬倍的地底世界同步應該很困難，而且說起來根本沒有連線的路徑。

根據異界戰爭將近尾聲時，為了解救人界守備軍危機而登入的莉茲貝特、西莉卡表示，引導自己和詩乃、莉法等人來到地底世界的就是結衣。還說她召集眾人，以仔細又簡單易懂的方式說明地底世界的現狀和愛麗絲的重要性，然後請求大家協助。

如果結衣沒有展開行動，和亞絲娜會合的人界守備軍誘餌部隊將會全滅，愛麗絲也會被皇帝貝庫達奪走吧。想到再也無法和那麼努力的心愛女兒見面——甚至連跟她說聲謝謝都辦不到，就會覺得異常難過，但她應該能夠諒解才對。她會了解桐人和亞絲娜只能夠這麼做，以及即使隔了時間與空間的牆壁，兩個人還是永遠愛著她。

結衣似乎以「從ＳＡＯ開始的所有ＶＲＭＭＯ世界，以及生活在那裡的許多人存在的證明」來形容地底世界與愛麗絲。這樣的話，亞絲娜就必須盡全力來守護這個世界才行。絕對要防止好不容易打開融合之路的人界與暗黑界再次發生戰爭。

「……得好好加油才行。」

桐人像是感覺到亞絲娜的思緒般這麼呢喃道。原本撫摸頭髮的手拍了一下亞絲娜的背，就從木盤裡拿起加了果實與水果的牛軋糖，張開大嘴吃了起來。地底世界雖然是虛擬世界，但是和艾恩葛朗特不同，空腹狀態一直持續下去的話天命會開始減少，營養不足則會導致生病，所以食物就跟現實世界一樣重要。

今天上午對南聖托利亞行政府舉行了業務調查，結果確實只知道發行了三名山地哥布林族的移送命令書一事並非事實，到訪旅館的官員也是冒牌貨。在旁邊交接移送的衛士證實行政命令書上蓋了行政府的印章，但印章本身的設計相當簡單，想偽造的話絕對不是什麼難事。當然得先鑽過禁止偽造所有印章與簽名的禁忌目錄就是了。

既然亞絲娜以「窺探過去術」看見的——正確來說只看見握著短劍的手——男人，是自己動手殺了椏贊老人，就可以知道他不受到禁忌目錄的束縛。如果跟擄走山地哥布林族的冒牌官員是同一人物，那偽造印章對他來說不過是輕而易舉之事。

正午過後就結束了行政府的調查，在這樣的結果之下，目前正在全南聖托利亞搜尋被綁架的三名哥布林族。城市固然廣大，但以整個圓形的央都聖托利亞來看，也不過只有四分之一的面積。加上南聖托利亞衛士廳還養了二十隻擁有敏銳嗅覺的沙漠狼，只要在門口聞聞看，似乎就能知道是不是有哥布林被抓到建築物裡面。到傍晚之前應該能搜索完所有建築物，桐人和亞絲娜就在聖堂自己的房間內，等待為時已晚的發現報告。

兩個人原本也很想參加搜索，但法那提歐騎士團長擔心這次的綁架也跟梔贊殺害事件一樣是要引誘人界代表劍士出面的陷阱，所以向他們做出「拜託你們待在聖堂裡」的懇求。如果是這樣，希望至少能在五十樓的大會議室裡待機，但這次換成阿優哈術師團長強烈要求亞絲娜在自己的房間休息，直到使用窺探過去術的疲勞完全恢復過來。

連地底世界最高級術者之一的阿優哈·芙莉亞都無法使用的窺探過去術，亞絲娜之所以在這麼短的時間內就能使用，阿優哈推測理由應該是因為史提西亞神神力的緣故。

亞絲娜花了一整年的時間重複說明自己是現實世界人，並非創世女神史提西亞的轉世，但不只是聖堂的職員和術師，就連整合騎士們都無法完全接受這個說法。為了防止誤會繼續擴散下去，她要自己盡可能不使用「無限制地形操作權限」……雖然這麼想，但短短一週前就為了防止桐人的機龍一號機猛烈衝撞，而把聖堂的上層橫移了開來。

總之阿優哈認為亞絲娜的精神能夠負荷一定程度的龐大情報輸入，因此才能夠承受窺探過去術。但她也表示術式的負荷不是這樣就會減少，當然亞絲娜也因為親身體認到這一點而不打算濫用該種術式，但三名山地哥布林族的安全是與全人界，不對，應該說與全地底世界的危機有直接關聯的重大問題。

像梔贊老人的事件那樣，再次有人界人被殺害，然後三名哥布林被陷害成為犯人的狀況就不用說了，就連單純只是發現三個人的屍體，兩個世界好不容易才快成形的和平就會受到嚴重的打擊了吧。

搜索全南聖托利亞還是沒找到三名山地哥布林的話，就只剩下唯一的手段了。也就是亞絲娜再次到旅館使用窺探過去術，調查馬車的去向。但這種方法也有問題。由於不可能在實行術式的狀態下進行追蹤，所以必須移動到晶盤中看不見馬車的地點然後重複窺探過去，但昨天光是實行一次窺探過去術就已經快要昏倒了。即使邊休息邊施術，亞絲娜也不清楚究竟能使用多少次那種術式。

桐人之所以露出擔心的表情，也是因為強烈希望在需要用上窺探過去術之前就能夠救出眾哥布林族的緣故。但是，這樣的希望也逐漸落空了。搜索開始之後已經過了兩個半小時，不要說行蹤不明的三個人了，就連用來綁架的馬車都還沒被找出來。

桐人吃了一個點心後再次陷入沉默，這時亞絲娜為了盡量緩和他的緊張而改變了話題。

「話說回來，騎士見習生們好像出門了？」

「咦……？啊……嗯。」

桐人眨了眨眼睛後就看向窗外。

「聽說羅妮耶的月驅最近不喜歡吃魚，為了矯正牠的偏食而到郊外的湖泊去了。」

「這樣啊……飛龍也會挑食嗎？」

亞絲娜忍不住發出輕笑，桐人也跟著露出笑容。

「好像是這樣。海伊那古廄舍長好像建議讓牠吃自己捕捉到的魚喔。」

「啊，自己採來的東西不知道為什麼就是特別好吃呢。我以前住在宮城的爺爺家時，也曾經到山上去採山菜和香菇……」

孩提時期的記憶鮮明地復甦，鬆了一口氣的亞絲娜也得以暫時忘記憂患。

現在想起來，至今為止製作料理時的材料都是從央都的市場送過來的物品，從未使用過自己採集的素材。地底世界的食材也是在收穫之後天命就會開始減少，而天命值又與氣味有直接的關係，所以下次就從尋找素材開始吧……亞絲娜邊這麼想邊隨口問道：

「兩人前往的湖泊在哪裡？」

「呃，我記得是在北帝國的皇帝直轄領地裡面吧。湖上的冰好像才剛融化而已………」

桐人話說到一半就開始減速，最後完全中斷，於是亞絲娜便歪著頭看向身邊。

結果代表劍士正持續以毫無表情的臉龐凝視著空中的一點。最後緩緩皺起眉頭，以呢喃般的語氣說道：

「……如果不是在聖托利亞市內，而是在市外呢……比方說，有沒有可能被運到舊私有領地去了……？」

這句話的主語明顯是行蹤不明的三名哥布林。亞絲娜立刻搖了搖頭。

「那不可能。發生椏贊先生的事件後，通過南聖托利亞大門的人和馬車，全都要嚴格檢查行李。就算哥布林族再怎麼嬌小，也不太可能三個人都在馬車上還不被發現……而且他們不是全被綁起來，就是失去了意識對吧。」

「嗯，我也覺得沒辦法通過南門。但是……其他門的話呢？」

亞絲娜認真地凝視著桐人如此反問的臉龐。

「……你的意思是，馬車通過不朽之壁，移動到東聖托利亞或者西聖托利亞了……？」

「又或者再通過一次，去到北聖托利亞。」

「嗯……」

這完全沒有想過的可能性，讓亞絲娜暫時發出含糊的聲音。

把央都聖托利亞與人界全土劃分成四個區塊，綿延長達三千基洛爾的不朽之壁，是讓看過許多虛擬世界的亞絲娜也不禁產生敬畏之念的巨大構造物。它似乎是最高司祭亞多米尼史特蕾達利用神聖術一夜就創造出來，但就算具備史提西亞帳號的無限制地形操作能力也絕對無法做到同樣的事情。屆時將會無法承受流進搖光的龐大檔案，製作出短短十公里左右的牆壁就昏倒了吧。

或許就是因為有這樣的認知，對於亞絲娜來說不朽之壁也是不可侵犯的存在，也從沒想過像昨天的桐人那樣在牆壁上面行走。因此打從一開始就屏除了載著山地哥布林族的馬車通過牆壁的可能性。

「……要通過不朽之壁上的四個門，必須要有聖堂發行的令符，或者四帝國行政府發行的一日許可證吧……但是……」

桐人接在亞絲娜的呢喃後面說道：

「……綁架犯已經成功偽造了南聖托利亞行政府的移送命令。銅製的通行令符可能很困難，但羊皮紙的許可證應該沒問題……如果是這樣——手段就跟黑曜岩城的時候越來越像了……」

綁架謝達大使與伊斯卡恩總司令官心愛的女兒莉潔妲的「黑斗篷男」，竟然潛伏在所有人都認為不可入侵的黑曜岩城最上層。男人得以出入最上層的理由，目前似乎仍未明朗。但是其行動模式，確實與這次的山地哥布林綁架事件十分相似。

一瞬間緊閉起嘴角後，桐人便迅速起身。

「把搜索哥布林族的範圍，擴大到北、東、西聖托利亞郊外的前私有領地吧。」

「說得也是……」

亞絲娜也站了起來，把視線移向南方的窗戶。

午後陽光照耀著南聖托利亞由紅色砂岩構成的街景。西方的天空很快地已經漸漸染上金色了。

「……但是，馬上就要傍晚了喔。接下來要搜索戶外應該很困難吧？雖說是私有領地，占地依然相當寬廣……」

「噢……說得也是。就算明天早上再開始搜索私人領地，市內還是立刻就著手進行比較好。我要到五十樓去，亞絲娜就在這裡……」

亞絲娜隨即用指尖封住桐人的嘴巴不讓他再說下去，接著自己開口表示：

「我當然也要去。別擔心，窺探過去術的疲勞已經完全恢復了。」

「…………我知道了。」

點點頭後，桐人就從矮桌的木盤上再抓起一顆牛軋糖，像是要回敬對方一樣把它塞進亞絲娜嘴裡。

「那亞絲娜也得好好吃東西喔。」

原本是想說「我知道啦」，但從亞絲娜嘴裡就只能發出「呼嘎呼唔咕」的聲音。

跑上大階梯來到第五十樓的兩人一踏進大會議室，圍著圓桌而坐的眾人便同時把視線移過來。

率先出聲的是穿著白長袍的阿優哈．芙莉亞。

「亞絲娜大人，您還得好好休息才行啊！」

「我不要緊了啦，阿優哈小姐。休息了一陣子後，已經完全恢復元氣了。」

亞絲娜立刻這麼回答，然後把準備站起來的術師團長按了回去。結果這次換成難得做輕裝打扮的法那提歐對著桐人開口。

「代表大人，很可惜的目前仍沒有好消息。從南聖托利亞十區開始的搜索也來到三區的住宅區了，但是現在還是一直揮空。」

代表行動落空之義的「揮空」應該是從棒球而來，那麼不存在棒球的地底世界又是什麼樣的由來呢，亞絲娜內心雖然這麼想，但現在已經不是在意這種事情的時候了。

「法那提歐小姐，關於這件事情呢……」

亞絲娜等不及坐到自己平常的位子就開口發言。

「我想載著山地哥布林族的馬車，有可能已經通過不朽之壁的門離開南聖托利亞了。」

下一個瞬間，寬廣的會議場變得一片寂靜。

目前坐在圓桌前面的，除了阿優哈與法那提歐之外，還有騎士連利、騎士涅魯基烏斯、騎士恩特基爾等人。騎士迪索爾巴德目前待在設置於南聖托利亞五區的臨時本部裡，情報局長夏歐．修卡斯則和自己的部下獨自進行著搜索。

這時最先開口的是在上位騎士當中算少數話比較多的恩特基爾。

「嗯……那應該很困難吧？想通過『四季之門』就需要公理教會徽章的令符，那應該是最高司祭大人用術式製造出來的東西喲。」

「咦……是這樣嗎？那現有的令符用完後就不能再增產了？」

聽見桐人的問題，騎士泛藍的頭髮就上下晃動了一下。

「我想應該是這樣。我確實聽說過，那是技術再怎麼高超的工匠都無法模仿的作工……」

「一點都沒錯。放在光線下就會浮現金色公理教會紋章的銅製令符，連我和貝爾庫利閣下都不知道是如何製作出來的。」

既然法那提歐這麼說，那就絕對不可能偽造了。桐人點了點頭，然後在圓桌上交叉雙手手指。

「先不要考慮沒有庫存了這件事，無法偽造令符當然是很好……問題是就算沒有令符也有方法通過大門這件事。」

「一日許可證嗎……」

阿優哈指出這一點後，桐人和亞絲娜就同時點了點頭。騎士們也一起露出恍然大悟的表情，至今為止一直保持沉默的涅魯基烏斯便開口表示：

「……也就是說，賊人偽造的不只有行政府的移送命令，還有大門的通行許可證嘍。到底想違反多少禁忌目錄啊……」

「別這麼氣憤，涅吉仔。賊人已經親手殺了人了，很明顯完全不在意禁忌目錄。」

涅魯基烏斯之所以立刻吸氣，應該是要抗議法那提歐對他的稱呼吧，但隨即就嘆了一口氣放棄掙扎。這時連利取代了他，守規矩地舉起手來後才發言：

「但是桐人先生，綁架犯通過四季之門的話……南聖托利亞以外的大門就沒有檢查馬車的貨物，那他們也有可能已經離開央都了吧……？」

「沒錯。」

對少年騎士點點頭後，桐人便繼續說了下去。

「所以我認為哥布林族的搜索，除了要加上東西以及北聖托利亞的市內之外，範圍也得拓展到舊私有領地。只不過，天色馬上要變暗了……」

「我會讓人做好準備，天一亮就開始搜索私有領地。市內的話立刻就能開始，那麼就由我來指揮吧。」

法那提歐說完就站了起來，桐人則是輕輕向她低下頭。

「抱歉，法那提歐小姐。那就拜託妳了。」

「這沒什麼。相對的，小子你就好好待在這裡吧。」

確實叮嚀靜不下來的代表劍士後，法那提歐就走向放置在稍遠處的白木搖籃。溫柔地撫摸熟睡的貝爾切頭部，然後對隨侍在側的僕人交代了一兩句話，接著就快步離開會議室。

平常的話，開會期間都是由緹潔與羅妮耶來照顧貝爾切小弟，話說回來她們兩個不在聖堂裡呢……當亞絲娜想到這裡時——

桐人就像在等待法那提歐的身影消失一樣，這時候才開口說：

「嗯……我不會參加搜索，不過到外面去一下應該沒關係吧？」

雖然是徵求允許的口氣，但是立場上可以否決代表劍士的法那提歐和迪索爾巴德都不在現場。三名騎士和一名術師互相交換了一下眼神，就由涅魯基烏斯代表眾人問道：

「您想去哪裡？」

「其實騎士見習生羅妮耶和緹潔到北帝國皇帝直轄領地內的某座湖泊去了。說是要讓飛龍在那裡抓魚……」

「原來如此，是要矯正偏食嗎？」

涅魯基烏斯一點頭，恩特基爾立刻從旁邊插嘴：

「說起來涅吉歐的沙撫在小時候也完全不吃任何名稱有瓜字的食物喔，要矯正牠可是費了一番工夫。那時候還到南帝國的密林深處，尋找世界上最甜的夢幻瓜類……」

「我應該沒有拜託你跟我一起去吧。」

冷冷這麼回應之後，涅魯基烏斯便看向桐人。

「說到北方直轄領地的湖泊，應該就是諾魯基亞湖了。我記得那邊周圍是寬廣的草原……應該沒有賊人會潛伏在那種地方吧？」

「嗯，是沒錯啦。不過以那兩個人的性格來看，要是看見可疑的馬車經過，就算只有她們兩個人也會去進行調查就是了……」

桐人的話讓亞絲娜忍不住點了點頭。羅妮耶和緹潔都是老實的好孩子，但在學校裡受桐人指導後可能就受到影響，有時候會做出一些魯莽的舉動。再加上現在的兩個人，為了從見習生成為正騎士，每天都努力精進自己，所以那種拚命的態度很可能會招來危險。

「到諾魯基亞湖也不過短短十基洛爾，我去迎接她們很快就回來。一個小時……不對，四十五分鐘就回來了。」

這麼說完，桐人立刻站了起來。目標不是南方的大階梯而是北方的升降洞，應該是打算從聖堂的高層以飛行術飛到湖泊去吧。亞絲娜也迅速從位子上起身……

「我也一起去！」

並且對他搭話。回過頭來的桐人，稍微往阿優哈術師團長瞄了一眼。

身穿白長袍的女性，臉上雖然明顯掛著擔心的表情，但最後還是放棄掙扎般輕點了點頭。不過她還是不忘加了一句「請早點回來」，亞絲娜對她輕輕低頭行了個禮，就小跑步站到桐人身邊。

「那個，市內有什麼突發狀況的話，我會過去通知二位！」

這麼大叫的是騎士連利。桐人回答了一句「拜託你了！」，隨即打開升降洞的門。兩人同時跳了進去，迅速關上門後才鬆了一口氣。

「……你的表情像在說『脫逃成功』。」

亞絲娜側眼看著身邊的臉龐這麼呢喃，結果桐人就不停地搖動頭部。

「不是妳想的那樣啦。我單純是擔心羅妮耶她們……」

「呵呵，我知道啦。由我來操縱升降盤吧。」

亞絲娜跳上設置在地板上的圓盤，接著雙手包裹從中央長出來的玻璃筒。

以前負責升降的艾莉以神聖術進行操作的這台電梯，現在已經自動化了。以構造上來說，是將埋在升降機井地板下的大型密封罐裡填充大量的風素，只要按下牆上的樓層按鈕，罐子裡就會放出讓圓盤上升到那個高度所需的風素，接著自動引爆來產生壓力。但是，為了發生突發事故時能讓利用者自行操作，也殘留著風素生成用的玻璃筒。這也就是說，可以取代設定為極平穩速度的自動裝置，用手動的方式讓圓盤上升。

當站在旁邊的桐人說了句「那個，安全第一……」時，亞絲娜根本不把話聽完就在筒子內部生成了十個風素。指導她如何操作這個圓盤的前升降梯負責人艾莉雖然表示「開始上升時解放三個，然後就等速度快變慢時再一個一個解放」，但也偷偷告訴她那是搭載乘客時的安全模式，只要願意的話就能夠以更快的速度往上升。

「Burst！」

首先以這個指令解放六個風素。玻璃筒內爆出綠色閃光，從下部噴出大量空氣，兩人搭乘的圓盤隨即以猛烈的速度往上升。

「嗚哇哇……」

如此大叫的桐人緊抓住亞絲娜的雙肩。以機龍或心念力飛翔在空中時明明一臉輕鬆，不知道為什麼就是無法習慣這座升降梯。原因似乎是亞絲娜來到這個地底世界之前，他差點從聖堂的高樓層往下掉，但詳細情形他一直不願意透露。

其實亞絲娜在異界戰爭當中，已經從整合騎士愛麗絲口中聽到當時發生的事情了。還不會使用飛行術時，光靠一把劍支撐吊在八十樓左右的外牆上確實是相當恐怖的體驗，但精神年齡超越自己的桐人只有在升降洞當中才會露出小孩子的一面，所以亞絲娜忍不住就超速了。

使用六個風素的急速上升開始減速時，又同時解放剩下來的四個風素。圓盤再次緊急加速，桐人則是發出「咿咦咦」的聲音並緊貼在亞絲娜背上。繼續惡作劇下去的話他實在太可憐了，這麼想時升降梯已經抵達九十樓，於是亞絲娜就踏下地板上的踏板，把圓盤固定在牆面。

這條升降洞過去只連結五十樓到八十樓，但在自動化之時就一併設置了一樓到五十樓的新升降機井，以前的升降機井也延伸到九十樓。理由當然是這層樓的大浴場現在已經開放給所有職員使用，這個樓層的外牆沒有寬敞的開口處，所以他們直接爬樓梯衝上九十五樓的「曉星望樓」。

這是昨天跟羅妮耶、緹潔以及廚師哈娜一起吃午餐的地方，隨著接近傍晚時分，這座空中庭園又展現了不同的面貌。西傾的日照直接從外圍射入，醞釀出的氣氛簡直就跟浮遊城艾恩葛朗特的——當然規模小了許多就是了——夕陽景色極其相似。

雖然亞絲娜最喜歡在這個地點觀看太陽下山，但現在沒有那種閒情逸致了。桐人跑向北部開口處伸出右臂，亞絲娜則把身體整個靠了上去。

「那個……我知道在趕時間，但還是安全第一喔。」

聽見亞絲娜這麼說，桐人也只是無聲地笑了笑，接著就讓黑色皮衣的衣襬變成飛龍翅膀的形狀。確實把亞絲娜抱過來後，就大大地張開翅膀。

雖然速度很快，但他似乎不打算使用會發出巨響的風素飛行術，而是選擇了安靜的心念飛行術……但稍微浮現的安心感立刻就消失了，桐人隨腳往地板踢去。黑色翅膀用力拍動，接著輕輕浮上空中——

下一個瞬間，兩人就以數倍於使用六個風素的升降盤加速還要快的速度往天空飛去。臉承受著空氣的阻力，北聖托利亞帝城最高的塔也越來越靠近。明明知道它比聖堂低上許多，但是飛越時還是忍不住閉上眼睛。

光靠心念就能夠發揮出這樣的速度，如果全力使出風素飛行術的話會有什麼結果呢……想到這裡，亞絲娜才回想起過去曾經有過一次這樣的經驗。

一年三個月前，異界戰爭即將結束時。

從漫長昏睡狀態醒過來的桐人，為了追上綁架愛麗絲的皇帝貝庫達，就使用了最大速度的風素飛行術。當時亞絲娜完全不了解地底世界的地理位置，所以等到戰爭結束後才知道飛了多少距離，那個時候桐人以一隻手臂抱著亞絲娜，五分鐘就移動了一千基洛爾的距離。換算成時速的話，每個小時達一萬兩千公里，亞絲娜記得音速的時速大約是一千兩百公里，所以是超過音速十倍的驚人速度。

現在桐人的心念力足以讓鋼鐵的機龍浮空，不過那是等同於神蹟般的力量。不只有飛行術，為了拯救愛麗絲那受到瀕死重傷的飛龍以及其哥哥，甚至把牠們變回龍蛋狀態，另外和超級帳號皇帝貝庫達的戰鬥裡，還使用了足以把全地底世界的天空變成夜晚的武裝完全支配術。

問題是，那個時候的桐人是特別的嗎——還是說現在的桐人只是壓抑了自身的力量。如果是後者，那麼面臨可能有危險迫近羅妮耶與緹潔的狀況，感覺桐人已經沒有壓抑心念力的理由了。

想著這些事情的亞絲娜，在無意識中緊緊抓住桐人的身體，下一個瞬間。

簡直就像在等她這麼做般，視界裡閃爍著更加鮮豔的綠色，後方連續傳來數不盡的爆炸聲。像被巨人之槌用力打飛出去般的暴力加速，讓亞絲娜忍不住發出了悲鳴。

8

人界曆紀元前，也就是現在往前回溯三百八十年以上的過去，人界存在著稱為「神獸」的活動物體。

住在東帝國深山幽谷之內的白銀大蛇。以南帝國火山為巢的不死鳥。守護北帝國山脈的冰之巨龍。在西帝國草原上疾驅的有翼獅子等等。

總數達四十隻以上的神獸雖然沒有搖光，但是具備專用言語化引擎，屬於可以跟人界人溝通的高等ＡＩ程式。人們將神獸敬為該地的土地神，留下許多關於牠們的傳說。

但是人界曆三〇年時公理教會設立，人界被自稱最高司祭亞多米尼史特蕾達的少女支配，對於少女來說，除了教會正史內登場神明之外，其他的「神」都只是礙事的存在。少女把這些神獸全都變成武具──神器，不然就是讓麾下的整合騎士加以討伐。就這樣，到了人界曆一〇〇年左右，所有神獸都被從地上驅逐，記錄牠們與人類進行交流的典籍也全部遭到焚燬。

目前生存在人界的鳥獸全都無法使用人類的語言。但是在那之中存在著一種獸類，身上具備著能力受到不少限制的ＡＩ。那也就是作為整合騎士搭檔的飛龍。

飛龍們雖然不會說人話，但是能夠理解主人賦予的複雜命令。與主人之間有深厚羈絆的牠們，也具備為主人鞠躬盡瘁的「心」。

因此整合騎士見習生羅妮耶．阿拉貝魯養育的幼龍——月驅為了完成主人「從通道回到地上，然後想辦法抵達聖托利亞北門」的命令而拚命跑著。

拍著小小羽翼爬上六十階的樓梯，身體從鐵欄杆縫隙擠到外面去之後，月驅就環視周圍。後面是剛剛才脫離的鐵欄杆，右邊與左邊被長了尖刺的樹籬擋住，只有往前延伸的小徑能夠前進。但是月驅不願意直接走這條小徑。因為小徑前方是那棟散發不祥氣息的宅邸。靠近那邊的話，說不定會被在地下抓住兄龍霜咲的黑色人類發現。雖然不害怕那種傢伙，但要是被抓住的話，就無法幫助主人了。

牠將身體右轉，抬頭看向樹籬頂端。為了跳過比主人身高還要高的樹籬，牠使盡全力拍動翅膀跳躍，但還是完全無法抵達頂端。不過牠還是在空中努力了幾秒鐘的時間，最後翅膀感到疲憊，於是一屁股跌到石板上。像是手鞠球一樣彈了兩三下後，才奮力撐起身體。

事到如今，也只能強行突破樹籬了。

「咕嚕嚕……」

靜靜叫了一聲來下定決心後，月驅便確實收起翅膀，將鼻尖插進樹籬底部。

大部分的灌木在靠近根部附近都會有空間，但是這種植物的樹枝一路長到地板附近，而且樹枝上還有無數長三限左右的尖刺。將身體壓低到極限後在地面上匍匐前進，雖然試圖通過細微的空間，但還是被一根尖刺刮中脖子底部而產生銳利的疼痛。

雖然想要回去，但月驅還是咬緊細小的牙齒繼續前進。堅硬的刺不斷陷進背上柔軟的羽毛，不然就是撕裂沒有鱗片的皮膚。嘴巴因為過於疼痛而擅自洩漏出「啾嚕嚕……」的聲音，但牠還是不斷往前進。

明明只是穿越厚度未滿五十限的樹籬，卻整整花了一分鐘以上的時間。好不容易從尖刺中解放出來，月驅便將身體整個躺到潮濕的葉子上，然後不停急促地呼吸。

等到疼痛感稍減，便全力彎曲長長的脖子看著自己的背部。這時自傲的黃色羽毛已經凌亂地豎起，並且因為滲血而染成紅色。

月驅雖然沒有天命數值這種概念，但還是了解持續流血的話生物將會死亡的道理。牠用鼻尖撥開凌亂的羽毛，舔遍每一道傷口。飛龍的唾液具備輕微的療傷效果，舔了好幾次後雖然止住了出血，但舌頭沒辦法舔到背部下側的傷口。

但這麼做之後疼痛感終於減輕到可以忍受的範圍內，最後又抖動身體甩落泥土與落葉，接著月驅便只用後腳站了起來。

前方是一片深邃的森林。雖然逐漸變黃的陽光被針葉樹的枝葉遮住，幾乎無法照射到地上，但還是可以分辨出方位。

主人羅妮耶稱為「聖托利亞」的人類大城市是在南方。由於是首次來到這座森林，而且還是從城裡搭乘馬車來此，所以不清楚距離，但還是要盡快趕回去才行。

幸好幾個小時前已經吃了許多湖裡的魚，所以肚子還不餓。這幾個月來，因為不喜歡廄舍餵食的死魚那種氣味，所以不怎麼吃牠，但是在水裡游泳並自己抓魚倒是很開心，而且新鮮的魚也很美味。感覺想起味道時肚子就開始覺得餓了，於是月驅先不去想魚的事情，開始用四隻腳在森林底部跑了起來。

和月驅所住的「聖堂」裡的庭院與湖泊周圍的草原不同，森林潮濕的地面很容易打滑，而且還有石頭或樹根隱藏在落葉底下，跑起來相當礙事。雖然被障礙物絆倒而在地上滾了好幾圈，但月驅還是不斷往南方前進。

繞過一棵特別粗大的木頭時，月驅敏銳的鼻子捕捉到某種腐爛的臭味。

被扭曲樹木包圍的一部分地面被整個挖了開來。黑漆漆的土壤和聖堂前院花壇鬆軟的土不同，帶著冰濕、黏稠的性質。腐臭味是從大洞穴中飄出，即使靠近往內窺探，底部似乎也沒什麼東西。

「咕嚕……」

月驅輕叫了一聲，接著離開洞穴邊緣。如果掉下去的話就不知道能不能脫身，而且現在也沒有時間可以浪費了。

整個繞過發出惱人臭味的洞穴，繼續跑了幾分鐘後前方開始一點一點變亮。看來接近森林的出口了。月驅拚命踢著地面，拍動翅膀跑過最後的十梅爾，然後從兩棵古樹之間衝了出來。

包圍森林的草原在相當傾斜的日照下染成了金黃色。一邊貪婪地吸著冰涼又新鮮的空氣一邊跑了一陣子後，來到一處算不上山丘的隆起並停下腳步。

環視周圍之下，右側是橫越過遠方草原的白色牆壁，左側則是湖泊閃閃發光的水面，至於正面則可以看見人類渺小的街道。雖然比想像中遠，但努力奔跑的話遲早能夠抵達。不對，沒辦法說什麼遲早了。在停下腳步的這段期間，被關在地下監牢的主人以及她的好友，還有被帶到宅邸裡的霜咲一定都感到相當害怕。

「啾嚕嚕！」

小心翼翼的月驅在不被黑衣人聽見的情況壓低聲音叫了一聲，然後再次跑了起來。

雖然比森林中好了一些，但是草原這邊附近的草相當高大，幾乎快把牠嬌小的身軀推回去。月驅伸出脖子，以前腳撥開草之後繼續跑著。

經過五分鐘左右，這次明確地感覺到空腹感。雖說是小孩子，但飛龍還是飛龍，為了維持天命所需要的食物分量，遠比同樣大小的狗或者狐狸多出許多。

左邊短短一百梅爾處，巨大湖泊正發出金色光芒。水裡面應該有許多美味的魚在游泳吧。

光是想到這裡前進路線就變得有點偏左了，但月驅還是搖搖頭並把方向拉回來。餓肚子還不會死，但是主人她們已經面臨生命的危機。

從馬車車窗所見的記憶沒有錯的話，包圍湖泊的草原南側，應該有一大片荒廢了的田地。那邊的話，應該可以找到乾扁的番薯之類的食物吧。月驅以這樣的期待支撐著心靈，繼續跑了五分鐘之後。

前腳突然陷入地面，跌出去的月驅隨即在空中翻滾著。牠捲起身體，滾動了好幾圈後才終於停下來。接觸地面的背部浸在冰冷的水中。血才剛剛止住的傷口傳來劇烈疼痛，讓牠從喉嚨深處發出細微的鳴叫。

但也不能夠一直躺在地上。這邊附近的地面，是被湖泊流出的水所覆蓋的潮濕地帶。生長在聖堂的月驅從未進入名為濕地的地形，但是本能上的知識告訴牠長時間浸在冰水裡將會加速天命的減少。牠撐起身子後全力伸展身體與脖子，再次確認著周圍的環境。

前方與左側被廣大的溼地堵塞，只剩下右側存在乾燥的地面。但完全不清楚得繞多遠才能夠避開濕地。如果濕地一直持續到遠方可見的白色牆壁，那將會浪費許多時間。

「咕嚕嚕……」

不知所措的月驅忍不住發出狼狽的叫聲。

結果稍遠處的草叢裡，一隻小動物像是被牠的叫聲吸引過來般探出頭，並且發出「啾啾！」的尖銳鳴叫。

這隻有著茶色短毛、與身體差不多長的耳朵，以及圓滾滾小眼睛的生物，抬頭看著月驅並且像要表示「這究竟是什麼」般把脖子往右歪。

結果月驅也想著同樣的事情。略尖的鼻子到短尾巴大約有三十限左右的生物，央都的人類幫牠取了一個「長耳濕地鼠」的名字，但是月驅當然不知道這種事情。

看著茶色老鼠那分不清脖子與身體分界的橢圓形軀體，忍不住就浮現「抓來吃應該很美味吧」的想法。結果老鼠像是感覺到月驅的食慾般準備縮回草叢裡，於是月驅急忙再次出聲叫住對方。

「咕嚕！」

雖然不知道對方是否理解了月驅「等等！」的意思——但是老鼠留下長了長鬍鬚的鼻尖後停住了。兩秒鐘後，再次畏畏縮縮地探出頭來。

再嚇到牠的話，一定會一溜煙地逃跑吧。月驅盡可能壓低身體，帶著「我不會吃你」的意思低叫了一聲。

「嚕嚕嚕嚕……」

結果老鼠這次換成把脖子歪向左邊，然後緩緩從草叢中移出身體。

仔細一看之下，牠細長手腳的前端是呈蹼狀。一定是從以前就生活在這塊土地上的生物。

這樣的話，或許知道穿越濕地的路徑。

「啾嚕、啾嚕嚕嚕嗯。」

——我想去南邊。知道路的話告訴我吧。

即使沒辦法將這樣的意思言語化，月驅還是帶著必死的心情這麼叫著，結果老鼠的長耳朵不停擺動，然後簡短回答了一聲「啾嗚」。

那道聲音帶著「但是我肚子餓了」的意思，於是月驅立刻回答：

——你告訴我路徑的話，我就抓魚讓你吃到飽。

——我才不吃魚呢。我喜歡吃樹果。

——但是這裡連一棵樹都沒有啊。

當月驅想這麼說時，一顆小小的黑色物體輕輕飄到兩隻生物中間的水面上。老鼠發出「嘰！」一聲後跳進水裡，以雙手撈起該物體。

仔細一看之下，那確實是樹果。應該是從生長在湖泊岸邊的樹木掉落到湖面的樹果，經過長時間流動後到達這個濕地吧。老鼠雙手慎重地捧著樹果並立刻把它送進嘴裡，但即使長長的前齒咬下，也沒有發出樹果清脆的聲音，只能聽見低沉潮濕的聲響。原來它在泡水期間已經用盡天命了。

「咕嚕嚕嚕、啾嚕！」

——幫我帶路的話，就給你一大堆樹果。全是沒有受潮而且很有咬勁的樹果喲。

「啾嗚……」

——真的嗎？我一年能發現一顆那種樹果就算很幸運了。

——我跟你保證。每天都可以吃到飽喲。

——那好吧。跟我來。

月驅也不清楚是否真的進行了這樣的對話。但是吃完黑色樹果的老鼠，移動到附近乾燥的地面之後，隨即整個身體衝進圓圓隆起的草叢當中。

月驅也急忙越過水面，把脖子伸進老鼠消失的地點。結果濃密的草叢裡面，竟然有直徑三十限左右的隧道往前延伸。由枯草構成的堅固牆面，明顯不是自然形成。

老鼠站在隧道前方，像要月驅快點跟上去般揮舞著短尾巴。對於身體比牠大的月驅來說，這樣的寬度與高度實在有些擁擠，但總比地下監牢的鐵欄杆隙縫要好多了，而且鋪設在地面的乾草也感覺比較舒適。

「咕嚕嚕！」

為了鼓舞自己叫了一聲之後，月驅便開始在又窄又暗的隧道裡跑了起來。老鼠也面向前方，不停動著短短手腳，宛如滑行般前進。

隧道在短短三梅爾前方出現左右分歧。老鼠沒有減速就衝進左邊的通路，月驅也緊追在後。立刻又出現下一處雙岔路，這次則換成往右前進。

　接著出現的是跟隧道同樣以枯草所編成，直徑大約一梅爾左右的圓形小屋。牆邊有一隻成年老鼠與三隻小老鼠正在吃著類似草類種子的物體，看見衝進來的月驅後，成年老鼠就發出「嘰嘰！」的警戒叫聲，但負責帶路的老鼠回答了些什麼後對方便靜了下來。月驅低著頭經過發出不可思議視線的小老鼠身邊，然後進入新的通路。

　擁有蹼的老鼠們，似乎在這整片濕地建設了網狀隧道。沒有人帶領的話馬上就會迷路吧。在奔跑當中可以聽見啪嚓啪嚓的聲音，看來地板下側應該鄰接水面。牠們一定是用具備浮力的枯草隧道，連結起散布於濕地的無數小島。

　在已經搞不清經過幾處雙岔、四岔路以及小房間時，前方終於出現微弱光芒。乍看之下還以為是死路，但形成牆壁的草相當稀疏，陽光就是從那些縫隙照射進來。

　在盡頭停下腳步的老鼠，只把鼻子伸出草的縫隙然後慎重地聞了聞外面的氣味，接著才把整顆頭伸出去。或許是可以放心了吧，只見牠撥開草叢到外面去了。

　月驅也在有些辛苦的情況下離開隧道，結果發現已經來到濕地的南側。前方是一片乾燥的草地，更深處則可以看見似乎是由人類所製作的木板圍牆。圍牆後面一定就是從馬車上看見的田地了。

「啾嚕嚕、咕嚕！」

——謝謝你，老鼠先生。這裡開始我可以自己走了。

月驅剛向對方這麼搭話，茶色老鼠就靈活地把脖子往右邊轉動。

「嘰咿咿！」

——你什麼時候要給我樹果？

——現在沒帶在身上。但是不久後我就會帶著許多樹果來找你嘍。我可以保證。

月驅拚命向對方說明著，但老鼠一邊不停豎起又垂下長耳朵，一邊堅持自己的主張。

——不要，我現在就想吃！我想吃一大堆清脆的樹果。

——……那你跟我一起來吧。到城裡之後就能拿到樹果了。

月驅的話讓老鼠以不可思議的表情眨了眨眼睛。

——城裡？城裡是什麼？

——城裡……就是有很多人類的地方喲。

——人類？人類一看見我就會拿著棒子出來追我耶。

——和我在一起就不用擔心。沒時間了，快走吧！

這麼說完，月驅就準備再次開始移動。但是尾巴前端卻被老鼠抓住。

「咕嚕嚕！」

——怎麼了？

「嘰嘰咿！」

——不能到那邊去。爸爸說那道牆後面有恐怖的東西。

——恐怖的東西？是指人類嗎？

——不知道……但是，到牆壁後面去的同伴都沒有回來。

月驅歪起了頭。記得從馬車窗戶看見的木板圍牆南側只有一大片荒廢的田地，並沒有看見任何人類。主人她們好像說什麼「私有領地民」都得到「解放」了，雖然不太懂意思，但老鼠說的「恐怖東西」如果是人類的話，現在應該沒有危險了才對。

再加上月驅的空腹感已經快到忍耐的極限。不在田裡找些吃的東西，不久後可能就跑不動了。

「咕嚕嚕嗚……」

——別擔心，現在已經沒有恐怖的東西了。不通過那裡就沒辦法進城。

即使這麼對老鼠說明，牠有好一陣子還是露出懷疑的表情，但最後食慾似乎勝過了警戒心。

「嘰嘰！」

——好吧，我跟你一起去。

——太好了。那快點走吧。

話剛說完，月驅就朝著乾燥的地面踢去。奔跑速度出乎意料快速的老鼠則跟在後面。

一口氣穿越草原，接近木板圍牆時，月驅便迅速左右張望。稍微往左一點可以看見入口，於是牠便朝該處跑去。

簡樸造型的門上幸好不存在門板或者鐵欄杆。釘著橫木的看板上，可以看見因為風吹雨打而斑駁的人界語寫著「直轄領地附屬農園」，但月驅和老鼠當然都看不懂這些字。

鑽過門之後，土壤與枯萎植物的味道便傳入鼻腔。雖然不是誘人的香味，但是已經比森林深處那個黑色洞穴傳出的氣味要好多了。

寬廣的農地裡，整齊地排列著不知名稱的蔬菜，但可能是沒有人照顧的關係吧，它們的天命似乎都已經消失了。泛黃枯萎的葉子貼在地面，也有許多蔬菜從根部消滅變回神聖力了。

照這種情形來看，似乎找不到月驅能夠吃的蔬菜或是水果。雖然感到失望，月驅還是小跑步在貫穿農地中央的道路上前進。這裡的道路比濕地和草原好跑多了。穿越這片田地後，聖托利亞的街道就近在眼前。實際上，地平線上已經浮現無數建築物的小小影子，它們後面還能看見熟悉的聖堂白塔聳立於該處。

「咕嚕嚕！」

——看，那就是城市了。

雖然以有些驕傲的心情對跑在後面的老鼠這麼搭話，但很可惜的是牠似乎不怎麼感動。

「嘰嘰咿！」

——好奇怪。那種地方有樹果嗎？

——當然了，還有很多呢。多到我和你可能一輩子都吃不完。

——真的嗎？那我可以拿一些回去給爸媽和妹妹嗎？

——可以喲。我會請人準備你家人的份。

不知道是不是邊跑邊進行這種對話所造成。

當月驅注意到不知不覺間空氣除了腐爛蔬菜的氣味外還混雜了其他味道時已經太遲了。

先注意到的老鼠幾乎在同一時間發出「嘰咿！」的警戒聲。

前方右側的壟地之間竄出一條細長——但是比月驅大了一些的影子，擋住了牠們的去路。

那又是一隻首次見到的動物。胴體與尾巴相當修長，四肢雖短但相當強壯。只有長長突出的鼻尖與眼睛周圍是白色，其他全是深灰色。

月驅小心翼翼地呼喚默默擋住去路的野獸。

「啾嚕嚕嚕……」

——讓我過去。我們只不過是想到城裡去。

但是灰色野獸只是用泛著淡紅色光芒的雙眼一直盯著月驅牠們看，完全不做任何回答。

正在考慮該怎麼辦時，左右兩邊的田地都傳出喀沙喀沙的聲音。從枯萎農作物後面現身的是同種類的野獸。數量總共有四隻。其中兩隻在幾乎沒有發出聲音的情況下繞到後面，與最先出現的野獸會合後，五隻一起包圍住月驅牠們。

這幾隻灰色野獸，過去在這片農地上工作的私有領地民將牠們稱為「尖鼻熊」，同時也很討厭牠們。因為雜食性兼夜行性的牠們，會在夜裡亂吃田裡面的作物。感到困擾的私有領地民，就在監督官的許可下，於夜間放出大型犬。犬隻們雖然勇敢地對抗尖鼻熊，讓作物的損害得以減少，但每兩三年都會發生一次尖鼻熊集團襲擊犬隻並將其殺害的事件。

不過私有領地民們在一年前從農奴的身分解放出來，便帶著犬隻移居到聖托利亞郊外的城市去了。失去耕作者的田地整個荒廢，只能靠自己的力量開花結果的植物半年左右就幾乎全部枯死。失去食物的尖鼻熊大部分都餓死了——地底世界對野生動物設定了行動範圍，所以沒有主動超越範圍的情形——不過原本天命值就比較高的個體，在捕食闖入田地的小動物、以前不屑一顧的昆蟲以及同伴的屍體之後好不容易活了下來。但是食物依然不足，所以牠們經常處於空腹狀態，也因此而凶暴化。

當包圍四周的尖鼻熊開始發出「咕嚕嚕嚕」的低吼時，月驅才終於察覺到危險。

長耳濕地鼠似乎已經嚇得渾身發抖而發不出聲音。月驅為了保護小小同行者，以尾巴圍住牠後，自己也發出低吼。

「啾嚕嚕嚕！」

——想打架的話，勸你們還是打消念頭比較好喔。

自認為已經傳達出這樣的意思，但眾尖鼻熊只是發出更為強烈的低吼。然後和老鼠不同的是，無法從牠們的聲音裡感覺到意志之類的東西。

雖然月驅不可能會知道，不過屬於太古神獸之眷屬的飛龍，具備與野生動物溝通的能力。原本是為了讓動物個體從神獸的勢力範圍退避而設定的能力，但是並非所有動物都是一開始便ＡＩ化，是在神獸與其接觸後，該動物個體才會被賦予最低限度的思考能力與資料庫。

也就是說，同行的老鼠是因為月驅向牠搭話才得到回答的能力，而這種能力的對象僅限於優先度比自己低上許多的個體。在嚴苛狀況下一路存活過來的眾尖鼻熊，優先度已經只比月驅少一些。五隻尖鼻熊沒有被賦予思考能力，純粹是狩獵獵物來填飽肚子這種行動原則在驅使著牠們。

月驅小心翼翼地盯著對呼喚毫無反應的幾隻野獸。

至今為止從未陷入這樣的情況當中。甚至這還是牠首次在聖堂外面單獨行動。但就算是這樣。本能上還是察覺五隻野獸不單只是想打架，牠們是打算殺了月驅與老鼠。

在這裡死亡或者受重傷的話，就沒辦法為了主人她們以及霜咲前去呼救了。雖然月驅自己的天命也在減少，但仔細一看就發現幾隻尖鼻熊都相當瘦，所以拚命奔跑的話也不是沒機會拋開牠們。

但是老鼠能不能順利逃走就不知道了。牠的腳程絕對不慢，但是從濕地來到這片田地已經跑了很長一段距離，所以應該感到疲憊了才對。月驅已經約好要給老鼠許多好吃的樹果，因此不能在此丟下牠不管。

月驅的ＡＩ程式裡不存在故意犧牲老鼠來從尖鼻熊手底下逃脫的想法。年幼的飛龍做出和五隻捕食者戰鬥的覺悟，於是全力發出勇猛的吼叫。

「嘎嚕嚕嚕！」

這次牠的意思總算傳達給幾隻野獸了。正面擋住道路的尖鼻熊也把嘴巴張開到極限，露出尖銳的細牙來吼了回去。

「嘎嗚嗚！」

在這個信號之下，從左右兩邊各撲出一隻尖鼻熊。

月驅以尾巴捲起已經僵住的老鼠，同時用盡全力跳了起來。尖鼻熊雖然跟著跳躍，但月驅全力拍動翅膀，讓自己飛到更高的地方。

計算失誤的尖鼻熊在空中劇烈衝撞，糾纏在一起後掉落到地上。月驅趁隙往西側滑翔，然後降落到田裡。這邊還有一些薯類較高大的莖殘留著，短期間內應該可以隱藏身形。

只不過，在用尾巴捲著老鼠的情況下應該沒辦法順利脫逃，要一邊保護牠一邊和五隻野獸戰鬥也相當困難。首先必須把老鼠藏到安全的地點才行。

月驅為了這一點而選擇的是被丟到甕地當中的木桶。雖然已經腐朽到天命快要用罄，但至少仍保留著形狀。月驅把老鼠放到地上並且用木桶從上面把牠罩住，然後呢喃了一聲「安靜待在這裡！」。

雖然聽不見回答，但牠應該了解亂動或者發出聲音是相當危險的事吧。不過為了保險起見，還是應該把敵人從這裡引開。故意發出巨大聲音往南方跑去之後，右側立刻有複數的腳步聲追了上來。

被包圍的話就完蛋了。必須將五隻引開，然後一隻一隻打倒牠們。

月驅藏身於薯類的莖裡面，同時忽左忽右地不規則跳躍著。後面的腳步聲越來越少了。當確信分散開來追逐自己的尖鼻熊只剩下一隻的瞬間，月驅便拍動翅膀急遽變換方向。

從薯類的縫隙當中衝出來的尖鼻熊，一看見朝自己突進的月驅，立刻用後腳站了起來。月驅像一隻箭般朝對方毫無防備的喉嚨跳躍，牙齒跟著深深陷入其中。

充滿口中的鮮血味道，老實說實在讓牠不敢領教。感覺這次可能會討厭起生肉，不過也要能夠活下去才行。月驅拚命壓住喉嚨被咬後，連悲鳴都發不出來就倒下去的尖鼻熊。

尖鼻熊雖然想胡亂揮舞長了利爪的前腳，但月驅已經抓住牠的手腕附近，防止自己被抓傷。這是能像人類一樣使用手指的飛龍才能辦到的事情。持續咬了十秒鐘左右，尖鼻熊的動作就逐漸變慢，最後突然失去力量。

月驅把嘴巴從失去天命的野獸身上移開，開始窺探周圍的氣息。左側有一道腳步聲急速接近。看來已經沒有時間躲藏了。

月驅在死亡的尖鼻熊身邊躺下來不動。下一刻，一頭新的尖鼻熊撥開薯類的莖出現了。一看見像是經過纏鬥而倒地的同伴與月驅，就發出「咕嚕嚕……」的低吼。緩緩接近之後，聞了聞死亡的尖鼻熊身上潮濕的鮮血味。

雖然不清楚是在擔心同伴，還是打算吃掉屍體，但感覺第二隻熊的注意移開的瞬間，月驅便迅速跳起來咬住對方的脖子。

假死作戰雖然成功，但因為是從敵人側面發動襲擊，沒辦法咬中成為要害的喉嚨。

「嘎喔喔！」

發出尖厲吼聲的尖鼻熊，為了甩開咬住脖子右側的月驅而暴動。雖然像剛才一樣準備抓住尖鼻熊的手並按住但無法順利成功，揮舞的鉤爪打散了月驅的羽毛，淺淺地撕裂了牠的皮膚。

在地面左右滾動的尖鼻熊與月驅周圍濺滿了雙方的血。雖然這樣下去將會失去更多天命，但現在也不能鬆口。月驅也用右手的爪子刺進尖鼻熊的喉嚨，然後用盡全身的力氣往下撕裂。

這時候第二隻尖鼻熊才終於失去所有天命，整個身體癱到了地上。把牙齒從屍骸裡拔出後，月驅便搖搖晃晃地站起來。

牠看了一下自己的身體，結果脖子到胸口出現了許多割傷。而且因為在地面劇烈滾動，被樹籬尖刺弄傷的背部似乎再次出血了。但敵人還多達三隻。

月驅再次豎起耳朵，發現或許是被第二隻的叫聲吸引過來了吧，可以聽見從三個方向傳來靠近的腳步聲。這時候已經沒有再次奔跑引誘牠們分散開來的力氣了。得同時和三隻一起戰鬥才行。

幾秒鐘後，尖鼻熊像是踹倒枯萎的薯類般接二連三地出現。其中一隻是當初攔路的老大。並排在一起之後就發現牠的體格比其他兩隻大了一圈。

老大尖鼻熊一看見兩具伙伴的屍體，隨即發出猙獰的吼叫。

「啾啊啊啊啊嗚！」

就算聽不懂牠們的話，月驅也能鮮明地感覺到灌注在咆哮內的強烈憤怒。認為至少氣勢上不能輸的月驅，擠出剩餘的力量來吼了回去。

「嘎嚕嚕嚕嚕嚕！」

月驅出生後才過了一年多的時間，但怎麼說都是目前人界最強生物飛龍的幼體。由極為單純的演算法所驅動的幾隻尖鼻熊，也像是感覺到天命值與優先度無法表示的威脅感而一瞬間縮起身子，但是當然不可能就這樣落荒而逃。

「嘎嗚！」

發出簡短吼叫的兩隻尖鼻熊手下，同時從前方左右兩邊撲了過來。

尖鼻熊的武器是強韌的下巴與雙手的鉤爪。月驅主要的武器也跟幾隻熊一樣，但牠還有一條又長又靈活的尾巴。

表面上是要跟牠們以噬咬來決一勝負，但是牠突然急遽迴轉身體，用尾巴一次掃開兩隻尖鼻熊。雖然自傲的羽毛飛散開來，但兩隻尖鼻熊也發出尖銳叫聲往側面飛去，撞進一大片薯類當中。薯類雖然枯萎了，但外皮也因此整個翻起，結果牠們的身體就掛在薯類的莖上，只能在空中胡亂揮舞手腳。

雖然沒有預想到這樣的結果，但這絕對是最後的機會了。月驅往地面踢去，由正面朝尖鼻熊老大發動攻擊。

「咕哇！」

老大露出牙齒準備噬咬。月驅雖然拚命彎曲長脖子來瞄準對方的喉嚨，但敵人卻以超乎野獸的反應抬起前腳來守住要害。頭部反射性彈起的月驅，下顎就和尖鼻熊老大的下顎猛烈撞在一起，接著雙方的嘴交叉而過，互相大口咬住對方。

整張臉包裹在焚燒般的痛楚當中。銳利的牙齒深深陷入雙頰，雖然可以聽見骨頭傳出遭到擠壓的聲音，卻無法張開嘴巴。只要稍微放鬆力道，尖鼻熊的下顎就會咬碎自己的臉吧。

兩隻動物就在互相咬住對方臉龐的情況下在地面劇烈打滾。已經不知道流入口中的血是屬於自己還是來自於敵人了。唯一可以確定的是，雙方的天命都急遽減少。先失去力量者將先一步死亡。

月驅至今從未有死亡距離自己這麼近的感覺。

母龍曉染依然很年輕，而且沒參加過戰爭所以沒有直接看見人類死亡。但是今天在湖裡捕抓活魚來進食是相當具衝擊性的體驗。魚在水裡時明明元氣十足地游著泳，一旦被月驅或者霜咲的嘴巴咬住，就會一瞬間劇烈震動然後就像騙人般再也沒有動靜。

這個世界裡，大概每天都會有許多生物像那樣失去生命，變成了更大型生物的糧食。尖鼻熊也不是為了好玩而襲擊月驅和老鼠。只不過是為了活下去而必須這麼做。

但是月驅也不能在這裡被殺掉然後成為牠們的糧食。宅邸的地下監牢裡，主人和兄龍與其主人都在等著救援。抓住主人他們的黑色人類，並不是因為肚子餓到快死了才做出這種事。他們是為了更惡劣的事情而想傷害對月驅來說相當重要的人……說不定還想殺了他們。自己絕對不會讓這種事情發生。

月驅突然感到喉嚨深處有種刺痛的感覺。

一股熱氣一邊旋轉一邊從身體內部湧起。已經無法壓抑了。

月驅在咬著尖鼻熊老大的情況下解放了這股熱量。交錯的兩隻動物嘴裡迸發出無數火粉，把雙方的毛皮都烤焦了。大部分熱量，不對，是大部分火焰都流入尖鼻熊的體內，對牠造成致命的損傷。

「嘎嗚！」

發出悲鳴的尖鼻熊老大，牙齒脫離月驅的臉在地上打滾，數次痙攣之後就再也不動了。

月驅不知道自己到底做了什麼。牠不知道從嘴裡吐出的是飛龍最大的武器——熱線，同時也不知道這招將會耗損天命。

這個時候，月驅的天命已經剩下不到最大值的一成。而且背部、胸部以及臉龐受傷的地方都還有血不停流下。

即使如此幼龍還是奮力撐起身體，重新轉向後方。

掛在薯類壟地上的剩餘兩隻尖鼻熊，這時剛好跳落到地面。就算老大死了，牠們似乎也不打算放棄。牠們一邊發出低吼，一邊慢慢縮短距離。

雖然已經沒有回吼的氣力，但月驅還是拚命支撐著染血的身體。如果這時候倒下，那兩隻野獸一定會立刻撲上來吧。

眼前一點一點變暗。手腳逐漸失去力量。但還是不能倒下。要到街上去找人來救援。

突然有種聽見什麼聲音的感覺。

尖鼻熊們把頭朝向天空。月驅也抬起沾滿血的臉。

夕陽的顏色逐漸加深的空中，可以看見某種東西一直線飛在高處。那不是鳥。是發出疾風般聲響，發出綠色光芒，宛如星星一樣的物體。

——雖然是首次見到，但我知道那是什麼。

在被不可思議的感覺驅動之下，月驅試圖要放聲鳴叫。

雖然完全發不出聲音，但是星星卻像是聽見了一般改變了軌道。

9

經過幾分鐘——幾個小時了呢？

在沒有任何窗戶，也聽不見聖托利亞鐘聲的地下監牢裡，沒有辦法知道現在的時刻。代表劍士再三說著「想盡快完成能帶著走的時鐘」，實際上薩多雷工廠長也不斷試著製造，但是距離完成似乎還很長遠。

每次聽他這麼說時，羅妮耶內心都會覺得……時鐘會告訴我們正確時間，何必帶著那種占空間的裝置行動呢，但置身於這種狀況之下，也不得不改變自己的想法了。

而且存在於人界的數千個時鐘，演奏的全是名為《在索魯斯光芒之下》的聖歌。雖然是很優美的曲子，但知道公理教會的歷史是由無數虛偽所裝飾之後，即使聽見聖歌也很難像以前那樣浮現純粹崇敬神明的感情。

人界對於藝術，亦即音樂、繪畫、雕刻與詩文等等，目前也還是受到禁忌目錄的嚴格限制。只有被賦予天職者才能走上藝術的道路，而且在發表作品前還得先經過帝國行政府的審查。只要是稍微否定創世神話或者公理教會的內容，或者過度具娛樂性的內容都無法得到許可。

雖然代表劍士似乎想立刻廢除審查制度，但是統一會議內也有反對意見——反對的急先鋒依然是整合騎士涅魯基烏斯——導致於無法實現。雖然這對羅妮耶來說還是有點困難的問題，但她還是覺得有一天人們不受天職和審查所束縛，可以自由歌唱，創作繪畫與故事的時代來臨的話也不錯。

為了看見這樣的時代來臨，就必須先活著逃離這裡才行。

羅妮耶再次下定決心的同時，就傳出完全相反的微小聲音。

「嗚嗚，不行嗎……」

在鐵欄杆前面挑戰「心念開鎖」的緹潔，從背部重重倒到地板上。

「桐人學長明明一下子就打開了……」

雖然處於危機狀況之下，但好友的發言還是讓羅妮耶忍不住露出苦笑。

「我說啊，哪有那麼容易就能辦到跟學長同樣的事情。」

「是沒錯啦……妳那邊如何？」

聽見以呢喃聲提出的問題，羅妮耶只能做出沉默的否定。

在好友挑戰開鎖期間，羅妮耶便開始調查地下監牢，但不要說期待的暗門了，甚至找不出任何能夠破壞的地方。這裡是切割北帝國特產的花崗岩後，在沒有任何一米釐賽縫隙的情況下堆砌而成，即使以騎士見習生的力量，也無法安靜地將其抽出，但就算想破壞牆壁或者鐵欄杆，發出的聲音也一定會傳到上面的宅邸。

這時緹潔終於撐起上半身，抱著膝蓋坐在地上，然後丟出這麼一句：

「霜咲牠不要緊吧……」

這已經是她第四次說出同樣的問題了。但羅妮耶還是蹲到好友身邊，靜靜撫摸她的背部並且回答：

「一定不要緊的，馬上就能見到牠了。」

緹潔這才默默點頭，而羅妮耶則是邊摸著她的背邊在內心想著月驅。

這座宅邸到聖托利亞北門之間，雖然多少有些起伏但整體來說只存在平坦的草原以及直轄領附屬農園。雖然認為沒有會襲擊飛龍小孩的生物，但羅妮耶對於私有領地的事情並不了解。雖不能說絕對不會遇見意料之外的危險，但現在的羅妮耶所能做的，也就只有祈求月驅能夠平安抵達而已。

——神啊。

即使知道天空彼方的神界，以及生活在那裡的諸神都不存在，羅妮耶還是再次獻上由衷的祈禱。

——請守護月驅和霜咲吧。

聽不見回答的聲音。

取而代之響起的是沉重岩石彼此摩擦的聲音。

油燈照耀下的通道左端，厚重的石牆正緩緩上升。羅妮耶與緹潔像彈起來般站起身子，一起退到深處的牆壁邊緣。隔壁的監牢裡，山地哥布林們也發出沙啞的悲鳴。

暗門完全打開後，宛如從深處的黑暗中慢慢滲出來的，是庫魯加皇帝稱為傑普斯的黑色斗篷男。

讓垂在右手上的一大串鑰匙發出聲響並從通路走過來的男人，在羅妮耶她們的牢房前面停下腳步。然後以僵硬的動作往內窺看，從斗篷兜帽深處仔細來回看了兩人幾眼後，才不發一言地恢復原本的姿勢。他往前走了幾步，在隔壁牢房前面再次停下腳步。

想著應該只是來巡邏的羅妮耶還是慎重地靠近鐵欄杆，然後窺視男人的行動。結果看見男人正從鑰匙串中拿出一把鑰匙來插入鑰匙孔中。

「喀嘰」的冰冷聲音響起，哥布林們再次發出膽怯的尖叫聲。男人不理會他們的反應直接把門拉開，然後以扭曲到十分詭異的聲音說著：

「三隻都給我從牢房裡出來。」

下一刻，哥布林們的悲鳴就停止了。一陣子後，才以呢喃般的聲音問道：

「要放我們……到外面去嗎？」

經過三秒鐘左右，傑普斯才回答「沒錯」。

羅妮耶感覺到他是在說謊。除了沉默相當不自然之外，也不可能就這樣把大費周章從南聖托利亞綁架過來的眾哥布林放走。

但是幾名山地哥布林族卻毫不懷疑男人的話就離開牢房。

「往那扇門裡面走。」

這麼說的傑普斯，指的不是通往地上的右側出口而是左側的暗門。乖乖遵從指示的三個人開始往前走。傑普斯像要擋住退路般從後面追上去。

男人通過鐵欄杆前的瞬間，羅妮耶便忍不住開口問道：

「你想對他們幾個人做什麼？」

停下腳步的眾哥布林或許是完全相信對方要解放自己的話吧，只見他們以像是困惑又像是不好意思的眼神看著羅妮耶與緹潔。他們後面的傑普斯則是發出尖銳的笑聲。

「哼哼……人嗎？」

「有什麼好笑的。」

如此逼問他的是緹潔。再次扭動身軀窺視著牢內的傑普斯，這時收起笑容回答：

「不論這個世界有了多大的變化，哥布林只要還活著就是哥布林。」

羅妮耶覺得似乎在什麼地方聽過這句話。但是在記憶甦醒之前傑普斯就撐起身體並且命令三個人。

「來，快點走吧。爬上樓梯後就讓你們到外面去。」

再次開始畏畏縮縮前進的哥布林以及傑普斯，身影就這樣被暗門前方的黑暗吞噬。四道腳步聲爬上階梯後也跟著消失。最後是木頭摩擦般的「嘰嘰」聲，地下監牢隨即回歸寂靜。

「……不可能真的放走他們吧……」

羅妮耶只能點頭同意緹潔的呢喃。

「應該是……完成某種準備了。雖然不清楚內容……但他們一定打算對幾名哥布林先生做些什麼。」

壓低聲音做出這樣的回應後，緹潔一瞬間緊抿嘴唇，然後才以更加緊繃的表情說：

「桐人學長說過，綁架犯可能是要再次在聖托利亞引起殺人事件，然後嫁禍給那些抓來的哥布林先生吧。如果是這樣……聖托利亞又會有無辜的人被殺害。」

「……嗯……」

羅妮耶再次點頭，同時拚命思考著。

如果搭檔的推測正確，綁架犯——也就是庫魯加皇帝和傑普斯是要在什麼地方殺害什麼人呢？

桐人確實這麼說過。

如果犯人之所以能違反禁忌目錄殺害椏贊先生，完全是因為他原本是私有領地民的話，那犯人或許也能殺害其他前私有領地民。

代表劍士之所以這麼認為，是因為亞絲娜利用「窺探過去術」聽見殺人犯的聲音。犯人在殺害椏贊老人之前是這麼說的。

——私有領地民只要活著就是私有領地民，不願意的話就在這裡去死吧。

「…………啊！」

傑普斯短短幾分鐘前才發出的聲音鮮明地復甦，於是羅妮耶便呢喃著：

——哥布林只要還活著就是哥布林。

只有主詞不同，其他完全一樣的說法。

但也就只有這樣。要拿來作為確證還是太薄弱了，單純只是穿鑿附會。但是羅妮耶還是相信自己的第六感不會錯。

「……那個叫傑普斯的男人，就是在旅館殺害椏贊先生的犯人。」

以顫抖的聲音如此斷言後，緹潔或許也有同樣的感覺吧，只見她以緊繃的表情用力點了點頭。

「嗯……我也有這種感覺。雖然不知道那個傢伙可以違背禁忌目錄到什麼地步，但可以確定的是想利用哥布林先生他們引發比椏贊先生時更嚴重的事件。得快點阻止他們才行。」

「嗯……」

羅妮耶一邊呢喃，一邊緊盯著鐵欄杆外面，呈現開放狀態的暗門深處那片黑暗看。

雖然不清楚經過多少時間，但順利的話月驅也快要到聖托利亞的北門了。但是牠當然無法說人類的言語。守門的衛士注意到月驅是飛龍的小孩，應該會派傳令前往聖堂，報告將會送達桐人、亞絲娜或者某個整合騎士身邊，等他們來到這個直轄領地救援時，還得花上好幾十分鐘的時間嗎——

而且羅妮耶和緹潔搭乘的馬車停在湖泊的東岸。就算是代表劍士，也不可能推測出失蹤的兩個人被抓到西岸森林當中的別墅，而且還是在地下監牢當中。雖說也只能期待月驅領著救助隊前來，但那需要時間，而且不論再怎麼縮短預估的時間，至少也得花上一個小時救援才會抵達。

認為在那之前，被帶到上面去的哥布林族不會受到任何危害就太樂觀了。現在不立刻採取行動的話，恐怕將會來不及阻止陰謀。

但是不可能在保持安靜的情況下破壞這個堅固的鐵欄杆。說起來根本不清楚兩人的力量能不能破壞它，但光是嘗試就會發出巨大聲響並傳到地上的宅邸裡，因此被皇帝他們發覺。如此一來，就不知道成為人質的霜咲會受到什麼樣的對待了。

該怎麼辦……怎麼做才是最佳選擇？

沒辦法得到答案的羅妮耶緊閉起雙眼。

短短一個星期前也曾體驗過這種感覺。和桐人一起前往拜訪的黑曜岩城裡，謝達大使與伊斯卡恩總司令官的獨生女莉潔妲被綁架，綁匪要求將桐人公開處刑。在日落之前沒有實行的話，就要奪走莉潔妲的性命。

在時限迫近之下，失去冷靜的羅妮耶在桐人面前固執地這麼表示。她說如果桐人選擇接受處刑，那就將自己也一併處刑吧。

面對羅妮耶的發言，桐人當時是這麼說的。

——我不會放棄。絕對會救出莉潔妲給妳看……然後和羅妮耶一起回中央聖堂。因為那裡是我們的家。

沒錯，不能放棄。不能將一切都託付給月驅，自己只是靜靜等待，要拚命思考現在的自己能夠做些什麼。一定有什麼不用犧牲眾哥布林或者霜咲的方法才對。

「……緹潔。」

當羅妮耶這麼向對方呢喃時，好友也開口說道：

「破壞鐵欄杆吧。」

「咦……」

原本認為是最後手段的方法率先被提出來，羅妮耶忍不住搖頭加以否決。

「但……但是，聲音被上面聽見的話，霜咲就……」

結果緹潔像是了解她要說什麼般閉緊嘴角，稍微瞄了地下監牢的天花板一眼。

「……我認為這座宅邸裡應該沒有很多人。大概就只有皇帝和傑普斯兩個人……不是這樣的話，皇帝本人不可能甘冒危險出現在我們眼前。」

確實那個時候的庫魯加皇帝，在傑普斯從羅妮耶她們背後悄悄靠近並抓住霜咲之前，都一直把自己當成誘餌來吸引兩人的注意。如果還有其他手下，只要讓手下負起這個責任就好了。

「嗯……或許是這樣沒錯……」

「對方只有兩個人的話，我想應該能趁其不備把霜咲搶回來。幸好我們的劍應該還是被丟在暗門前方才對。」

「…………」

羅妮耶再次凝視著暗門前方的黑暗。

兩個人丟在地上的出鞘長劍雖然被庫魯加皇帝踢到門的外面去，但沒有從該處被拿到上面去的跡象。只要能從監牢脫逃，有很高的機率能立刻取回長劍。

只要有愛劍在手，就算庫魯加皇帝是真貨也不覺得自己會輸。但擔心的果然還是霜咲。即使對方只有兩個人，要如同緹潔所說的趁他們不備救出霜咲，至少事前得先知道牠被抓到這座宅邸的什麼地方。

「緹潔。」

羅妮耶站到好友正面並且舉起雙手。

「把手借給我。」

「咦……？」

「就算沒辦法用心念開鎖，但我們或許也能夠辦到心念感知。」

羅妮耶一這麼說，緹潔就瞪大了楓葉色眼睛。

心念力的修練裡，「感應力」被認為與「作用力」同樣重要。兩人辛苦進行的「端坐無想」訓練，就是坐在修練場閉起眼睛、消除雜念，藉由心念來擴展知覺力的訓練。

擁有人界最大心念力的桐人表示「對方是飛龍的話，離開十基洛爾也能感應到」，但羅妮耶她們連感應同處一室的人類都無法百發百中。現在還得穿透厚厚的石頭天花板來做到這一點，雖然聽起來很魯莽，但也只有靠這個辦法來找到霜咲在什麼地方了。

應該是在想著同樣的事情吧，緹潔一瞬間似乎想說些什麼，但立刻強行閉上嘴巴。重新握好羅妮耶的手並閉起眼睛。

同樣閉著眼睛的羅妮耶，靜靜地吸進地下監牢的冰冷空氣。眼前的緹潔也吸了一口氣。憋住一秒鐘後，才又細又長地將其呼出。

心念力雖然是個人的力量，但是可以藉由牽起雙手並且配合呼吸的「身氣合一」法來重疊在一起。這是相當高級的技術，過去即使是和知心好友緹潔也只成功過幾次。但是，以一人之力要行使心念感應來貫穿天花板可能還力有未逮。

兩個人的每一次呼吸逐漸同步。接觸在一起的皮膚這時感覺融合在一起，甚至已經不清楚哪邊才是自己的手。己身與外界的境界線一點一點消逝，知覺範圍越來越寬廣——

靠近地下監牢的正上方處，可以感覺到三股氣息。他們似乎並排在一起。這應該是三名山地哥布林族吧。

稍遠處有兩道氣息。這兩道冰冷到讓人難以相信是活生生人類的氣息，一定是屬於庫魯加皇帝與傑普斯了。

然後同一間房間的角落，還有一股雖然小但很溫暖的氣息。感應到它的瞬間，緹潔的呼吸就變得有些紊亂。心念力的重疊一瞬間產生晃動，但立刻就恢復穩定。雖然傳遞出霜咲感到不安與害怕的心情，但感覺沒有受什麼重傷。

再將感應範圍擴張出去。可以朦朧地感覺到宅邸的隔間。這裡不愧是皇帝的別墅，一樓與二樓都有許多房間，但除了五個人與霜咲所在的大廳之外似乎就沒有其他人了。

從地下監牢往暗門的樓梯往上爬，將會來到一樓類似保管庫的房間，從該處穿越走廊後大廳的門就在短短五公尺前方。兩個人全力奔跑的話大概得花十五——不對，十秒鐘。

羅妮耶和緹潔同時抬起眼瞼，互相從正面凝視著對方的眼睛。

已經不需要言語。兩人放開手，重新面向鐵欄杆。

要空手破壞相當堅固的欄杆一定相當困難，但兩人的劍鞘還留在腰間。優先度雖然不及長劍，但是應該能夠撐住一次的斬擊吧。

「……噯，妳還記得嗎？尤吉歐學長和桐人學長從聖堂的地下監牢脫逃時的事情。」

緹潔突然這麼呢喃，羅妮耶便眨了眨眼了。

「當然記得了。他們把神鐵的鍊子切斷，然後用它來破壞鐵欄杆。」

「聽見這件事情時，連我都覺得學長他們真的很魯莽……真沒想到我們也會做出同樣的事。」

「我也是啊。」

羅妮耶收起一瞬間的笑容，用左手把空劍鞘從劍帶的掛鉤上解下來。接著將劍鞘移到右手並垂直地舉起。旁邊的緹潔也擺出完全相同的姿勢。

不清楚皇帝、傑普斯以及哥布林們在上面的大廳做些什麼。但是，只要踏出下一步，就連一秒都不容許猶豫了。

……………抱歉了。

在心中向劍鞘道歉後，羅妮耶便猛力吸了一口氣。

雖然劍鞘無法使用祕奧義，但還是以這樣的打算用力往地板踢去。

「喝啊啊！」

「呀啊啊！」

兩人發出撕裂綿帛般的吼叫聲，拿著空劍鞘以諾魯基亞流祕奧義「雷閃斬」以及艾恩葛朗特流祕奧義「垂直斬」的套路猛力往下揮擊。

感覺似乎有細微藍光包裹著由木頭與皮革製造的劍鞘，不過應該只是錯覺吧。兩把劍鞘猛烈撞上鐵欄杆，隨著巨大衝擊聲粉碎四散。

但是下一刻，高兩梅爾、寬四梅爾的鐵欄杆就因為兩個地方扭曲而脫離框架，直接飛到通道的另一邊。再次有近似雷鳴的巨響讓整座地下監牢產生震動。

——要上嘍！

面對緹潔這無聲的意念……

——十秒之內！

也以意念這麼回答完，羅妮耶便往通道衝去。

潛入開放的暗門內，發現該處是一間倉庫般的小房間。右邊牆壁上是作為拘束器般的皮帶類，左邊牆壁上則排列著外形奇妙的刀刃與玻璃容器。很明顯就能看出這些器具是用來做什麼，這時羅妮耶先把它們從腦袋裡趕走，然後藉由從後方射入的微弱光線環視著地板。

羅妮耶的月影之劍與緹潔的制式劍，就像木棒一樣躺在倉庫角落。先找到劍的羅妮耶，右手撿起愛劍，左手拾起緹潔的劍將其丟給搭檔。

目前為止經過了三秒鐘。

石頭階梯從正面的牆壁往上方延伸。羅妮耶握著出鞘的劍，一次跳過五階樓梯往上衝。

把盡頭的門一腳踢開之後，前方依然是保管庫般的寬敞空間。雖然是朝北的房間，但是夕陽色的外部光線從大窗戶平均地照射進來，可以說比地下的小房間要亮多了。設置在地板和牆壁上的無數陳列架與鎧甲架全都空無一物。這座別墅遭到封鎖時，財寶之類的東西一定全都被運走了。羅妮耶踢開的門，從表面看的話是偽裝成巨大的架子，不知道的人應該很難找出這個暗門吧。

經過七秒鐘。

西方和南方牆壁上各有一個真正的門。由於已經以心念感應掌握宅邸大致上的構造，所以毫不猶豫地往西邊的門衝去，再次一腳踢開。

由於太過用力而破壞了絞鍊，脫落的門劇烈撞上對面的牆壁，但羅妮耶毫不在意地繼續往前跑。那是一條往左右兩方延伸且金碧輝煌的走廊。紅色壁紙的圖案是百合與老鷹。

目標大廳的門是在往左前進十五梅爾的右側——

八秒。九秒。

擠出最後一絲騎士的腳力，兩秒鐘跑過走廊之後，羅妮耶就對巨大的兩片門板中央轟出後迴旋踢。雖然不至於被踢飛，但門還是以馬上要碎裂般的速度往左右兩邊打開，露出內部的光景。

十秒。

面積占一樓三分之一左右的廣大房間，南側所有窗戶都被黑色窗簾覆蓋，所以呈微暗狀態。之所以不是完全的黑暗，是因為中央部點了十幾根蠟燭的緣故。

蠟燭排成直徑兩梅爾左右的圓形，三名哥布林就躺在圓形中央。圓形外圍站著一道黑色人影，似乎正在詠唱術式當中。雖然知道絕對要發生什麼不妙的事情，但現在更重要的是——

羅妮耶瞪大的雙眼捕捉到滾落在大廳左邊深處角落的大麻袋，以及往該處跑去的第二道黑色人影。

黑影應該是傑普斯，而麻袋裡面是什麼根本就不用思考了。

——緹潔！

羅妮耶一邊以意念呼喚，一邊把左手伸向前方。

同時劍交左手的緹潔也舉起右手來和羅妮耶的手交叉。

「System call！Generate thermal element！」

羅妮耶的詠唱也重疊在緹潔這樣的詠唱之上。

「Form element arrow shape！」

緹潔產生的五顆熱素，藉由羅妮耶的術式瞬時變化成五支箭。這是藉由分擔生成素因與將其變形的式句來將發動時間減半的高等技術「同調詠唱」。緹潔與羅妮耶雖然還是騎士見習生，但是她們以見習生身分——不對，應該說很久以前，從初等練士時期就長期一起修練的緣故，才能在低成功率的情況下使出連正騎士都感到棘手的「身氣合一」與「同調詠唱」技能。

僅僅兩秒就生成素因並結束變形的兩個人，同聲叫出最後一句式句：

「「Discharge！」」

五道光芒撕裂微暗空間。

黑色斗篷的人影以超乎人類的動作往後方跳躍來迴避發出低吼聲襲來的火焰箭。箭不斷刺中牆壁，引起小小的爆炸。

「去吧，緹潔！」

羅妮耶以心念控制剩下來的兩支箭，這麼大叫。

放開手的緹潔，朝著麻袋全力衝刺。羅妮耶為了讓黑色斗篷——傑普斯退得更遠而扭曲火焰箭的軌道來追蹤他。

第四支箭也落空了。但是第五支箭擦過斗篷，成功讓火焰延燒了過去。

傑普斯默默脫下斗篷繼續後退。同時緹潔已經抵達麻袋的位置，以左手的劍砍斷袋口緊緊綁起的繩子。

「霜咲！」

她以近似悲鳴的聲音這麼大叫，左手跟著伸進袋子裡。

被抱起來的幼龍或許是受到粗暴的對待了吧，一些藍色的鮮豔羽毛已經脫落，雖然看起來極其疲憊，但被主人抱在胸前後就發出細微的「咕嚕嚕……」叫聲。

雖然內心湧起霜咲平安無事的安心感，以及月驅目前仍未回來的擔心，但羅妮耶還是強行把這些感情吞下去，然後開口大叫：

「緹潔，把霜咲帶到外面安全的地方！這裡就交給我！」

「但是……！」

羅妮耶毅然對準備搖頭的伙伴丟出這麼一句話。

「快走！」

為了拯救看來已經失去意識的幾名哥布林，一定無法避免與傑普斯以及持續進行詭異詠唱的皇帝發生戰鬥。在抱著霜咲的情況下根本無法作戰，萬一再次被奪走的話，應該就再也搶不回來了吧。

「……知道了，我馬上回來！」

一這麼叫完，羅妮耶就迅速把劍橫掃出去。附近的窗簾被劍砍斷，底下的玻璃窗隨即發出吵雜的聲音破碎了。

黑暗被割出四角形空間，鮮紅的夕陽照進大廳當中。失去黑色斗篷的傑普斯就像害怕索魯斯的光芒一樣退得更遠了。

男人斗篷底下的穿著是類似拘束器的物品。打著無數鉚釘的皮帶緊緊纏繞在瘦到像木棒般的四肢與胴體上，無法立刻判斷那是防具還是受到某種懲罰。

然後從皮帶縫隙中露出的肌膚也呈現異樣的顏色。雖然光靠夕陽的反射光還無法確定，但那是不像活生生人類的泛藍灰色。

似乎在某處看過那樣的色澤……當羅妮耶這麼想時，緹潔已經抱著霜咲越過破掉的窗戶逃到前院去了。她為了把霜咲藏在安全地點，朝著包圍宅邸的森林跑去。

在搭檔回來之前得面臨二對一的情況。這時當然不能輕舉妄動，但是躺在地板上的三名哥布林族，以及庫魯加皇帝持續詠唱的異樣漫長式句都令人相當在意。

雖然豎起耳朵來聽著那沙啞的聲音，但是完全不了解式句的意義。不過可以確定的是，術式完成的話一定會發生不妙的事情。

羅妮耶把月影之劍的劍尖對準傑普斯，同時為了讓皇帝中斷詠唱而準備生成新的素因。

但是在那之前，傑普斯已經退到南側還覆蓋著窗簾的窗戶邊，同時從著裝在雙腳皮帶上的劍鞘裡，無聲地抽出兩把短劍。右手的短劍稍微大了一些，但左手上的劍刃泛著綠色。

左手拿著的是在地下監牢用來抵住霜咲的毒匕首。

而右手上的應該就是奪走楹贊老人性命的匕首了。

傑普斯繞過大廳中央的蠟燭，一點一點縮短距離。從唯一失去窗簾的窗戶照射進來的夕陽，以紅光照亮他至今為止隱藏在斗篷底下的容貌。

男人頭上沒有任何頭髮。細長臉龐和身體一樣是藍灰色，眼珠在小到異常的雙眼裡發出閃亮光芒。羅妮耶沒有看過這張臉。

「……比想像中還要快從牢裡出來嘛，小姑娘。」

傑普斯扭曲毫無生氣的嘴角這麼低聲說道。

「……比想像中還快……？那麼……你們是故意把暗門打開的嗎？」

聽見羅妮耶的問題後，瘦皮猴般的男人臉上就露出淺笑。

「那是當然嘍。身為諾蘭卡魯斯北帝國皇帝侍從長的我，會犯下忘記關門這種低級的錯誤嗎？」

「侍從長……！」

羅妮耶一瞪大雙眼，傑普斯的笑容就稍微加深了。

不論是在帝城之戰以前或以後，都從未見過諾蘭卡魯斯北帝國侍從長這名人物，所以當然不清楚他的長相。但是羅妮耶知道他的下場。成功鎮壓大亂之後的會議裡，確實聽見人界守備軍的賽魯魯特將軍所做的報告了。

「皇帝家的侍從長……應該死了吧。我聽說他和大貴族的將軍們一起拒絕投降，結果被人界軍討伐了。」

「那正是我應盡的責任，也是我的喜悅。只要是為了皇帝陛下，我不論死幾次都會重新復活。」

把握住匕首的兩手在胸前交叉驕傲地這麼說道，接著傑普斯便一瞬間看向站在廣場中央的黑色斗篷男。

沒錯——正持續詠唱著詭異術式的庫魯加．諾蘭卡魯斯皇帝也是應該已經死亡的人。而且和傑普斯不同，奪走皇帝性命的就是羅妮耶本人。右手握住的劍深深貫穿皇帝胸口時的感覺，目前仍殘留在手掌上。

兩個人不是冒牌貨的話，就真的如同傑普斯所說的是死而復甦。但即使是擁有人界最強心念的桐人、能操縱女神史提西亞力量的亞絲娜，以及神聖術師團團長阿優哈．芙莉亞都無法使用讓死者復活的術式——而且三百年以上持續支配人界的半神人，最高司祭亞多米尼史特蕾達也辦不到。實在無法認為兩個人真的重新活過來了。應該是有某種詭計……羅妮耶所無法想像的邪惡機關才對。

或許是從羅妮耶的表情看出什麼了吧，傑普斯打開交叉的雙臂並把話題拉回來。

「之所以把地下監牢的門開著，就是為了把妳們引誘到這裡來。因為妳們是最適合那些哥布林進行戰鬥訓練的對手，但是那些傢伙沒辦法通過隱藏通路……」

「戰鬥訓練……隱藏通路……？」

羅妮耶以沙啞的聲音這麼重複，同時把視線移到躺在蠟燭圓圈當中的三名哥布林上。高挑的傑普斯與皇帝就不用說了，他們怎麼看都比羅妮耶更加嬌小。說起來，從地下監牢把他們帶出去時，不就順利經過通道了嗎？

雖然全都是無法理解的事情，不過唯一可以確定的是，必須快點阻止皇帝繼續詠唱術式。而要辦到這一點，就得先排除傑普斯才行。

「……閒聊到此為止了。如果你是從死亡當中復活，那再次把你趕回地底就好了！」

毅然地這麼說完，羅妮耶便舉起左手。

傑普斯雙手都拿著劍。那樣的話無法使用神聖術。先以術式停下他的腳步，然後一口氣縮短距離來幹掉他。

「System call－Generate thermal element－！」

以最快速度詠唱剛才交給緹潔完成的素因生成式句，藉此呼喚出五顆熱素。傑普斯同時踢向地板，舉著兩把短劍飛撲過來。或許是確定如果不是「同調詠唱」的話，那就是自己比較快吧，不過這其實是羅妮耶的陷阱。

讓素因飄浮在生成的地點，羅妮耶自己用力往後跳並大叫：

「Discharge！」

沒有經過任何加工的五顆熱素就一次獲得解放，隨著轟然巨響產生爆炸。

攻擊術之所以需要用素因進行加工，就是為了擊中目標。比如以直線性與貫穿力為優先的「arrow shape」、以追蹤性為優先的「bird shape」，當然其他也有許多加工式句，但是敵人主動朝素因靠近的話就不需要這些加工了。只要在重疊的瞬間解放素因就可以了。

正如羅妮耶所預測，傑普斯整個人被捲進爆炸當中。那種難以稱為防具的皮帶絕對無法抵擋爆炸。熱素術雖然是基本的攻擊術，但五個素因重疊在一起的話，威力足以一口氣奪走年輕又強壯的士兵所有天命。

就算他還活著，也無法立刻行動。就看準那時候砍了他——！

「喝啊啊！」

隨著撕裂綿帛的喊聲，將月影之劍朝仍殘留在空中的黑煙中央砍去。

「喀嘰咿咿咿！」的尖銳金屬聲刺入耳朵，劍隨著從手腕貫穿右肩的衝擊停了下來。

「…………！」

在感到驚愕的羅妮耶面前，傑普斯從逐漸消散的黑煙當中現身了。

大部分皮帶都燒得焦黑，好幾個地方已經斷裂。破破爛爛的皮帶從受傷最嚴重的右胸垂下，其下方的肌肉上出現兩個拳頭大的凹陷。

但也僅只於此。對方沒有流任何一滴血，將大型匕首高舉到頭上的右手，也確實擋下了羅妮耶的劍。

怎麼可能？身體上出現足以將肺部與心臟炸毀的凹洞都還能站著。雖說是見習生，終究是整合騎士一員的羅妮耶，以神器級優先度的月影之劍所使出的渾身一擊，竟然被連衛士都不是的侍從長單手擋了下來。

傑普斯從至近距離露出笑容。

羅妮耶試著往後跳來避開左手迅速刺出的小型匕首那染了惡毒綠色的尖端。

但已經來不及了，匕首如青蛇一般滑過空中，鑽進羅妮耶懷裡。翻轉的外套邊緣遭到無聲撕裂——

沙喀！

羅妮耶耳裡聽見這種潮濕的聲音。

但那是從後方飛來的銀色金屬——應該是由鋼素生成的椿子，深深貫穿傑普斯腹部的聲音。

「羅妮耶！」

一邊叫一邊打破窗戶衝進來的是握著出鞘制式劍的緹潔。

「快離開那個傢伙！」

遵從搭檔的聲音，再次從距離心口只有數米鳌賽前方的毒匕首往後飛退一步。笑容消失的傑普斯雖然想追過去，但是緹潔卻再次大叫：

「Discharge！」

發出低吼聲飛過來的第二根椿子命中傑普斯的背部，尖端從胸口中央露出來。男人口中噴出黑色血液。

這次絕對死定了。沒有人被粗達三限的椿子貫穿心臟還能活下來。

即使如此確信，羅妮耶雙腳還是踏穩地板，為了給予對方致命一擊而舉起劍來。

「不行！那傢伙還能動！」

如果不是緹潔這麼大叫，脖子可能已經被傑普斯以驚人速度橫掃出來的大型匕首砍斷了。

「什…………」

感到驚愕的羅妮耶，將上半身後仰到極限。發出微光的銀色刀刃從讓脖子感受到風壓的極近距離掃過。

匕首揮空的傑普斯，雖然沒有死亡但也不至於毫髮無傷，只見他放棄追擊直接踩著僵硬腳步往後退。在大廳中央附近停下腳步，像是要守護蠟燭圍成的圈圈一樣攤開兩把匕首。

緹潔趁隙橫越大廳，跑到了羅妮耶身邊，然後將制式劍朝向傑普斯並大喊：

「羅妮耶，那傢伙不是人類！」

「咦……什麼意思……？」

當羅妮耶露出困惑的表情時，緹潔的視線就一瞬間來回於她的臉上與自己衝入的破窗之間，然後開口表示：

「我在森林深處發現堆成一座小山的麻袋。裡面全都是土……是發出噁心臭味的黏土。」

「黏土……？」

聽見那個詞語的瞬間，羅妮耶腦袋裡便靈光一閃。

傑普斯的灰色肌膚。被捲入熱素的爆炸也只出現兩處凹陷的身體。漆黑的血液。

羅妮耶在黑曜岩城看過擁有同樣質感的身體。那不是人類。而是突然從寶物庫裡出現的巨大怪物——

「…………米尼翁！」

羅妮耶的喘息聲，讓緹潔對她用力點了點頭，傑普斯則是扭曲起沾了黑色血液的嘴唇。

米尼翁。那是只有暗黑領域的暗黑術師公會才能製造的人造生物。雖然只會接受簡單的命令，但是擁有符合巨大身軀的龐大天命，以及對於熱量與寒氣的強大抗性。如果傑普斯不是人類而是由黏土製成的米尼翁，那就算直接被五個熱素的爆炸轟中身體也只是出現凹洞就能說得通了。

但是那種可能性卻又帶來新的謎團。

「米尼翁……是無法說話的怪物。但那個傢伙……！」

羅妮耶剛再次這麼大叫，腹部和胸部被鋼素椿子貫穿的傑普斯就用模糊不清的聲音說道：

「……不是只有你們公理教會才懂得研究神聖術……庫魯加陛下……不對，血統最古老且最尊貴的四皇帝家，從數百年前就為了完成某個術式而不斷進行研究……」

「四皇帝家……共同進行？」

這次換成緹潔發出驚愕的聲音。

其實羅妮耶也同樣感到愕然。對於出生在諾蘭卡魯斯北帝國下級貴族家的羅妮耶而言，長期以來其他三個帝國就像是不存在般的遙遠國度。是參加異界戰爭之後，才體認到願意的話一下子就能越過原本以為是世界盡頭的「不朽之壁」，以及人界之外還有如此廣大世界的事實。

但是傑普斯卻說四個帝國的皇帝們，從好幾百年之前就一起攜手進行神聖術的研究了。雖然是相當具衝擊性的事實，但仔細一想就覺得並非不可能。在最高司祭統治之下，只要擁有通行令符就能夠往來於不朽之壁之間，環繞在聖堂周圍般的四座高聳帝城，從空中看的話各自也只距離一基洛爾。就算皇帝本人沒有辦法，使者要往來各個帝城絕對不是難事。比如說，侍從長這種地位的人——

「那是什麼術式！」

聽見緹潔的追問，傑普斯就帶著異樣的笑容回答：

「嘰、嘰嘰嘰……說到這裡竟然還不明白，妳們這兩個小姑娘真是太愚蠢了。那還用說嗎……當然是為了獲得最高司祭獨占的神技『永遠的生命』啊……」

「你說永遠的……」

「生命？」

羅妮耶與緹潔受到不知是第幾次的衝擊，導致於她們只能呆立在現場。

而傑普斯則像是愈發愉快般抖動受傷的身體，以握住匕首的雙手夾住細長的頭顱。

「嘰嘰嘰……我們運用所有術式、靈藥，有時甚至使用猛毒來進行阻止天命自然減少的實驗。實驗的舞台就是關住妳們的地下監牢。在那裡死亡的私有領地民，全都是為了這個崇高的目的而犧牲……」

刺耳的笑聲點綴著恐怖的獨白。

羅妮耶在那種聲音以及黏稠的視線當中，看見了深邃的怨恨、憎惡以及嫉妒，於是皺起了眉頭。

成為皇帝家侍從長的話，應該擁有比擬上級貴族的地位與權力才對。那樣的人物，為什麼會嫉妒只是騎士見習生的兩個人呢……想到這裡後才突然發現某個事實。

傑普斯嫉妒的不是緹潔與羅妮耶兩個人。而是整合騎士這個存在。這群天命獲得凍結，能夠永遠存活的不死者──

對於擁有人類最高權力，生活極盡奢侈之能事的皇帝與上級貴族而言，擁有自己無論如何冀求都不可得的永恆生命，從遠比帝城高大的白色大理石塔低頭看著人界的最高司祭與整合騎士，是再怎麼嫉妒都無法釋懷的存在。而且還因為強制服從公理教會的禁忌目錄，讓他們即使身為皇帝也無法表露反感。

但是整合騎士也有整合騎士的辛酸之處。進入聖堂之後，羅妮耶才了解這個事實。天命遭到凍結者，必須不斷重複與天命有限者之間的別離。比如說騎士團長法那提歐。她是活了兩百年以上的長生不老者，但是獨生子貝爾切並非如此。在沒有人復活隨著最高司祭死亡而失傳的天命凍結術之前——以及在法那提歐選擇對貝爾切施術之前，兒子絕對會比母親還要快老去與死亡。這對他們雙方來說，都是極其殘酷的命運。

「永遠的生命是違反世界常理的。」

羅妮耶拚命壓抑下憤怒，這麼說道。

「為了追求那種東西而殺害幾十名……眾多無辜的人民，這是絕對無法饒恕之事。」

下一個瞬間，傑普斯那製造出來的臉龐就出現前所未見的扭曲。

「該死的臭整合騎士們……你們沒有權利說這種話。」

漆黑的血液隨著詛咒的言語從嘴巴飛濺出來。

就算緹潔的推測沒錯，傑普斯確實是米尼翁，也無法理解他的身體內部究竟是由什麼東西構成。既然胸部與腹部被粗大椿子貫穿都不會死了，所以絕對和人類不同才對，但看起來也不單純只是人型的黏土。至少可以確定的是，他體內還有血液流動著，那些血液全部流光的話，是不是就會真正死亡了呢？由於體格比真正的米尼翁嬌小許多，血量應該也比較少才對。

出現在黑曜岩城的三隻米尼翁裡，有兩隻被伊斯卡恩總司令官的拳頭轟爆，一隻被謝達大使的手刀從腦門剖成兩半而死。以羅妮耶她們的技術，應該很難給予他如此具決定性的損傷——桐人他們是說「傷害(Damage)」——但只要鑽過兩把匕首砍掉他一隻手或者腳，應該就有獲勝的機會。

但問題是傑普斯挺身保護的庫魯加皇帝。羅妮耶她們闖進大廳已經過了三分鐘以上，他卻還持續詠唱著。神聖術是術式越長越複雜就越能產生強力的效果，不過羅妮耶不知道有那麼長的術式。感覺亞絲娜使用的窺探過去術也詠唱了相當長一段時間，但也不過是兩分鐘左右。

與傑普斯的戰鬥不能夠拖太久。不能等待他失血過多而死，必須在最短時間內分出勝負，然後阻止皇帝繼續詠唱。

「緹潔，我一發動祕奧義，妳就以光素術停止那傢伙的動作。」

羅妮耶一這麼呢喃，搭檔立刻就點了點頭。

兩人的劍力、術力和心念力都屬於同樣的水準。緹潔內心一定也不願意把危險的工作推到羅妮耶頭上吧。但是現在的兩個人，自身實力之外的部分有很大的差距。緹潔的人界軍制式劍優先度是25，羅妮耶的月影之劍優先度是39——如此一來，只能由羅妮耶負起斬擊的責任。

「……整合騎士和公理教會或許都不是絕對正義的存在。」

羅妮耶把劍舉到自己頭上同時這麼大喊。

「但是我們總是試著要走在正道，你們所做的事情不論由誰來看都是壞事！」

宛如主人的意志轉移到上面一樣，劍身綻放出鮮豔的藍色光芒。背後的緹潔詠唱起句的瞬間，羅妮耶就用盡渾身的力量往地面踢去。

背上透明的羽翼用力拍動，產生猛烈的加速度。瞬間跑過十梅爾以上的距離朝敵人迫近。這是艾恩葛朗特流超高速突進技「音速衝擊」。

「妳這小姑娘也成為我們大志的肥料吧！」

傑普斯露出獠牙般尖銳的黃色牙齒來放聲大叫。將雙手的匕首轉一圈後換成反手拿著，準備以此來迎擊羅妮耶。

純白光輝包裹住那凶狠的模樣。

三道尖銳的破裂聲重疊在一起。緹潔發射出去的光芒，在空中超越了羅妮耶。

光素術的威力雖然不及熱素與凍素，但是具備壓倒性的射出速度與命中準度，最適合拿來遮蔽視線。而且米尼翁是用暗之力所製造出來，光素算是其相反的屬性，應該能給予他某種程度的傷害才對。

傑普斯被強烈光芒灼燒的臉面冒出紫煙。動作一瞬間停了下來，但對羅妮耶來說，這樣已經足夠了。

淡藍色光芒斜向閃過往下揮落的兩把匕首之間。

月影之劍深深撕裂前侍從長的右肩，然後從左側腹離開。雙腳挺直僵立在現場的傑普斯，從嘴裡傳出了零碎的聲音。

「……庫魯加、陛……下…………」

瘦削的身體上半部開始往左下方滑落，掉落到絨毯上發出鈍重的聲音。遲了一會兒，下半身也從膝蓋開始崩落。

羅妮耶橫向跳躍來避開從兩塊肉塊切斷面噴出的漆黑血液。

雖然想著「這次真的打倒他了」的瞬間，全身似乎都快要脫力，但是戰鬥仍未結束。在術式詠唱結束之前，必須打倒庫魯加皇帝才行。

在眼前無聲搖曳的蠟燭圓圈。內部躺著閉起眼睛的三名山地哥布林族。然後他們對面是高舉著雙手持續詠唱式句的黑色斗篷男——

如果活過來的皇帝也是米尼翁的話，半吊子的攻擊絕對無法打倒他。必須跟傑普斯一樣，砍斷他的身體或者頭顱才行。

羅妮耶提起氣力，為了再次發動祕奧義而擺出長劍。

下一個瞬間，幾件事情同時發生了。

「羅妮耶！」

後方的緹潔傳出像是悲鳴的聲音……

「傑普斯，盡你的責任吧！」

中斷詠唱的皇帝發出宛如雷鳴的叫聲……

喀滋！

這樣的衝擊擊中了羅妮耶的右腳。

遲了一會兒後，猛烈的劇痛衝上腦門。一看之下，原來是只剩下頭部與左臂的傑普斯，手上的匕首已經深深陷入右腳背當中。而那把匕首的刀刃呈現斑斕的綠色。

強烈的麻痺蓋過疼痛，羅妮耶只能咬緊牙根。雖然必須在毒液繞遍全身前加以對應，但是毒素分解術有好幾種，不清楚是什麼毒性的話就無法判斷該用哪種術式。

「嗚……！」

發出呻吟的羅妮耶用劍砍斷傑普斯的右手。用劍尖勾住毒匕首的刀鍔，然後從腳上拔出。從傷口噴出的血已經變黑了。

羅妮耶心想至少要讓毒液流遍全身的速度變慢，於是生成五個光素，然後用劍在自己右膝上割出一道深邃的口子。雖然再次流血，但血液總算還是紅色。讓光素滲透進傷口後，以

「mist shape」的式句將其變成霧氣來溶入血液中。

這樣光素就能抵銷一定程度的毒素，但要完全解毒就需要放在腰間隨身袋裡的藥草以及專用術式。現在只能豁出去，把知道的毒素分解素都用一遍了。

想到這裡羅妮耶就準備用左手打開隨身袋，但是指尖的感覺已經變遲鈍，所以無法順利解開皮革繩子。不只是受傷的右腳，連左腳都失去力量，身體搖搖晃晃地傾倒——

「羅妮耶！」

從後方跑過來的緹潔撐住快要跌倒的羅妮耶。這時傑普斯依然在地板上蠢動，緹潔立刻揮落制式劍把他的頭砍斷。

切斷黏土質物體的沉悶聲響與「鏘！」一聲尖銳的金屬聲重疊在一起。腦袋到下巴分成兩半的傑普斯，這次終於完全失去暫時的天命，融化成黏糊糊的模樣消失了。跪在附近的下半身也化為黑色黏液，在地板上擴散開來後隨即開始蒸發。

傑普斯頭顱消滅的地方掉落一個奇妙的東西。那是有著百合花瓣與猛禽類羽毛圖案的圓盤——在侍奉諾蘭卡魯斯皇帝家的人所被賜予的徽章裡，花瓣和羽毛是代表最高位階。

圓盤從中央斷成兩半。看來是被緹潔的劍砍斷。這時從斷面冒出紫色煙霧，響起細微的悲鳴般聲響後消失無蹤。

剛才的現象是已死的傑普斯作為皇帝的米尼翁復甦時的謎樣核心。皇帝的頭裡大概，不對，是絕對也放了跟他自己有關的物品，就是那個東西給予黏土身體人格和記憶。

羅妮耶抗拒終於上升到嘴角的麻痺感，呼喚著好友的名字。

「緹……潔……」

——砍斷皇帝的頭，這樣應該就能打倒他。

雖然想繼續這麼說，但嘴巴已經不能動了。以左手抱住羅妮耶的緹潔，把制式劍插在地板上後隨即拚命在隨身袋裡摸索著。跟打倒皇帝比起來，她應該是以幫羅妮耶解毒為優先吧。羅妮耶沒有辦法責備她的判斷。因為立場相反的話，羅妮耶一定也會這麼做。

感覺庫魯加皇帝似乎從深深拉下的斗篷兜帽底下發出不屑的輕笑。那道笑聲裡，感覺不到一絲對於長年效忠的傑普斯二度死亡的哀惜。

「Connect all circuit！Open gate！」

皇帝將雙手高舉到極限，瘦削高挑的身體大大地後仰，同時以破鐘般的聲音這麼大叫。

完全聽不懂式句的意思。但是在某種直覺引導下，羅妮耶拚命將麻痺的脖子往後仰。

大廳挑高的天花板被塗成黑色，上面掛著幾盞看起來相當昂貴的油燈，只是上面沒有燈火。但此時吸引羅妮耶目光的是天花板中央——橫躺著的哥布林正上方所開的圓形洞穴。

洞穴的直徑應該有三十限左右吧。切割時不是很仔細，形狀歪七扭八而且木材的裂痕也還殘留在上面。那大概是用斧頭之類的東西，粗暴地將二樓房間地板挖開的結果。

到底是要做什麼……這樣的困惑，下一刻就變成了戰慄。

洞穴深處有某種黏稠黑色物體正在蠕動。那是黏性相當高，類似泥土般的物體，與構成死去的傑普斯肉體的黏土狀物體十分類似。

抬頭的羅妮耶與緹潔愕然注視著的前方，從洞穴中迅速滴下了黑色黏土，不對，應該說是黏液。看起來就像是被強大壓力擠出來，或者是以自己的意識爬出來一樣的行動。

黏液宛若汽球一樣膨脹、波動、打滾——隨著討厭的聲音破裂了。

變成漆黑瀑布落到地板上的黏液，瞬時吞沒了三名山地哥布林族，在羅妮耶她們眼前高高地堆起。當高度超過兩梅爾時，黏液才終於停止流下，但宛如生物的蠕動則沒有停止。就在內部包含著哥布林的情況下持續地彈跳著。

「嗚…………！」

緹潔發出幾不成聲的喊叫，在抱著羅妮耶情況下用力往後跳。

這時毒液已遍及全身，唯一能做到的就是用沒有感覺的右手拚命緊握住愛劍的劍柄。如果匕首上塗的是致死毒的話，那麼天命應該正急遽減少當中，但是完全麻痺的身體卻連疼痛都感覺不到。

雖然必須立刻使用解毒術，但羅妮耶卻無法把視線從蠢動的漆黑黏液上移開。

黏液原本是座不固定形狀的小山，這時候一邊震動一邊分裂為三等份。擴張的斜坡吞沒蠟燭圍成的圈圈，火焰因此不斷消失。

目前照亮大廳的光線，就只有從緹潔打破的窗子照射進來的一小道夕陽，以及從羅妮耶踢開的大門照射進來的走廊燈光。兩種光線都相當微弱，幾乎無法照到大廳的中央。

兩個人只能茫然看著變成三道影子的黏液繼續逐漸變成更加巨大化的人形。

隆起的肌肉宛若粗繩一般的強壯上半身。長到詭異的雙臂。宛如山羊般彎曲的雙腳。背上長著折疊起來的翅膀，另外還有垂到地板上的尾巴。

和在黑曜岩城見到的米尼翁極為相似。但唯一有一個不同之處。

本來的米尼翁是沼澤鰻般細長的頭部前端有著圓形嘴巴，兩側則各並排著兩顆圓眼睛。但是擋在眼前的怪物，頭部與人類極為相近，有著尖銳的鼻子與耳朵，而且也只有半閉著的兩顆眼睛。

「那張臉是……哥布林族……？」

緹潔以顫抖的聲音如此呢喃。怪物的臉確實酷似山地哥布林族，但完全沒有他們鼠類般讓人發噱的模樣。大大裂開的嘴裡露出無數尖牙，光禿禿的頭上甚至還長了兩隻角。

突然間，傑普斯數分鐘前說過的話在腦海當中迴響。

——因為妳們是最適合那些哥布林進行戰鬥訓練的對手，但是那些傢伙沒辦法通過隱藏通路……

眼前的三隻米尼翁，如果是三名山地哥布林族因為皇帝的術式與黑色黏液的力量所變成，那麼確實是無法通過通往地下監牢的通道。牠們的身高達二梅爾半，彎曲的腳完全伸直的話，頭應該就會撞到天花板吧。

四帝國大亂中死亡的傑普斯——皇帝大概也是一樣——是把自己的遺物埋在黏土裡，藉此作為米尼翁而復生。而三名哥布林是在活生生的情況下被黏土吞沒，然後變身為巨大米尼翁。兩種現象背後，應該另有黑幕存在才對。也就是使用遺物讓皇帝他們甦醒，並且教授他米尼翁製造法的某個人。而那名人物正是連結黑曜岩城發生的綁架事件，以及人界一連串事件的關鍵。

但是現在沒空理這件事了，得先思考將哥布林們復原的方法才行。

以普通的方法破壞米尼翁的話，哥布林們絕對會死亡。必須在不傷害到內部三名哥布林的情況下分解黑色黏土。以反屬性的大量光素撞擊牠們或許可以辦到，但十個或二十個的話根本就不夠吧。而且這間大廳的空間神聖力應該幾乎被用光了。

「羅妮耶，喝下這個。」

突然間有小瓶子隨著這樣的呢喃被塞到嘴角。原本以為是恢復天命的靈藥，但味道不一樣。當羅妮耶想著各種事情時，緹潔似乎已經用媒質與術式製作了解毒藥。

流入口中的液體帶著強烈的苦味，但是光喝一口就有舌頭的麻痺感逐漸融化的感覺。但緹潔是如何確定羅妮耶體內是哪一種毒素的？

或許是從眼神裡看出她的疑問了吧，搭檔再次呢喃：

「那把匕首應該是由『魯貝利魯毒鋼』打造的吧。雖然我也是第一次看見實物，但是跟里涅爾大人教導我的色澤完全一樣。」

「原來是這樣啊」，羅妮耶只以眼神做出肯定的回答。

整合騎士里涅爾．辛賽西斯．推尼耶特以及其搭檔費賽爾．辛賽西斯．推尼奈，是過去曾經用毒劍麻痺桐人與尤吉歐，想藉此奪走他們性命的當事人。現在已經是可靠的前輩騎士，會傳授和其他騎士不太一樣的各種知識，緹潔應該也是哪個時候從她身上學到了毒劍的事情吧。

羅妮耶拚命動著麻痺退去的嘴巴呢喃道：

「緹潔……不能殺害那些米尼翁。得救出那三名哥布林先生才行。」

「……我知道。」

緹潔用力點點頭，接著稍微瞄了破掉的窗戶一眼。

「但是，我們的術力不可能以光素分解三隻米尼翁。羅妮耶能活動之後，我們先離開這裡吧。」

「……但是……」

羅妮耶她們逃走的話，皇帝和三隻米尼翁或許會隱藏起身影。就算無法通過地下監牢的通道，米尼翁卻能夠在空中飛行。沒有飛龍在的話就無法追蹤。

「我知道，但現在也只能這樣了。」

緹潔以承受苦痛的表情將嘴巴靠近羅妮耶耳邊，這麼說道。

「就算術式無效，一定得使用手裡的長劍……我們可能也無法斬殺那些米尼翁。」

「…………！」

羅妮耶輕輕倒吸了一口氣。

緹潔說得沒錯。既然米尼翁和山地哥布林族融合為一體，以劍攻擊就有可能會殺害他們的話，就算羅妮耶她們判斷非得這麼做不可，身體也很可能不會遵造她們的意志。因為還有「右眼的封印」——

但那不僅限於羅妮耶她們兩個人。其他的整合騎士，以及人界守備軍的衛士，只要共有「為了人界與暗黑界的和平，絕對不能傷害亞人族」這個鐵則，應該就會陷入同樣的狀況當中。

如果不只這三隻。

「將亞人強制變身的米尼翁」以數十、數百隻規模攻擊聖托利亞的話，整合騎士團根本無法戰鬥。

不對，甚至可能發生比這更加恐怖的事態。

庫魯加皇帝與傑普斯之所以綁架山地哥布林族並且將他們變成米尼翁，就是為了讓人界與暗黑界之間產生新的戰爭。如果這些米尼翁襲擊聖托利亞，造成許多死傷者出現才發現其實是哥布林族所變成，那麼影響將不是殺害桎贊所能比較。屆時將湧出遠超過異界戰爭之前的憤怒與憎恨，人界的人民將會希望反攻黑暗領域吧。

想要迴避這種決定性的決裂，可能需要一部分騎士抑制右眼的封印，讓他們能夠打倒這些米尼翁。

但是，如果皇帝以及其幕後的某個人不是要引起兩個世界戰爭，而是要自力破壞目前的和平——也就是終結人界統一會議的統治的話呢？

他們可能不會選擇亞人，而是把人界人變成米尼翁吧。

現在暗黑領域滯留於人界的觀光客最多也只有兩三百人。就算想辦法把他們全都綁架過來，能製造出來的米尼翁數量還是有限。但是人界人的總人口超過八萬。只要有作為材料的黏土，當成素體的人類可以說要多少就有多少。

面對人界人變身而成的米尼翁，屆時將真的沒有任何整合騎士可以戰鬥。

以米尼翁大軍壓制人界統一會議之後，甚至可以侵略黑暗領域，連同暗黑界軍一起消滅掉。這已經可以說是最高司祭亞多米尼史特蕾達所企劃的「劍骨兵計畫」重新復辟了。

剎那間就想到這裡的羅妮耶，從目前尚未有動靜的三隻米尼翁之間凝視著庫魯加皇帝的影子。

或許是長時間詠唱高位術式而感到疲憊吧，只見他正單腳跪在地上。但是，從黑色斗篷滲出的，似乎可以目視的邪惡氣息則絲毫沒有變淡。惡意就跟在黑曜岩城裡想要殺害年幼莉潔姐的綁架犯相同，甚至可能在其之上。

絕對不能讓那個男人逃走。

像是感覺到羅妮耶的這種決心一般，皇帝開始有所行動。他在有些搖搖晃晃的情形下站了起來，穿越處於待機狀態下的米尼翁，直接與羅妮耶她們對峙。

「……雖然不知道妳們的流派，但確實是很精彩的祕奧義，小姑娘。」

對方突然說出意料之外的發言，讓羅妮耶無法立刻有所回應。但是皇帝似乎毫不在意，只是繼續從斗篷兜帽深處發出沙啞的聲音。

「不愧是有殺掉朕，砍斷何薩伊卡左臂的實力。」

雖然對他能以平淡口氣說出「殺了自己」的精神力感到一陣寒意，但接下來出現的名字就不曾聽過了。正確來說，是曾經在哪裡聽過，但是一時想不起來。

緹潔代替皺眉的羅妮耶發出「咦……」的聲音。抱住羅妮耶身體的手臂稍微繃緊。

「……何薩伊卡・伊斯塔巴利耶斯……？」

「正是……照這種樣子看來，那傢伙沒有報出姓名吧。」

聽見他們的對話後，羅妮耶才終於知道那是什麼人的名字。

在四帝國大亂中喪命的伊斯塔巴利耶斯東帝國皇帝。

但是，庫魯加皇帝似乎搞錯了。一年前的戰鬥裡，羅妮耶和緹潔闖入的是北聖托利亞帝城，並未踏入東聖托利亞的土地。何薩伊卡皇帝應該是死於進攻東聖托利亞帝城的騎士涅魯基烏斯與騎士恩特基爾之手。

說起來，羅妮耶用祕奧義砍過的人類，包含剛才的傑普斯在內也僅僅只有三個人。第一個人便是眼前的庫魯加皇帝，然後第二個人是在黑曜岩城最上層與其戰鬥的黑色斗篷綁架犯。

那個時候，羅妮耶跟剛才一樣以「音速衝擊」砍飛了綁架犯的左臂。

左臂……

因為解毒劑而終於取回感覺的羅妮耶，從腳尖到脖子的寒毛一瞬間全部豎起。綁架犯的聲音在耳朵深處微微響起。

——原來如此，斬斷封印之鎖鏈的是人界代表劍士閣下嗎？看來是位比傳聞中還要棘手的敵人啊……

現在回想起來，如果綁架犯是暗黑界人的話，就不會聽過人界代表劍士的傳聞。桐人包含上一次在內的二度訪問黑曜岩城都是暗中進行，城裡的人民根本沒有見過代表劍士。

「難………難道……」

羅妮耶動著乾燥的嘴巴，質問皇帝這麼說的真意。

「難道說出現在黑曜岩城的綁架犯，和你一樣是以米尼翁形式復活的伊斯塔巴利耶斯皇帝嗎……？」

這個問題讓庫魯加咧嘴笑了起來，尖銳的鬍鬚也跟著移動。

「你們沒有發現何薩伊卡的屍體吧？」

在羅妮耶想說些什麼之前，他便迅速揮動右手。

「放心吧，那傢伙已經死了。掉落到地面後就融化並消失了……就像傑普斯那樣。」

那是承認綁架犯就是何薩伊卡皇帝，同時也是米尼翁的發言。但同時也產生了新的問題。

「……為什麼應該在人界的你，會知道這種事情？」

提出問題的不是羅妮耶而是緹潔。

庫魯加皇帝沒有開口回答，而是攤開黑色斗篷的胸口給她們看。

以細小鍊子掛在那裡的，是在黑暗中也能發出血一般昏暗光芒的紅寶石。和綁架犯──何薩伊卡皇帝掛在胸前的完全一樣。

「何薩伊卡的計畫失敗後，那傢伙也再次死亡了。既然『替身』也破掉，那就無法復活了。但是那傢伙的所有見聞都由朕繼承下來，作為下一個計畫的基礎……事情就是這樣。這種融合型米尼翁也是如此……因為知道原型無法阻止你們這些騎士的關係。」

說到這裡，庫魯加就很滿意般以左手撫摸著米尼翁強壯的手臂。

羅妮耶以因為接連不斷襲來的驚愕、衝擊以及戰慄而呈現飽和狀態的腦袋拚命思考。

所謂的替身，應該是指從傑普斯的頭顱裡出現的徽章吧。雖然完全不清楚是什麼樣的構造，但那果然是使用米尼翁素材的蘇生術所必需的要素。

被謝達大使與羅妮耶砍斷雙臂的何薩伊卡皇帝，從黑曜岩城最上層的窗戶往外跳去。之所以沒有發現屍體，並非他藉由飛行逃亡了，而是跌落時替身損壞，黏土做的身體也因此而融化的緣故。

但是，如果庫魯加所說為真，那麼掛在何薩伊卡胸前的紅寶石應該就沒有損壞。而且還用未知的手段從遠在三千基洛爾外的黑曜岩城移動到諾蘭卡魯斯北帝國，把何薩伊卡的知識帶給庫魯加——

到此為止的推測都正確的話。

那顆紅寶石正是在人界與暗黑界蠢動的巨大陰謀的核心。

羅妮耶以麻痺毒得到淨化，再次能夠活動的右手用力握緊愛劍。

這時候果然不能逃走。就算打倒庫魯加皇帝，寶石要是不知道消失到哪裡去的話，將來一定還會有繼承所有惡意的人出現。

「緹潔……想辦法拖住米尼翁三十秒。」

羅妮耶以連自己都聽不見的音量這麼呢喃著。

「砍死皇帝的話，哥布林們說不定就能復原了。」

雖然機率相當小，但是操縱者不在的話多少能爭取到一點時間。

問題是毒雖然解開了，右腳背與右膝蓋的傷仍未痊癒。劍技與祕奧義都需要強烈的踏步，最多只能使出一兩次渾身一擊。但就算是這樣，也只能硬著頭皮上了。

「……知道了。」

支撐著羅妮耶背部的緹潔同樣以最小的聲音這麼回答。

再次輕輕動著雙手雙腳的指頭，確認感覺已經回來了。託皇帝喋喋不休的福，爭取到藥水發揮功效的時間，但這對敵人來說也是一樣。皇帝似乎已經從精神上的疲憊狀態——雖然不清楚充滿黏土的米尼翁頭部到底什麼地方有精神存在——恢復過來了，融合型米尼翁的皮膚表面，也比剛形成時多了一種堅硬的光澤。

庫魯加皇帝再次用指尖敲打米尼翁的手臂，以釋然的表情點點頭。

「好了，原本戰鬥訓練的對象是由傑普斯來負責，但那傢伙已死。得讓妳們負起這個責任了。」

皇帝邊說邊迅速往後退。看來是想利用米尼翁來殺了羅妮耶她們。

何薩伊卡皇帝在黑曜岩城驅使的原型米尼翁，只懂得極簡單且有限種類的神聖語或者暗黑語所做出的命令。而且思考能力跟野獸差不多，根本無法對應整合騎士驅使劍技以及術式的複雜戰術。異界戰爭時，暗黑術師公會作為祕密武器投入的八百隻米尼翁，就因為無法辨識騎士長貝爾庫利藉由武裝完全支配術所設下的陷阱，一瞬間就遭到全滅。

吸取哥布林的融合型米尼翁比原型更加進化的應該就是這個地方了吧。牠一定變得能夠理解更高度且多樣的命令了。但是，要給予牠多數命令的話當然得花比較多的時間。就是要趁那個空檔來幹掉皇帝本人。

一回到並排站在一起的米尼翁後方，庫魯加皇帝就像命令麾下的士兵一般高舉起右手。

「米尼翁們啊！殺掉那兩個女孩吧——Activate！」

發出的命令就這麼簡單，只有一句人界語和一句神聖語。

三隻米尼翁的雙眼隨著某種振動般的聲音發出紅光。

下一刻，左右兩隻米尼翁就用足以令巨體留下殘像的速度大大地跳躍起來。左邊的米尼翁跳到破窗前，右邊的米尼翁則是擋在打開的大門前面。

牠們把羅妮耶和緹潔關在大廳裡了。為了實行「殺害」這個命令，考慮到不能讓兩個人逃走，所以擋住可以成為出口的兩個地方。

羅妮耶領悟到幾秒鐘前的想像並不正確。融合型米尼翁不只會接受複雜的命令——甚至擁有自行認識狀況並且做出判斷與行動的力量。

但是，因為兩隻米尼翁擋住出口的關係，留在庫魯加皇帝面前的米尼翁就只剩下一隻了。雖然無法用劍攻擊將無辜哥布林融入內部的融合型米尼翁，但迴避攻擊並且對皇帝發動反擊倒是沒有問題。

——緹潔！

對於硬擠出來的意念有所反應的搭檔，以支撐背部的右手用力把羅妮耶往前推出去。同時羅妮耶也以受傷的右腳踢向地板。雖然靴子以及膝蓋濺出鮮血，逐漸止歇的疼痛像是燒紅的鐵條一樣貫穿全身，但羅妮耶還是咬緊牙根撐住了。

面對合兩名騎士之力的超高速突進，米尼翁展現了令人難以置信的敏捷反應。長大的右臂宛如粗三十限的圓木一樣，一邊發出低吼一邊朝羅妮耶橫掃過來。牠的手指前端長著如同鐮刀的銳利指甲，被掃中的話身體將會遭到撕裂吧。

但是羅妮耶已經預測到這記攻擊。

就算融合型米尼翁的能力再怎麼高，整體的型態還是跟原型米尼翁沒什麼兩樣。這樣的話就跟原型一樣，主要武器是雙手上的鉤爪。

「咕嗚……！」

下意識中從咬緊的牙根深處發出聲音，並且引誘外形凶惡的鉤爪到最後一刻，才在命中之前全力將上半身往後倒。

腳掌以上的部位在地板上滑動，鑽過了對方的攻擊。小指的鉤爪擦過凌亂的頭髮，三限左右的髮梢立刻遭到切斷，不過這點代價根本算不了什麼。

渾身的橫掃落空的米尼翁，因為用力過猛而向左旋轉，將背部朝向羅妮耶。既然米尼翁是模擬人類的外形，那麼在這種姿勢下就無法攻擊。將左腳輕鉤在絨毯上來撐起身體後，就看見庫魯加皇帝在短短七梅爾的前方。

那完全是在「音速衝擊」的攻擊範圍之內。以渾身的一擊將應該埋在腦袋中央的替身，以及掛在胸口的紅寶石一起破壞掉，一舉結束這一切。

滿是鮮血的右腳再次往地面踢去，然後猛烈舉起月影之劍——

就在這個時候。

突然從沉浸在黑暗當中的地板表面彈起某種宛如鞭子一般的黑色細長物體，用難以置信的速度迫近羅妮耶脖子底部。

羅妮耶反射性舉起左手來保護脖子。

百分之一秒後，黑色鞭子擊中左前臂。

——這是米尼翁的尾巴。

融合型米尼翁利用身體旋轉一圈的力道，以快於右臂的速度揮舞尾巴這個唯一可以從背後攻擊的武器。

羅妮耶了解是怎麼回事的同時，也聽見了左臂骨頭碎裂的聲音。像是編織了鋼絲般堅硬的尾巴沒有就此停止，連同手臂痛擊了羅妮耶的胸口，讓她一瞬間浮上空中以猛烈的速度往後方飛去。

在空中飛了十梅爾以上的羅妮耶，背部大力撞上牆壁，反彈回來後才掉落到地板上。

視界一片昏暗。沒有辦法呼吸了。不只有左臂，似乎連肋骨都斷了好幾根，全身受到的衝擊實在太過巨大，甚至讓羅妮耶感覺不到疼痛。

雖然想著「得站起來才行」，但身體完全沒有動靜。雖說是輕裝，胸前還是穿著金屬防具，天命卻還是因為對方的一擊就減少到危險的數值。

「羅妮耶——！」

緹潔從某個地方叫著自己的名字。拚命移動接觸著地板的臉，睜開一片昏暗的雙眼。

朦朧地看見搭檔從前方左側一直線飛奔而至的模樣。同時也看見從右側猛然襲擊過來的巨大影子。

……緹潔，快逃。

雖然想這麼大叫，但是喉嚨裡只擠出些許空氣。

緹潔注意到攻擊自己的米尼翁，於是停下腳步想加以迎擊。

但是制式劍猛力舉起的瞬間，她的身影就不自然地僵住了。

原來是「右眼的封印」發動了。應該是因為羅妮耶的負傷而忘記自我，反射性想攻擊米尼翁，結果又想起敵人體內融合了哥布林族吧。

羅妮耶至今為止從未有發動封印的經驗。但聽說過那是像要直接粉碎靈魂一般的疼痛。就羅妮耶所知，能以自身意志突破封印的人類，就只有上級修劍士尤吉歐、整合騎士愛麗絲、半獸人族族長利魯匹林，加上自己挖出右眼的伊斯卡恩總司令官等四個人而已。

當緹潔在那樣的劇痛襲擊下而無法動彈時，米尼翁使出全力的橫掃就擊中她的身體。看見四條鮮血在空中拖著長長的尾巴，讓羅妮耶忘記自己的重傷而發出不成聲的悲鳴。

被轟到地板上的緹潔，反彈了一下之後才滾到羅妮耶附近。或許是昏過去了吧，只見她閉著眼睛一動也不動。從被米尼翁鉤爪深深撕裂的傷口持續流出大量鮮血。

「緹……潔……」

羅妮耶在自己也吐著血的情況下拚命爬過地板，然後抬起骨頭碎裂的左手，用手掌觸碰搭檔的身體。現在不立刻用光素術加以治療的話，緹潔就會失去生命。

「System……call……」

雖然死命嘗試詠唱起句，卻因為聲量不足而無法起動術式。按住緹潔傷口的左手，已經連手腕都染成鮮紅色了。

整合騎士雖然擁有遠比人界軍衛士要高的武具裝備權限與術式行使權限，以及活用這些權限的壓倒性筋力與運動力，但是天命數值本身和常人差不多。最大值相當深厚的上位騎士大約是五千，只有十七歲的羅妮耶與緹潔大概只有三千左右。

即使無法出聲，也能以神聖文字的手勢來叫出史提西亞之窗。但是羅妮耶沒有勇氣看緹潔的天命值。只是噙著眼淚，以左手按住傷口，同時不斷嘗試要詠唱術式。

「鏘」的聲音從大廳的另一側響起。把兩人逼近瀕死狀態的米尼翁撿起緹潔掉落在地上的制式劍並將其扔到遠方。

剩下來的兩隻則待在破窗與大門前沒有任何動作。應該是判斷一隻就能解決掉羅妮耶她們了吧。而這隻米尼翁就踩著慎重的腳步，為了給兩人最後一擊而靠過來。

「哼哼哼……哼哈哈哈哈哈！」

大廳正中央，庫魯加皇帝發出了扭曲的笑聲。

「太棒了。光是一隻……而且是低賤哥布林的融合型就有如此的戰鬥力嗎？聽說越是融合大量血液與骨頭的土就越能製造出強力的米尼翁，想不到成果還超出想像。連死亡之後屍體都能為朕做出貢獻，看來得好好稱讚一下這些私有領地民了……哈哈哈哈哈。」

羅妮耶已經無法思考傳入耳朵的言語是什麼意思。

眼前越來越暗。皇帝的哄笑聲越來越遠。唯一還有感覺的，就是浸在緹潔血液當中的左手。但傳過來的溫度也開始一點一點降低了。

終於來到兩人面前的米尼翁，同時舉起了左右兩隻手。

突然間——

右手也感覺到些許溫度。

已經無法立刻理解自己的手握著什麼東西。以較硬的細長皮革仔細捲起的物體是月影之劍的劍柄。

劍透過「怦咚、怦咚」脈動的溫度向羅妮耶搭話。向她提出「解放我吧」的訴求。

但是，怎麼可能辦到「那種事情」呢。月影之劍確實是高優先度的寶劍，但並非神器。所謂的神器不是由人類精煉出來的金屬，而是以神獸、神鳥或者神木等傳說中存在所製成的武具。所以神器各自擁有固有記憶，能夠和自己的主人心靈相通。

另一方面，月影之劍應該是由人類鐵匠鍛造而成，所以不存在前身的記憶。就算經常使用後會熟悉它的手感，也無法引起更多的現象了。

辦不到、辦不到……

在自己與緹潔瀕臨死亡，被無盡延展成又細又長的時間當中，羅妮耶只在腦袋裡不停重複著這句話。

突然間好像又聽見新的聲音。

——不只是劍喔。衣服、鞋子和餐具……就連用神聖術生成的一粒素因，只要心和它連結在一起就一定能得到回應。我想人應該也一樣。

那是很久很久之前，從尤吉歐上級修劍士那裡聽來的話。

用心連結。

認定月影之劍沒有心的，正是持有者羅妮耶自己。但是現在回想起來，副代表劍士亞絲娜要自己從三把劍當中選擇一把時，羅妮耶並非由自己，而是把選擇權交給了劍。那個瞬間，羅妮耶的右手宛如流動一般被有著上弦月形狀白銀劍鍔的劍吸引。

然後現在，羅妮耶命名為「月影之劍」的這把劍，為了幫助瀕臨危機的主人而對她搭話。要她相信劍，用心連結彼此並且解放其記憶。

右手從劍柄傳遞過來的溫度，以及左手浸在緹潔血液裡所感覺到的溫度都傳進內心，羅妮耶便用盡這細微的力量放聲大叫：

「Enhance armament！」

雖然自認為是放聲大叫，但是聲音微弱到只有自己聽得見。

不過長劍以及世界的真理，都回應了羅妮耶的呼喚。

從月影之劍的劍鍔與劍身迸發出極其強烈的炫目銀色光輝。正要揮落雙手鉤爪的米尼翁，在照射到那道光線的瞬間就發出尖銳叫聲並飛退，就連擋住出口的另外兩隻米尼翁，以及持續高聲大笑的庫魯加皇帝都覆蓋起眼睛扭動身體。

同一時間，羅妮耶被尾巴擊碎的左手以及遭到匕首貫穿的右腳，都感覺到疼痛減緩了。從緹潔傷口溢出的血液也急遽減少。

「武裝完全支配術」。

只有擁有神器的上位騎士才能使用的心念力精髓，是奧義中的奧義。

月影之劍大概是將自身的天命轉變成可以說是光素治癒術強化版的靈光並且發射出去了吧。以武裝完全支配術來說算是相當單純的種類，但是成為騎士見習生只有一年的羅妮耶，竟然沒有經過正式的修業就能夠發動，也只能說是奇蹟了。

劍身的發光持續了十秒以上，最後慢慢變淡，不停閃爍後完全消失。

刻劃在緹潔胴體上的深邃傷口已經不再出血，臉上也稍微恢復了一點紅潤。但是意識仍未恢復，羅妮耶的左手與右腳也不是完全痊癒了。

另一方面，三隻米尼翁則因為被反屬性的光芒焚燒而從全身冒出灰煙，但還不至於遭到分解。看來只是受到極為表面的損傷，馬上就能繼續展開行動。

雖然不願意讓皇帝逃走，但還是以緹潔的性命為優先。得在米尼翁再次攻擊之前，先從大廳，不對，應該說從宅邸裡脫離才行。

羅妮耶收集所有月影之劍給予的氣力後，用左手抱著緹潔站了起來。以出口來說，通往走廊的門當然比較大，但米尼翁要是追上來就無法脫身了。看來只能從破掉的窗戶衝到前院去。

息。

「緹潔，再努力一下！」

對瀕死的好友這麼呢喃完，羅妮耶就開始朝十五梅爾之外的窗戶跑去。

每一步都讓左手與右腳產生爆出火花般的疼痛。羅妮耶立刻感到難以呼吸，喉嚨不停地喘息。

還有十梅爾、八梅爾、七梅爾……

「米尼翁們，擋住窗戶！」

大廳中央，從靈光的傷害當中恢復過來的庫魯加皇帝如此大叫。

「咻吼喔喔喔！」

在破窗附近縮成一團的米尼翁，發出完全不像山地哥布林族的吼叫聲。擋在出口前面，張開雙臂與背後的翅膀。巨大身體完全覆蓋住緹潔打破的窗戶，夕陽的顏色逐漸遠去。

後方的兩隻米尼翁也爭相發出吼叫聲。

想逃離這裡，就必須排除窗前的米尼翁。但是羅妮耶無法攻擊融合型米尼翁。光是為了讓牠跌倒而想砍牠的腳，「右眼的封印」就會發動，然後就會像剛才的緹潔那樣無法動彈吧。

剩下來的手段，就只有再次使用武裝完全支配術。如果是具有治癒力的靈光，就算焚燒米尼翁的肉體也不會傷害到內部的哥布林才對。但是月影之劍的天命還剩下多少呢？根本沒時間叫出史提西亞之窗來確認。

如果因為武裝完全支配術而用光天命，月影之劍就會碎裂並且消失。

就算是這樣。

能救緹潔的話，劍應該會原諒自己才對。

羅妮耶拚命跑著，同時想舉起右手的劍。

突然間她聽見某種聲音。

像是無數銀器產生共鳴。像是滿天星星互相喧鬧。

也像是數百名天使齊聲歌唱……

啦————

貫穿大廳天花板的七彩光芒隨著這種莊重的聲音降下。

雖是清淨到讓人覺得不是人世之物的光芒，米尼翁們卻沒有露出痛苦的模樣。只是眨著紅色眼睛，像是感到困惑般抬頭看著天花板。

天花板突然出現纖細格子狀光線。

光線逐漸變粗。原來是天花板逐漸分解成幾十塊板子。板子之間明明完全分離，卻不知道為什麼不會掉下來。只是浮在空中往四方橫移。

分解的不只是天花板而已。二樓的牆壁、屋頂以及家具類都被包裹在七彩光芒當中，然後無聲分離並往外面飛去。光景看起來就像由精緻積木堆積起來的房子，逐漸從內往外崩塌。

崩壞的波浪終於波及一樓的牆壁。由灰色石材形成的堅固石壁分散開來，像滑行一樣往前院移動。連同窗框一起拆下來的玻璃窗則緊追其後。

廣大的宅邸在短短十幾秒內就完全分解成只剩下地板的狀況。天使的歌聲遠去，七彩光芒變淡——

下一刻，在地板外側浮遊的無數建材隨著轟然巨響落下。

沒有比這更加整然的大破壞止歇之後，羅妮耶站的地方已經不再是宅邸內部。腳底下依然是泛黑的絨毯，但頭上則是夕陽底下一整片無盡延伸的暗紅色天空。燃燒一般的火紅索魯斯下端觸碰到盡頭山脈，依然殘留冬天寒冷的北風搖晃著兩個人的頭髮。

三隻米尼翁和庫魯加皇帝只能茫然呆立在現場。如果是只會遵從命令的原型米尼翁，應該就不會在意狀況的變化，只會持續進行攻擊吧，但是融合型擁有不完全的自我，所以似乎不知道該如何對應。

但是羅妮耶的腦袋也同樣無法對應眼前的狀況。原本以為無法脫逃的大廳——不對，是充滿惡意與恐怖的皇帝家別墅本身，在短短十幾秒內就被分解得體無完膚，腦袋根本無法理解這種超常現象。

「……羅妮耶。」

左耳旁邊突然響起細微的呢喃。羅妮耶的思考能力這時才終於恢復，以同樣沙啞的聲音回叫對方的姓名。

「緹潔……！」

恢復意識的好友所看的不是羅妮耶。紅葉色的眼睛動也不動地緊盯著南方天空的一點。羅妮耶也像被她吸引一樣抬頭往上看去。

將遼闊天空染成黃色與暗紅色的境界線附近，有一道小小的影子浮在那裡。

一個——不對，是兩個人。一個是身穿珍珠色禮服，栗色長髮隨風搖曳的女性。右手上還拿著出鞘的細劍。

而右手繞過女性腰部來支撐她的，是全身都穿著單純黑色服裝的黑髮男性。上衣衣襬變成飛龍翅膀的形狀，目前正緩緩地拍動。

雙眼瞪大到界限的羅妮耶，注意到女性左臂緊抱住的物體。那是包裹在淡黃色羽毛下的生物。有著長脖子與尾巴，以及小小羽翼的飛龍幼體。

「……月驅……」

以顫抖的聲音這麼呢喃完，才以一股熱流湧起的喉嚨拚命吸氣。然後呼叫兩人的名字。

「亞絲娜大人……桐人學長……」

嬌小的月驅拚死跑到聖托利亞，把他們兩個人找來了。分解寬敞宅邸的七彩光線，一定是地底世界全土只有亞絲娜擁有的史提西亞神之力「無限制地形操作」了。

晚了羅妮耶與緹潔一會兒，庫魯加皇帝似乎也注意到有人從遙遠的高處俯視著自己。他無力下垂著的右手像鉤爪般彎曲，以遠方羅妮耶也能聽見的聲音恨恨地說道：

「…………人界統一會議……代表劍士。你要阻撓朕到什麼時候！」

發出的聲音本身就像詛咒一樣扭曲且沙啞。黑色斗篷的衣襬猛烈翻動，宛如枯木纖細的右手指向空中的兩個人。

「米尼翁們！把那兩個不敬的傢伙打下來！」

接到新命令的三隻融合型米尼翁隨即迅速把臉朝向天空，接著大大地打開尖嘴巴。無數利牙深處，可以看見紫色瘴氣噁心地蠢動著。

難道融合型米尼翁，能夠吐出飛龍熱線般具攻擊力的氣息……以神聖語來說就是「吐息（Breath）」嗎？

「學長！牠們瞄準你了！」

羅妮耶拚命地叫著，但聲音太過虛弱，實在不認為浮在一百梅爾高空的兩個人能夠聽見。

但是桐人卻像是要呼應羅妮耶的喊叫般，將至今為止自然下垂的右手朝天空伸去。他手上握著的是在夕陽照耀下發出金色光芒的漆黑長劍。桐人的神器——「夜空之劍」。

三隻米尼翁把嘴巴張大到極限，準備吐出黑色的吐息。

忽然間，周圍急遽變暗。

羅妮耶一開始還以為是米尼翁口中漏出來的瘴氣遮住了陽光。但是立刻就理解不是這樣。變暗的不只有米尼翁周圍。包圍宅邸的森林沉沒在黑色影子當中，一瞬之前呈鮮艷暗紅色的傍晚天空染上深紫色，甚至有幾顆星星在閃閃發亮。

然後連西方地平線上的索魯斯，都像是被露那利亞覆蓋住般失去了光芒。

驟然到訪的夜晚當中，唯一有一處發出強烈的光輝。

握在桐人右手上的夜空之劍。其劍身放射出讓人無法直視的炫目金黃色光芒。

當超越分解宅邸的超常現象再次出現，似乎就連庫魯加皇帝也感到膽怯。但是他再度舉起左手，果敢地叫著：

「別在意！發射！」

三隻米尼翁把一瞬間抬起的頭朝上空伸去，發射了帶著紫色朦朧亮光的瘴氣。

那和飛龍的吐息不同，是拖著長長尾巴的球體。瘴氣發出令人聯想到野獸悲鳴的異樣巨響並持續上升，而桐人則是猛然揮落夜空之劍。

羅妮耶的視界染上一片純白色。

過於炫目的光芒讓她不得不瞇起眼睛，但還是沒有別過頭，試著要目擊一切。

發出白光的是數量龐大的粒子。不帶熱量的純白光點掩埋了周圍的空間。

瘴氣吐息雖然吞噬光粒持續上升，但簡直就像掉落熱水裡的冰塊一樣急遽變小，最後消失無蹤。

「……這些、全部都是、光素……？」

聽見緹潔的呢喃，羅妮耶便默默點了點頭。

從光點的色澤與動作來看，除了熟悉的光素之外實在想不出還會是什麼。但是包含光素在內的素因，即使高位術師用上雙手手指，能夠同時生成的最多也就只有十個。

目前將整個空間擠得水洩不通的光素，數量最少也有數千……甚至超過一萬個吧。

羅妮耶大概可以推測出生成的方法。桐人的夜空之劍具備從周圍空間吸收神聖力的武裝完全支配術——正確來說是其上位技「記憶解放術」。桐人就是用這種力量吸收索魯斯的光芒，將龐大的神聖力全部轉變成光素。

但是素因一離開術者的意識就會消滅或者爆炸。最初是從一根手指保持一個素因的訓練開始，能單手操縱五個素因就算是成功的術師，能辦到雙手操縱十個素因則已經進入高手的領域。羅妮耶與緹潔現在最多也只能製造出五個。

到底該怎麼做，才能同時控制一萬個那麼棘手的素因呢？

茫然呆立於現場的羅妮耶，凝視著空中宛如發光雪花的眾多光素。

另一方面，米尼翁們則再次張嘴準備發射瘴氣吐息。

原本只是飄浮在空中的光就是在這個時候有所行動。一萬顆光素像是擁有群體意志般流動、旋轉，逐漸包圍起三隻米尼翁。就跟曝曬在月影之劍發射的靈光之下時一樣，米尼翁的皮膚發出咻咻聲並且潰爛，而且還冒出腥臭的煙，但是時間並沒有持續太久。

無數的光素不斷浸透深灰色巨體，從內部發出純白光輝——

恐怖的怪物連悲鳴都來不及發出就變成液體崩壞了。

黏液飛散在空中時就蒸發並消失，從裡面跌出山地哥布林族。雖然失去意識，身上的衣服與裝飾品也全部不見，不過看起來沒有受傷。

光素的一部分包裹住羅妮耶與緹潔，開始治癒她們的傷勢。雖然無可比擬的溫暖與舒適感讓身體幾乎快脫力，但她們還是拚命站在現場。

三隻融合型米尼翁完全消滅，羅妮耶她們的傷勢也痊癒的同時，天空也取回了晚霞的顏色。

龐大的大部分光素完成目的後就消滅了，最後剩下來的數百個形成十個圓圈飄浮在接近地面的地方。製造出直向重疊的圓圈後，被關在這細長籠牢當中的當然就是庫魯加・諾蘭卡魯斯皇帝了。圓圈被製造成幾乎快要碰到斗篷布料的大小，只要稍微動一下光素就會浸透黏土身體，把他和米尼翁一樣分解掉。

在比剛才紅了一些的夕陽底下，男人的身影完全變成影子，也看不清楚斗篷兜帽底下的表情。但是那麼桀傲不馴的皇帝，當然不可能選擇乖乖成為俘虜。

「緹潔，能站得起來嗎？」

小聲這麼問完，搭檔便用力點了點頭。

「嗯，我不要緊了……謝謝妳，羅妮耶。」

「我才該道謝呢……謝謝妳，緹潔。」

兩人分開一瞬間抱在一起的身體。羅妮耶迅速確認傷勢的狀態，發現右腳和右膝僅剩下淺淺的傷痕，左手碎裂的骨頭雖然尚未完全恢復，但已經連接起來了。傷勢更重的緹潔，似乎也已經能夠自由行動。

緹潔被米尼翁扔掉的制式劍，滾落在只剩下地板的大廳另一側。緹潔原本開始往該處走去，羅妮耶卻用左手拉住了她。

「等一下再撿吧。現在不能把目光從皇帝身上移開。」

羅妮耶的發言讓搭檔也以緊繃的表情點了點頭。雖然也擔心倒在地上的山地哥布林族，但皇帝也可能再次對他們施加術式。羅妮耶小心翼翼地擺出月影之劍，一點一點慢慢靠近光牢。

桐人和亞絲娜也從上空畫出大大的弧形來往下降落。在兩人著地之前，不能讓皇帝輕舉妄動就是羅妮耶她們的任務。

兩人站在光牢三梅爾前方時，黑色斗篷便微微晃動了一下。

「哼哼，哼哼哼哼……」

那是像要黏到耳朵上一樣的竊笑聲。雖然立刻把劍尖朝向皇帝，但是他還是繼續笑著。

「……庫魯加·諾蘭卡魯斯。你的陰謀已經失敗了。這次真的要乖乖地投降了。」

盡可能發出嚴肅的聲音後，笑聲終於消失了，但是對方卻丟出依然傲慢的發言。

「小姑娘，一年前的光景又重新出現了。妳覺得那個時候選擇光榮死亡的朕，這次會接受這樣的屈辱嗎？」

「……你沒有其他選擇了。」

「選擇……嗎？你們什麼都不懂。真的什麼都不懂。」

以呢喃聲這麼回答的皇帝，稍微仰起戴著兜帽的頭。當羅妮耶也往上空瞄了一眼時，桐人他們已經抵達宅邸的正上方。距離兩人降落還有十秒鐘左右吧。

絕對不讓他輕舉妄動。

羅妮耶剛下定的決心——

就被庫魯加皇帝用想像不到的方法粉碎。

「暫別了，小姑娘。下次再見吧。」

這麼說完，皇帝的身體便往前方倒去。

「啊……！」

緹潔雖然大叫並準備伸出左手，但一切都來不及了。厚度不到一米鳌賽的光圈，直接連同黑色斗篷撕裂皇帝的身體。被切成圓環的黏土軀體，從上方依序掉落到地板，發出沉重的聲音後疊在一起。

十一個黑色塊狀物立即變成黏液擴散開來，然後逐漸蒸發。

桐人和亞絲娜在後面著陸時，絨毯上只剩下黑色破布以及兩樣裝飾品。

其中一樣是雕刻著白百合與展翅老鷹的黃金戒指。

另一樣則是在漆黑鎖鏈上發出詭異光芒的深紅寶石——

疾奔過來的桐人，把手放到呆立於現場的羅妮耶肩上。

「抱歉，來遲了！妳們沒事吧！」

羅妮耶的緊張瞬間解除，差點就要癱軟到地上，好不容易站穩腳步後羅妮耶才看向代表劍士的臉。

「是……是的，我沒事了。但是皇帝他……」

「皇……皇帝？」

桐人雖然表露出最大等級的驚愕，但是沒辦法立刻跟他做詳盡的說明。當亞絲娜想要慰勞緹潔時，黃色塊狀物就從她的懷中跳出，緊抓住羅妮耶的臉龐。

「啾嚕嚕嚕嚕——！」

聽見這道鳴叫聲的瞬間，這次羅妮耶的雙眼真的流下了淚水。

「月驅……！」

把愛劍交給桐人保管後，羅妮耶便用雙手緊抱住幼龍。

近距離仔細一看之下，發現月驅的羽毛上到處沾著泥土與血跡，尾巴上自傲的羽毛也幾乎都脫落了。就算聖托利亞再怎麼遠，光是在草原和田地奔跑也不可能會變成這種模樣。月驅一定也是歷盡千辛萬苦才把桐人他們帶到這邊來。

溫柔地撫摸發出「咕嗚、咕嗚」撒嬌聲的幼龍後，就聽見東側森林也傳出尖銳的鳴叫聲。從草叢裡衝出來的淡藍色毛球，連滾帶爬地往前衝。穿越堆積在前院的宅邸殘骸後跳上地板，然後朝著緹潔高高躍起。

「霜咲！」

緹潔也放聲大叫，然後緊緊抱住愛龍。她身邊的亞絲娜露出溫柔的微笑並說：

「沒有霜咲的叫聲和從宅邸窗戶透出的光素亮光，我們就沒辦法發現這裡了。大家都很努力喔。」

「…………是的……」

緹潔以帶著哭音的聲音這麼回答，她胸前的霜咲則是很驕傲般發出「咕嚕嚕！」的叫聲。月驅也配合牠「啾嚕嚕！」叫著，這時又傳出第三道「啾啾！」的鳴叫聲。

「…………？」

以驚訝的表情看向叫聲傳出的方向，就看見桐人的上衣裡衝出一隻比幼龍小很多的生物，一路竄上桐人的身體，最後端坐在他頭上。這隻擁有特別長的耳朵，像是老鼠也像是兔子的動物，環視眾人一圈後像是有所主張般再次發出「啾嗚！」的叫聲。

「……桐……桐人學長，那是什麼東西？」

感到啞然的羅妮耶一這麼問，桐人也以納悶的視線朝向頭上的老鼠開口說：

「哎呀，這個嘛……在直轄領南側的田地上飛翔時，月驅正在和獾之類的動物戰鬥……」

「我想那不是獾而是長鼻浣熊。」

受到亞絲娜的糾正後，桐人先是歪起脖子表示「哪裡不一樣……」才繼續說明。

「然後呢，趕走長鼻浣熊之後，先治療月驅的傷勢接著準備朝湖泊飛行時，月驅就朝著附近的水桶，不對，是木桶跑過去……這傢伙就是從裡面跑出來的。」

「從桶子裡面嗎……？」

「嗯。從狀況來看，好像是和長鼻浣熊戰鬥前，月驅把牠藏到木桶裡頭去的。所以就想是不是什麼重要的伏線，不對，是條件，於是就把牠帶過來了，結果什麼都沒發生……」

代表劍士一閉上嘴巴，月驅就交互看著羅妮耶與桐人並發出「咕嚕嚕……」的鳴叫，而老鼠也「啾啾啾！」叫著回應牠。

對於羅妮耶而言，不要說老鼠了，甚至連月驅的鳴叫聲都無法理解正確的意思。但不知道為什麼還是感覺出對話的內容，於是便試著用人界語將其說出。

「嗯……看來月驅好像跟老鼠做了某種約定……」

「約定……？」

桐人、亞絲娜和緹潔一起露出狐疑的表情，結果老鼠就像是很不滿般在代表劍士頭上不停跳動。那種樣子十分搞笑，於是羅妮耶忍不住就發出輕笑聲──

就在這個時候。

稍遠處的地板上，彈起了血一般的紅色閃光。

「嘰咿！」

老鼠發出悲鳴，衝回桐人懷中。月驅與霜咲也發出警戒的叫聲。

羅妮耶以左手遮住刺眼光芒，定睛看著光芒來源。

發光的是滾落在地板上的寶石。也就是掛在庫魯加皇帝與何薩伊卡皇帝胸前的首飾。

「學長！那就是一切的元凶！」

羅妮耶這麼大叫，桐人便對紅色閃光踏出一步，就在這個瞬間──

寶石以驚人的速度往天空飛去。

當紅光以超越火焰箭的速度不斷上升時，桐人就對著它伸出右手。光線急遽減速，在三十梅爾上空靜止不動。

是桐人以「心念之臂」抓住了它。

桐人的心念力足以讓鋼鐵的機龍飛翔，寶石應該不可能甩開這股力量。羅妮耶雖然如此確信，但是寶石卻一直沒有掉下來。被人往後拉的鎖鏈不停震動，停留在空中的某一點。

抗衡狀態持續了三秒左右。

突然間，「啪鏘！」的衝擊聲響起。

被用心念力拉住的鎖鏈斷成好幾截後往下掉落。

但是寶石卻宛如脫韁野馬般猛然往上升，最後像是融化在鮮紅晚霞當中再也看不見了。最後再一次於雲層的高度發出拖著尾巴的紅光。那道光線前往的方位是，索魯斯下沉的國度……

威斯達拉斯西帝國。

10

「緹潔小姐、羅妮耶小姐，妳們的傷勢如何了？」

副代表劍士如此詢問之下，兩個人便同時深深點了點頭。

「是的，已經完全痊癒了。」

羅妮耶一這麼回答……

「以桐人學長的說法就是『百分之百回復』了！」

緹潔便握住拳頭並這麼說。

雖然不清楚百分之百這句神聖語的意思，但亞絲娜似乎能聽懂，只見她臉上露出了微笑。

「這樣啊，那太好了……這次真的辛苦妳們兩個人了……」

面對笑容消失並伏下視線的亞絲娜，羅妮耶與緹潔用力搖頭。

「不會，是我們自己跑到那麼危險的地方去……」

「多虧亞絲娜大人幫我請託，阿優哈師團長已經確實地幫我們治療了。看，已經完全沒事了。」

這麼說著的緹潔同時翻起上衣與內衣來露出肚子。被融合型米尼翁深深撕裂的傷口已經完全治癒，甚至連傷痕都看不出來。

傷口痊癒固然是件好事，但就算中央聖堂九十五樓的「曉星望樓」只有她們三個人在，女孩子直接露出肚子也不太檢點。羅妮耶伸出右手拉下緹潔的衣服表示：

「不過阿優哈大人對於藥石方面的知識實在太淵博了……我們自認為在學院已經很認真學習了，結果不斷出現從來沒有聽過名字的植物和礦石，真是嚇了一大跳。」

「阿優哈小姐就任神聖術師團長之後，好像連安息日都會自己去尋找新種的藥草喲。妹妹索妮絲透露都會被叫去嘗試奇怪的藥。」

再次浮現微笑的亞絲娜小聲地加了一句：

「聽說阿優哈小姐小時候的志願是成為藥師，當她聽見桐人在北聖托利亞開出賽菲利雅花後，就重新點燃對於植物研究的熱情。」

「啊……實在不建議她對抗桐人學長所幹的好事……」

羅妮耶一忍不住這麼說，緹潔就發出開朗的笑聲。在地板上吃著魚乾的月驅與霜咲也發出「咕嚕嚕！」的叫聲，旁邊則是兩隻幼龍的新朋友——長耳鼠納茲正津津有味地咬著胡桃。

皇帝直轄領地發生的事件結束後很快已經過了三天，今天是二月二十七日。月底的三十日，聖托利亞全市將盛大舉行紀念鎮壓四皇帝叛亂一週年的祭典，所以聖堂當中也比平常要熱鬧一些。

但是對於參加統一會議的眾人而言，目前實在不是能夠慶祝的狀況。

一年前已經確實被討伐的東帝國皇帝何薩伊卡．伊斯塔巴利耶斯，以及北帝國皇帝庫魯加．諾蘭卡魯斯獲得米尼翁的身體而復活，與一連串的事件有很深的關係。尤其是庫魯加更是長期潛伏在距離聖托利亞市相當近的直轄領地裡，進行著遠比原型強力的融合型米尼翁量產計畫，得知這件事的法那提歐、迪索爾巴德以及情報局長夏歐．修卡斯都受到相當大的衝擊。

因為這個事件，四帝國的直轄領地與私有領地都再次被仔仔細細地搜索了一遍，但也只發現幾件上級貴族祕藏起來的財產，沒有什麼與陰謀相關的發現。最嚴密搜索的是從皇帝別墅往西方天空飛去的紅寶石，但到目前為止還是無法掌握其行蹤。由於對象並非人類而是跟鳥蛋差不多大的寶石，進入西帝國指揮搜索的騎士費賽爾與里涅爾似乎也一籌莫展。

庫魯加皇帝的另一件遺物，刻有皇帝家紋章的戒指，目前正由聖堂引以為傲的兩大術師阿優哈與索妮絲一起負責解析。雖然皇帝稱為「替身」的戒指絕對隱藏著復生的祕密，但要從物品上導出施加在上面的術式，比在物品上施術困難一百倍……索妮絲是這麼說的。

也就是說，目前的狀況是與陰謀幕後黑手有關的線索幾乎都已經斷掉。至於其他物證，也只有侍從長傑普斯所使用的大小兩把匕首，以及大量堆在別墅建地內的黏土袋而已，兩種物證都不太可能找出新的線索。

人界統一會議為了調查黏土與戒指，做出向暗黑界招聘高位暗黑術師的決定，這時候傳令已經騎馬朝著黑曜岩城奔去。但是給伊斯卡恩總司令官的親筆書信還有十二天才能抵達，對方的回答也得花上兩週，所以要實現招聘已經是好一陣子後的事情了。

另一方面，羅妮耶和緹潔則因為聽見別墅裡有聲音而沒有直接回來報告，遭到法那提歐團長狠狠地訓斥了一番，但是也因為發現並且救出被綁架的山地哥布林族而立了大功，由團長宣告她們從騎士見習生升格為下位整合騎士。

正式敘任預定是在解放紀念祭典之後的三月上旬，但是已經告訴她們內定的騎士號碼。排在於異界戰爭中犧牲的騎士艾爾多利耶・辛賽西斯・薩提汪後面的三十二號是緹潔。三十三號則是羅妮耶。

如果根據整合騎士團的傳統，兩個人都必須捨棄家名，但是「辛賽西斯」是意為「接受合成祕儀者」的神聖語，在桐人、亞絲娜商量之後，決定只對沒有接受合成祕儀的兩個人追加上號碼名稱。也就是說，下個月中騎士緹潔・休特里涅・薩提茲與羅妮耶・阿拉貝魯・薩提斯里就會誕生了。

經過和皇帝與傑普斯的戰鬥之後，兩人的武具裝備權限都上升到40，這樣的數字已經足以讓她們成為騎士團的一員，但羅妮耶還是對成為正騎士沒有什麼真實感。

或許是因為，兩天前接到內部通告後，就完全沒有和緹潔談論過這件事情也有關係吧。

羅妮耶雖然數次開啟話題，但每次緹潔都伏下視線並且表示「抱歉，現在還不想談這件事……」。不過羅妮耶大概能夠猜出她不想談論升格這件事情的理由。

緹潔應該是想在升格為正騎士之前把兩件事情做個了斷吧。

第一件事是騎士連利的求婚。

另一件事則是對過世的尤吉歐的思慕。

說起來，兩個人之所以會接近遭到封鎖的皇帝別墅，就是為了調查有幽靈出現的傳聞是否為真。現在回想起來，居民們應該是把挖掘森林土壤的傑普斯誤認為妖怪了吧。

但是緹潔一定是希望妖怪——幽靈確實存在。她一定是想，如果死者真的能夠現出身影，或許就能再次見到尤吉歐了。

皇帝的別墅裡沒有幽靈。

但是經過那場戰役後，緹潔的迷惘一定又變得更嚴重了。

皇帝和傑普斯是利用「替身」與製造米尼翁的技術來復甦的死者。那也就是說，使用同一種方法的話，也可能讓尤吉歐復活吧。

當然尤吉歐本身不會希望以米尼翁的身體回到這個世界上。但是，羅妮耶非常能夠理解，緹潔希望能再次和他見面交談……想確實傳達自己愛慕之意的心情。

在對尤吉歐的思慕尚未消失，也無法給連利回答的情況下，卻先一步升格為正騎士，超越了緹潔自己所設定的界限。之後的兩天裡，緹潔在白天時雖然表現得比平常更加開朗，但羅妮耶知道她晚上都在自己的房間裡獨自哭泣。

雖然想提供幫助。希望能減輕她的痛苦。但羅妮耶卻什麼都做不到。

今天的茶會是注意到緹潔經常會露出憂鬱表情的亞絲娜所企劃。索魯斯的光芒平穩地照進四面都是開放空間的曉星望樓，讓人預感春天就要到訪的微風舒爽地吹過。廚師哈娜祕藏的蘋果香茶葉，以及亞絲娜烤的蘋果派都相當美味。看見吃完點心後開始嬉鬧起來的三隻小動物，臉上自然就會露出微笑。

但是，發出開朗笑聲的緹潔，寄宿在紅葉色眼睛深處的悲傷還是沒有消失。

這樣下去的話，說不定緹潔會拒絕升格為正騎士。

甚至有可能把劍和徽章還給騎士團，然後離開中央聖堂……

困在這種預感當中的羅妮耶感到窒息的一瞬間——

「抱歉，我來晚了！」

桐人就隨著這樣的聲音從樓梯裡衝出來。

亞絲娜立刻起身，雙手扠腰說：

「真的很慢耶。我們已經把派吃光了喲。」

「咦……我……我的份呢……？」

「這個嘛～不知道還有沒有剩呢～」

「哇啊，太過分了吧！」

先進行完常見的對話之後，桐人就把拿在左手上的細長包裹直立掛在花壇上，然後坐到羅妮耶與緹潔中間的位子。

亞絲娜當然為他保留了蘋果派，切得比較大塊的派與蘋果茶立刻擺在桐人面前。這時緹潔對隨即大口咬下派的桐人問道：

「對了，桐人學長。你說有事情所以來遲了，你是到什麼地方去了呢？」

「唔咕唔咕……沒有啦，我被迪大叔叫去……說是想強化三十日舉行祭典時的警備體制，於是我就跟他開會了。」

把桐人對於迪索爾巴德師父那過於親近的暱稱當成沒聽見後，這次換成羅妮耶提出問題。

「是因為……黑皇帝一夥可能會在祭典裡實行什麼陰謀的關係嗎？」

「黑……黑皇帝？」

由於桐人和亞絲娜眨著眼睛露出疑惑的表情，羅妮耶和緹潔面面相覷後便做出說明。

「因為引起一連串事件的那群傢伙還沒有正式稱呼，所以我們就自己這麼叫他們……」

「原來如此，黑皇帝一夥嗎……嗯，不錯呢。我也這麼叫吧……然後呢，迪大叔擔心的正是如此，不過我倒覺得可能性很低。甦醒的皇帝們，目的一直是要讓人界與暗黑界再次爆發戰爭，然後為了這個目的而準備的融合型米尼翁已經被分解了。就算還想作亂，也應該需要一些準備時間吧……」

「是啊……反過來說，如果緹潔小姐和羅妮耶小姐沒有發現庫魯加皇帝的祕密基地的話，那種融合型米尼翁可能就會在祭典時發動攻擊了。」

聽見亞絲娜這麼說，桐人便深深點頭。

「一點都沒錯……雖然好像被法那提歐小姐斥責是太過莽撞，但這次妳們兩個人真的幫了大忙。結果從森林裡發現兩百袋以上的黏土……想到那些全部變成融合型米尼翁的話，真的會讓人全身發冷。」

「那個時候，他們不知道打算從哪裡找來埋入內部的素體呢？」

緹潔一這麼問，桐人便喝了一口蘋果茶並發出沉吟聲。

「嗯……不太可能把現在滯留在人界的所有亞人族都擄走。何況交流事業暫時停止，觀光客不斷回國去了……對了對了——山地哥布林族的歐羅伊與其他三個人表示明天早上要回國。然後說想跟羅妮耶妳們道謝。」

「好的，我當然會去送行！」

羅妮耶立刻這麼回答，同時看向東方的天空。

持續分隔人界與暗黑界達四百年以上的東大門，在一年又三個月前，因為兩個世界的戰爭而崩壞。戰爭結束後，大門雖然重建了，但是木製的大門一直是敞開著。

不過自從梃贊老人遭到殺害之後，門就再次關起來了。從這方面來看，黑皇帝一夥的陰謀已經有了一定的效果。而且目前事件完全沒有獲得解決。

想起騎士費賽爾在大浴場說過的話，羅妮耶便把視線移回代表劍士的側臉上。

「那個，桐人學長。只有西帝國的皇帝，阿魯達列斯·威斯達拉斯五世的屍體沒有被發現對吧……？」

「嗯，我聽說是這樣。因為西聖托利亞帝城完全被法那提歐小姐的記憶解放術燒燬了……光是撤除瓦礫就花了三個月，就算阿魯達列斯皇帝的屍體被埋在底下，在收拾城內的時候應該也昇華成神聖力了吧。」

「或者是成功脫逃，躲藏在什麼地方了……」

亞絲娜的提醒讓桐人雙手抱胸並且低聲表示：

「嗯……庫魯加皇帝之所以能藏身在別墅裡，是因為身體是米尼翁，所以不需要進食的緣故。但如果阿魯達列斯皇帝還活著的話就需要食物。本人到商店去買的話絕對會被懷疑，這麼一來也逃不過夏歐的情報網……只不過……」

「只不過什麼？」

「根據費賽爾和里涅爾的調查，解散的西帝國近衛騎士團成員裡，似乎有幾名前騎士目前的居所無法確認。他們既然都立誓效忠皇帝家，當然不可能所有人都立刻轉移到人界守備軍啦……」

「如果那些前騎士和皇帝會合的話，獲得食物就不是什麼難事了吧。可能要在這個前提下擴大搜索範圍。」

「真是的，這樣有再多人手都不夠啊。」

羅妮耶知道，這麼說著的桐人每天都因為大量的工作而東奔西跑。於是她忍不住挺直背桿，以正經的聲音說：

「那個，我們成為正騎士之後，會幫忙完成更多工作！」

結果桐人就看向羅妮耶，微笑著表示「全靠妳了」，當他又把視線移到緹潔身上時，就像嚇了一跳般瞪大了眼睛。

羅妮耶也把臉轉向右邊。

一轉過去就發現剛才還一臉認真聽著對話的緹潔，就像是拚命忍住淚水一般咬緊嘴唇低下頭去。

「緹潔。」

羅妮耶反射性伸出手來撫摸好友的背部。身體明明是緹潔稍微大了一些，感覺這時候卻像個孩子一樣嬌小。

桐人和亞絲娜都不發一語。只是用符合騎士團代表者的毅然，而且由衷擔心著緹潔的表情注視著她。

「啾嚕……」

原本在庭園中央和月驅與納茲追逐的霜咲，短叫了一聲後靠近桌子，開始舔起緹潔右手的手指。用那隻手溫柔地撫摸了幼龍的脖子之後，緹潔便緩緩抬起頭來。

「那個……桐人學長，亞絲娜大人……」

緹潔以每一個字都感觸良多般的態度對默默點頭的兩個人宣告：

「……我想辭退這次的正騎士升格。」

「為什麼呢？」

桐人以直率的言語與表情這麼問道。他的眼神和在修劍學院相遇時完全一樣，給人一種堅強又溫柔的包覆感，在這樣的黑色眼珠催促下，緹潔終於吐露出最近一直藏在心裡的煩惱。

「……我會想去調查皇帝的別墅……是因為聽到那裡有幽靈出現的傳聞。我心想……如果幽靈存在的話，哪一天說不定還能遇見尤吉歐學長。就因為個人的私情而不顧一切，讓羅妮耶、月驅和霜咲暴露於危險之下。這樣子的我……沒有資格成為正騎士。」

最後一句話已經是劇烈震動，當她閉上嘴巴時就從紅葉色眼睛裡落下一滴淚水。

雖然羅妮耶也有許多話想對好友說，但現在接受緹潔的情緒是桐人的責任。

「……真的很想見他呢。」

桐人以平穩，但是稍微忍耐著什麼事情般的聲音這麼說。緹潔像彈起來一樣抬起頭，以濕濡的雙眼看著桐人。

「我有時候也會出現極度想念尤吉歐的心情。獨自一個人的時候，就會想起那個傢伙說過的話和笑容。然後……這個世界確實有聽見死者聲音的方法。人的記憶會殘留在重視的物品或者喜歡的地點裡，所以能夠用術式從該處呼喚出擬似的靈魂……」

桐人的話讓緹潔的身體猛烈震動了一下。她在胸前緊握雙手，用硬擠出來般的聲音提問：

「那麼……那麼，我可以再次見到尤吉歐學長嘍……？」

結果桐人先是一瞬間閉上眼睛，然後才緩緩搖頭。

「……就算以某種術式來聽見尤吉歐的聲音，那也不能說是真正的尤吉歐了。就像以米尼翁身分復活的皇帝，已經不是真正的皇帝那樣……從這個地點往上五樓，也就是聖堂的最上層，尤吉歐就是在那裡和最高司祭同歸於盡。那傢伙的靈魂，和愛麗絲幼年時被合成祕儀抽出的靈魂一起到很遠的地方去旅行了。雖然之後尤吉歐寄宿在劍上的記憶曾經救了我好幾次……但是在和皇帝貝庫達的戰鬥裡也已經燃燒殆盡……」

桐人的話裡雖然充滿安慰之情，但是同時也極為殘酷。緹潔緩緩垂下肩膀，低聲呢喃：

「那麼……這個世界上已經沒有地方殘留著學長的記憶了……」

「不，這妳就錯了。」

以堅定的口吻如此斷言之後，桐人便舉起右手，把它貼在自己胸口。

「回憶就在這裡。和尤吉歐相遇，一起生活過的每一個人心裡面，都殘留著那個傢伙的記憶。回憶裡的尤吉歐跟我搭話的話……也只有那才算是真正的尤吉歐了。」

像是恍然大悟般屏住呼吸的緹潔，同樣把右手貼在自己胸口。

但是幾秒鐘後，那隻手就迅速掉落在膝蓋上。

「…………我……我才待在尤吉歐學長身邊短短一個多月的時間。不像桐人學長那樣和他一起旅行、一起和公理教會戰鬥。而且……就是我害尤吉歐學長被帶到公理教會去。都是因為我學長才會離開學院，就這樣到了遠方……這樣的我絕對聽不見尤吉歐學長的聲音……！」

緹潔以雙手覆蓋臉龐哭了起來，她腳邊的霜咲開始發出擔心的叫聲並用脖子在她腳上磨蹭。月驅和納茲也站在一起看著他們。

「……緹潔小姐。」

亞絲娜壓低聲音對著持續哭泣的緹潔搭話。

「我在現實世界也有相當重視的人過世了。她的年紀雖然比我小，但是比我堅強許多，總是帶著開朗的笑容，我覺得她就像是妹妹一樣。我們一起度過的時間非常短暫……但是異界戰爭的時候，她還是幫助了我。就連現在，回憶當中還是有滿滿的她存在。重要的不是時間長短……而且，尤吉歐先生是為了解救緹潔小姐妳們才有所行動，我想他應該從未感到後悔才對。」

閉上嘴巴的亞絲娜伸出左手，溫柔地撫摸著緹潔的背部，這時候哭聲才逐漸變小。

但就算是這樣，緹潔的雙手還是沒有離開臉龐，這時候桐人再次從她正面開口表示：

「緹潔。就算妳不升格為正騎士，也會交換佩劍吧？」

雖然是唐突的問題，但一陣子後緹潔終於把手從臉上移開，以哭花的臉點了點頭。

「……是的。在別墅的時候，因為我還使用制式劍，讓戰鬥的重擔都落在羅妮耶頭上……」

「那麼，平常使用的劍就到武具庫去挑選……另外我想把這個交給妳保管。」

這麼說的桐人，隨即拿起剛才直向掛在附近花壇上的布包。

從雪白布料當中出現的是一把極其美麗，宛如冰一般藍色透明的劍鍔上刻著薔薇浮雕的長劍。看見長劍的瞬間，緹潔就瞪大了雙眼。

「藍……藍薔薇之劍……？」

桐人放在桌子中央的正是藍薔薇之劍——過去是尤吉歐的愛劍，他死後就一直為桐人所持有的最高級神器。

「但……但是，這是桐人學長的……」

緹潔不停地搖著頭。羅妮耶也能夠理解她無法收下的心情。

從與最高司祭的戰鬥開始，一直到異界戰爭接近尾聲這段漫長的時間裡，封閉心靈的桐人雖然無法說話與行走，但是絕對不會放開夜空之劍與藍薔薇之劍。不過這時桐人邊微笑邊以帶著堅強意志的聲音說：

「我希望緹潔能保管它。就算現在裝備權限仍然不足，應該很難揮動它，但保養的話應該沒問題……仔細地擦亮它的話，有一天緹潔一定也能聽見尤吉歐的聲音。不是由術式所引出，而是來自於回憶的聲音絕對不會是冒牌貨……來吧。」

在桐人催促下，緹潔畏畏縮縮地伸出雙手，握住了收納在白色皮革劍鞘裡的長劍。

現在緹潔的武具裝備權限和羅妮耶一樣是40。另一方面，藍薔薇之劍的優先度則應該是45。差了5級的話，如果天職不是鐵匠或者工匠，一般來說很難把劍拿起來。

尤吉歐和桐人剛到修劍學院就讀時，就已經能自由操縱這把神器等級的劍了。那也就是說，武具裝備權限已經到達上位騎士等級的45級。從這一點來看，就能理解兩個人為什麼能夠在中央聖堂和迪索爾巴德與法那提歐等人進行戰鬥甚至占到優勢了，但是就如桐人經常掛在嘴邊的話，強度不能夠只看數字。

緹潔站起來後打開雙腳，呼出一口漫長的氣。然後同樣花時間吸氣，把它憋在肺部——慎重地一點一點拿起藍薔薇之劍。

神器沒有排斥緹潔，直接讓她抱在胸口。以兩手確實抱著劍，靜靜把臉頰靠近劍柄後，緹潔就用還殘留些許眼淚的臉微笑著說：

「……桐人學長，我會好好保管藍薔薇之劍。每天會仔細地保養它，然後認真練習……有一天會成為能夠揮舞這把劍的強大上位騎士！」

「……嗯。」

桐人和亞絲娜同時點頭，羅妮耶則是利用眨眼來甩開雙眼不知何時快要滲出的眼淚。對尤吉歐的思慕以及連利的求婚。緹潔應該還得花很長一段時間，才能對此做出答案吧。但是只要一點一點……一步一步前進就可以了。就像兩個人至今為止所做的一樣。

微風吹過庭園，下午兩點的鐘聲輕快地響起。

「哎呀……時間差不多了。」

桐人突然這麼呢喃，接著把剩下來的派一口吃光。這時候桐人就像最喜歡樹果的老鼠納茲般臉頰塞滿了食物，亞絲娜則對著這樣他的問道：

「什麼時間？」

「大家看看正門吧。」

照他所說的移動到通路上──抱著神器的緹潔果然受到物理上的影響，腳步看起來相當沉重──從南側迴廊往下看著聖堂的前院。

這時候平常總是關閉的門剛好整個打開，一輛由四匹馬拉著的大型馬車從該處進入。

「哇啊，好巨大的馬車……」

緹潔這麼呢喃，羅妮耶也跟著歪起脖子。

「誰坐在上面啊……」

「喂喂，幾天前的會議不是報告過了。」

桐人沾了奶油的臉露出笑容並這麼說道。

「是那些這個月要入塔的神聖術師見習生喲。」

「咦…………！」

羅妮耶和緹潔面面相覷後再次看向馬車。

話說回來，確實有那樣的議題。雖然因為黑皇帝騷動而完全忘了有這一回事，不過這也就表示，那輛馬車裡……

「……芙蕾妮卡！」

同聲這麼大叫完，羅妮耶和緹潔便交互看著桐人與亞絲娜的臉。

「那……那個，學長，我們……」

「嗯嗯，要去迎接朋友吧？藍薔薇之劍之後再送到妳房間去吧。」

「真……真的很抱歉，那就拜託你了！」

雖然連一瞬間都不想放手，但抱著神器的話就無法奔跑了吧。羅妮耶和把劍交給桐人的緹潔一起以最快的速度低下頭來。

「亞絲娜大人，謝謝您準備的派還有茶！那麼我們先告辭了！」

「路上小心。」

兩人通過露出滿臉笑容並揮著手的亞絲娜面前，朝往下的階梯前進，而她們的背後——

「那我也去迎接賽魯卡吧。」

可以聽見這樣的聲音。兩名少女緊急煞車回過頭，就看見右手握著藍薔薇之劍的桐人正從迴廊輕輕跳向天空。

「啊，等一下啦，桐人！也帶我一起去啊！」

亞絲娜這麼大叫，跟在後面跳了下去。代表劍士與副代表劍士一瞬間就消失不見，讓羅妮耶與緹潔再次面面相覷並且發出竊笑。

「好了，月驅、霜咲，還有納茲也一起去吧！」

再次轉頭這麼呼喚之後，兩隻幼龍便以「咕嚕嚕」的叫聲回答，老鼠則跳上月驅的背部。

兩個人與三隻動物，開始元氣十足地在早春花朵隨處綻放的望樓之中跑了起來。

（完）

後記

謝謝大家閱讀這本Sword Art Online刀劍神域第20集〈Moon cradle〉。

雖然和19集的副標題相同，但這不是錯誤或者偷懶，而是像第1、第2集（艾恩葛朗特）和第3第4集（妖精之舞）那樣的跨集標題。利用這兩集先將Moon cradle的故事告一段落……不過事件還不能說是完全解決了……比如說還殘留著事件的真正幕後黑手究竟是誰，紅寶石究竟是什麼東西等謎題，而桐人他們和黑皇帝團的戰爭之後將持續百年以上，最後預定會發展成與宇宙怪物——深淵之恐懼（第18集最後出現的傢伙）的決戰，但是不知道要花多少集數才能夠寫到那裡呢……（真恐怖）。不過，我原本是想利用這兩集讓緹潔與羅妮耶對自己的感情做出答案，但是也變成有點半吊子的結果。我想緹潔總有一天會透過藍薔薇之劍聽見尤吉歐的聲音，至於羅妮耶……又會如何呢……既然有羅蘭涅這個子孫，就代表她將來會生小孩，但就現在的她來看，完全無法想像她能把對於桐人的感情做出了斷然後和某個人結婚的未來。不過馬上就要敘任為正騎士的羅妮耶，接下來會變得更為強大，將來有一天她一定能夠找到屬於自己的答案，而不是被動地等人告訴她。

地底世界的故事將在這本第20集暫時告一段落，從第21集開始舞台將回到現實世界，屆時不再是統治者而是高中生的桐人和亞絲娜將會開始新的故事。我自己也還處於大概想像是什麼故事的階段，不過不久之後應該就能呈現在大家面前了，到時候也請大家多多支持新的故事。另外讓大家久等了的Progressive也會繼續努力下去！

本書發行後再過兩週左右的九月二十七日（註：此指二〇一七年），劇場版的ＢＤ＆ＤＶＤ也要發售了。上映時已經是那麼高質感的影像，聽說會加入更多數的重製鏡頭……！我也以「Cordial chords」這個標題創作了全新的後日談故事。就算沒看過劇場特典「Hopeful chant」也能享受這個故事（看過的話會更有趣），所以請大家務必多多支持！

因為該特典與本集同時進行而給您添了許多麻煩的ａｂｅｃ老師，謝謝您更加進化的美麗＆大魄力的插圖。另外也受到兼顧社長與編輯業務，不知道什麼時候睡覺的三木先生、副責任編輯土屋先生、安達先生的許多照顧。各位讀者，今後即將進入未知領域的ＳＡＯ也請大家多多指教了！

二〇一七年七月某日　川原　礫

國家圖書館出版品預行編目(CIP)資料

Sword Art Online刀劍神域. 20, Moon cradle / 川原礫作 ; 周庭旭譯. -- 初版. -- 臺北市 : 臺灣角川, 2018.07
面； 公分
譯自：ソードアート・オンライン. 20, ムーン・クレイドル
ISBN 978-957-564-290-7(平裝)

861.57 107007884

Kadokawa
Fantastic
Novels

Sword Art Online刀劍神域 20

Moon cradle

（原著名：ソードアート・オンライン20 ムーン・クレイドル）

２０１８年８月16日　初版第１刷發行
２０２１年３月３日　初版第４刷發行

作　　者：川原　礫
插　　畫：abec
日版設計：BEE-PEE
譯　　者：周庭旭

發 行 人：岩崎剛人
總 編 輯：蔡佩芬
主　　編：朱哲成
美術設計：胡芳銘
印　　務：李明修（主任）、張加恩（主任）、張凱棋

發 行 所：台灣角川股份有限公司
地　　址：１０５台北市光復北路11巷44號５樓
電　　話：（02）2747-2433
傳　　真：（02）2747-2558
網　　址：http://www.kadokawa.com.tw
劃撥帳戶：台灣角川股份有限公司
劃撥帳號：19487412
法律顧問：有澤法律事務所
製　　版：尚騰印刷事業有限公司
ＩＳＢＮ：978-986-325-155-2